벌거숭이 **꿈** 사냥꾼

벌거숭이 **꿈** 사냥꾼

벌거숭이 꿈 사냥꾼

초판 1쇄 인쇄일 _ 2005년 9월 5일
초판 1쇄 발행일 _ 2005년 9월 12일

지은이 _ 박형봉
펴낸이 _ 최길주

펴낸곳 _ 도서출판 BG북갤러리
등록일자 _ 2003년 11월 5일(제318-2003-00130호)
주소 _ 서울시 영등포구 여의도동 14-5 아크로폴리스 406호
전화 _ 02)761-7005(代)
팩스 _ 02)761-7995
홈페이지 _ http://www.bookgallery.co.kr
인터넷 한글주소 _ 북갤러리
E-mail _ cgjpower@yahoo.co.kr

값 9,000원

* 저자와 협의에 의해 인지는 생략합니다.
* 잘못된 책은 바꾸어 드립니다.
ISBN 89-91177-11-5 13810

박형봉 장편소설

벌거숭이 꿈 사냥꾼

BIG 북갤러리

작가의 말

　요즘 장편소설을 쓰면서 결국 내가 고뇌하는 것은 그 옛날 고대 철학자들이 그랬던 것처럼 '인생에 있어서 과연 의미 있는 삶이란 무엇인가'를 연일 허공 속에 표제를 던져놓고 여러 날 전전긍긍(戰戰兢兢)해 보았지만, 뚜렷한 해답은 찾을 수 없었다.

　온통 사회란 마치 잔머리나 굴리고 권모술수나 부리는 탁류(濁流) 속에, 애석하게도 깨끗한 맑은 물은 어디에서도 찾을 수 없었다.

　우리가 가장 추구해야 될 궁극적인 삶의 목표인 선(善)의 추구(追求)는 실종되고 없었다.

　착하게 살면 밟히는 세태(世態) 속에서 결국 내가 찾을 수 있는 것은 내 내면 속으로 숨어 들어갈 뿐 아무것도 없었다.

　어언 이십여 년 시(詩)만 써오다가 나이 오십이 되어서야 갑자기 새로운 기쁨을 발견할 수가 있었다.

　소설을 쓰기 시작한 것이다.

스스로 소설가라고 생각하지도 않았고, 소설가가 되고 싶다는 마음도 없었다.

이 책은 올해 초 출간한 단편소설집 《어떤 기다림》에 이은 첫 번째 장편소설집이 되는 셈이다.

워낙 글을 못써서 그런지 몰라도, 솔직히 어언 이십여 년 동안 26권의 책이 출판되었지만, 돈을 벌어본 적은 한번도 없었다.

하기야 애당초 돈을 벌어보겠다는 속셈이 없었으니 내가 걸어들인 결과는 어쩌면 당연할지도 모른다.

그렇다면 '그토록 돈벌이가 안 되는 짓을 미련하게 왜 하고 있느냐?'고 묻는다면 '단지 내 내면 속에 있는 무엇인가를 찾으려 한다'고 답하면 이것은 궤변일까?

서러운 상췌(傷悴)기가 시리게 가슴을 파고든다.

어느새 오십 줄, 자연스럽게 물 흐르듯이 흘러가고 있는 것이다.

어찌 보면 내가 내 자신을 나의 인생 여정(旅程) 속에서 투시(透視)하는 나만의 세상살이 순례(巡禮)같은 처음 써보는 장편소설집이다.

그리고 나는 이 작업을 꾸준히 해나갈 뿐이다.

나란 존재와 함께 끝까지 나의 길을 조용히 걸어갈 뿐이다.

단지 바람이 있다면 혼돈(混沌)의 탁류 속에서도 그래도 자연스러움과 순수함을 지키면서 선을 추구하며 살고 싶을 뿐이다.

2005년 8월

서대문에서 박 형 봉

1

만남

그날도 어김없이 순천 경찰서에 근무하던 김민혁 경감은 조금 한가한 시간을 이용하여 자신의 순수한 연정(戀情)을 불태우기 위해 권총을 허리춤에 단단히 찬 후 검정색 지프차를 몰고 황급히 경찰서 정문을 빠져 나와 남정리를 향하여 내달리고 있었다.

남정리, 그곳엔 예전부터 김경감이 가슴속에 깊이깊이 묻어 놓았던 사랑하는 순덕이 살고 있었지만 아직 제대로 사랑고백조차도 해보지 못한 처지인지라 최근 들어 김경감의 마음은 자꾸만 벌겋게 타들어가며 하염없이 눈물만 흘리고 있는 촛불 그 자체였다.

'이런 내 마음, 순덕은 알고 있을까.'

어느새 민혁의 독백이 저녁녘에 모락모락 피어오르는 밥짓는 연기 속으로 흘러 들어가고 있었다.

포장 안 된 신작로엔 먼지가 뽀얗게 깔리어 마치 좀처럼 마음을 열어 놓지 않는 순덕의 마음처럼 여지간 해서는 갈피를 잡을 수가 없었다.

순덕이 살고 있는 마을 어귀에 도착하자마자, 민혁은 몇 주전자의 탁배기를 비우고 나서야 두둑한 배짱이 생겨나기 시작했다.

"우씨, 옛날 같으면 보쌈이라도 해오련만 그럴 수도 없고 정말로 내 마음이 오리무중, 진퇴양난…. 짙은 안개 속에서 길을 찾고 있는 작은 똑딱선 그 자체로구먼. 하, 하, 하, 하."

자신의 신분이 신분인지라 민혁은 자신의 마음속에다 이미 몇 포대의 시멘트를 부어놓고 끓어오르는 순덕에 대한 연정을 창백하게 식혀야만 했다.

결국 그는 순덕이 살고 있는 마을 뒷산에 올라가 권총 몇 발을 허공에 발사하고 난 후에야 지프차를 돌려 경찰관사로 힘없이 돌아오고 있었다.

"야! 순덕아, 저 양반 오늘도 아무런 말도 없이 권총 세 발만 허공에 발사하고 갔구나. 이제 그만 애 태우고, 마음을 받아 주려무나."

어머니의 충고도 아랑곳없이 순덕은 얼굴에 미소만 가득 띄우고 있었다.

"아이, 어머니는 아무것도 모르면서. 여자는 남자로부터 그래도 멋있는 청혼을 받고 싶은 거예요. 아무리 그분이 이 지역 경찰서에 근무한다고 하여도, 제게 멋있게 청혼하지 않은 이상 제 마음은 요지부동, 열리지 않는 내면의 고집쟁이, 움직이지 않는 바윗덩이랍니다. 아시겠어요? 어머니, 호, 호, 호."

희미한 전등불빛 아래에서 순덕은 얼굴에 상기된 표정을 지으며 어린아이처럼 방긋이 웃고 있었다.

경찰서로 돌아온 김민혁 경감은 부하 직원들로부터 이것저것 사건,

사고에 대하여 세밀한 보고를 받았지만, 연거푸 얼굴에 쓴웃음을 지으며 담배만 피워 물고 있었다.

민혁의 수줍은 순덕에 대한 구애(求愛)가 봄이 가고, 여름이 가고 가을이 지나면서 그동안 숱하게 오르락내리락거리던 순덕이 살고 있는 마을 뒷산엔 낙엽이 떨어져 뒹굴고 있었다.

"아아, 계절은 어김없이 또 다른 계절을 부르고 있으련만 순덕은 내 마음을 왜 이리도 몰라준다지. 허, 허, 허."

"야! 순덕아. 지난 장날에 읍내 나갔다가 우연히 김경감하고 정면으로 마주쳤는데, 글쎄 얼굴이 핼쑥한 게 영 말이 아니더라. 내게는 친절하게도 따뜻한 국밥을 사주면서 아무런 말없이 그냥 넋 나간 사람처럼 창 밖만 쳐다보고 있더라만, 얼마나 안쓰러운지…."

순덕 어머니는 말문을 더 이상 잇지 못한 채 눈시울을 적시고 있었다.

"엄니는 그 사람이 그렇게 좋아요?"

"암, 좋고 말고. 듬직한 체구에다가 자신이 경찰서 간부인데도 전혀 내색하지도 않고 그러니 젊은 나이에 벌써 경감이 되었지. 믿을 만해 사내답고. 에미는 무조건 좋다. 암, 좋고 말고."

"어머니는 아무것도 모르면서…."

"내가 뭘 모른다는 것이냐?"

"글쎄, 그런 게 있다니까요."

"그래도 그렇지 똑똑하긴 해. 김경감 그 사람, 왠지 모르게 신뢰감이 듬뿍 가는 그런 사람이야."

그 당시의 사회상은 문자 그대로 혼돈의 상태였다.

1945년 8월 15일 해방을 맞이했어도 또 다른 이념의 갈등이 고개를 치켜들고 날카롭게 활개치고 있었다. 그리고 마침내 1948년 5월 31일

자주 독립국가로서의 제헌국회 개원식이 중앙청 중앙홀에서 열리고 있었다.

달포가 지나도록 순덕이 살고 있는 마을 뒷산에선 더 이상 김경감이 쏘아대던 권총 소리가 들려오지 않고 있었다.

웬일일까, 혹시 아프기라도. 순덕의 마음속은 차츰차츰 민혁에 대한 궁금증으로 매일 매일 채워지고 있었다.

늦여름, 지친 매미들의 독백도 서서히 줄어들고 있을 무렵 순덕이 살고 있는 토담집 지붕 위에는 탐스럽게 누러니 누런 호박이 주렁주렁 매달려 평온함을 듬뿍 심어 주고 있었다.

그때, 어디선가 들려오는 총소리들. 탕, 탕, 탕, 타당….

"순덕 씨, 순덕 씨."

들려오는 소리는 분명히 김경감의 다급한 목소리였다.

순덕은 자신도 모르게 버선발을 하고 싸리문을 밀치며 뛰어나가고 있었다.

분홍빛 노을이 마지막 여흥을 끝내고 사라질 즈음, 민혁은 전투복 차림으로 권총을 손에 들고 지친 모습으로 담벼락에 서 있었다.

"순덕 씨, 반란사건이 일어났습니다. 여수는 물론 반란군 손에 넘어 갔고, 이곳 순천도 얼마 안 있어 저들의 손에…."

"반란이라뇨?"

순간 순덕의 두 눈이 휘둥그레 커지고 있었다.

"여수에 주둔하고 있던 14연대가 반란을 일으켰어요. 이곳 순천도 지금 아수라장판입니다."

순덕이 민혁 곁으로 다가선 순간 민혁은 순덕을 으스러지게 끌어안았다.

“순덕 씨, 사랑합니다. 부디 몸조심하시고, 우리 다음을 기약합시다. 나는 동료들과 최후의 저지선을 확보하고 싸우고 있는 중입니다.”

그 한마디를 남기고, 김경감은 또다시 시내 쪽으로 황급히 뛰어 갔다.

아닌 밤중에 홍두깨라고 하더니 순덕은 그 순간 앞이 캄캄했다.

자신이 그토록 듣고 싶었던 김경감의 사랑고백도 잠시, 어느새 순덕은 두 손을 모으며 보이지 않는 신에게 김경감을 지켜 달라고 기도하고 있었다.

“이게 웬 날벼락이라냐. 사람은 한치 앞을 모른다고 하더니. 그나저나 반란이 났다면 필시 그놈들이 김경감을 죽이려고 할텐데 걱정이다, 걱정.”

“엄니, 너무 걱정하지 마세요. 민혁 씨는 용감한 사람이잖아요.”

어느새 순덕의 두 눈가에 이슬이 맺혀 방울방울 흘러내리고 있었다.

아까보다도 더 총소리가 유난히도 많이 들려 오고 있었다.

시커먼 연기와 사람들의 비명소리, 바로 전쟁 그 자체였다.

김경감의 생사 여부도 모른 채 여러 날이 흘러갔다.

순덕의 간절한 기도 덕분인지, 마침내 10월 24일 김경감은 순천을 진압군이 완전히 탈환했다며 군 지프차를 타고 늠름한 모습으로 나타났다.

“무사하셨군요.”

“그럼요. 제가 순덕 씨를 남겨 두고 떠날 수가 있나요. 순덕 씨, 사랑합니다.”

그리고 얼마 후 민혁은 반란군 토벌에서 많은 공을 세워 계급이 경감에서 경정으로 높아졌다.

그 누가 말했던가. 빼앗긴 들에도 따뜻한 봄날은 반드시 찾아온다고. 따뜻한 봄날 그토록 오매 불망 기다리던 순덕과 민혁의 결혼식이 소박하게 치러졌다.

매일 매일의 신혼 살림은 솜사탕보다도 더더욱 달콤했다. 민혁의 순덕에 대한 사랑은 너무도 아름다웠다. 이른 아침 순덕이 아침을 짓기 위해 부엌으로 나가자, 민혁이 가로막고 있었다.

"왜 그러세요?"

"왜 그러긴. 당신 아침밥 지으려면 손 부르트잖아."

순간, 순덕의 눈가에 이슬이 맺혔다.

그날부터 민혁은 아침밥을 손수 지어먹고, 경찰서로 향하고 있었다.

그러나 안타깝게도 두 사람의 신혼살림은 오래가지 못하고 말았다.

호사다마(好事多魔)라고 하였던가. 오합지졸 반란군들이 진압군에 밀려 하나, 둘 지리산으로 숨어들자, 민혁은 전투경찰 사령부 산하 경찰 토벌대에 참여하였다가 그만 목숨을 잃고 말았다.

민혁과 순덕의 애달픈 사랑은 결국 삼 개월만에 끝이 나고야 말았던 것이다.

그로부터 혹독한 찬바람이 세차게 순덕을 향하여 불어오고 있었다.

마음의 상처가 채 가시기도 전에 6·25전쟁이 터져 순덕은 보따리를 메고 피난민 행렬에 몸을 끼워 넣고 아비규환의 처참한 전쟁의 소용돌이에 빠져들고 말았다. 그것은 차라리 지옥보다 못한 처참한 상황이었다.

남(南)과 북(北)의 상반(上半)된 이념 갈등으로 촉발(促發)된 처참한 민족상잔(民族相殘)의 비극인 6·25 전쟁이 발발한지 6개월 후, 파죽지세(破竹之勢)로 밀려오는 중공군의 개입으로 인하여 어쩔 수 없이 아군(我軍)은 퇴각할 수밖에 없었다.

살을 에는 듯한 혹한 속에서 1·4후퇴가 시작되고 있었다.

한편, 그 무렵 혹독한 삭풍이 몰아치던 흥남부두엔 수많은 피난민들이 모여들어 목숨을 부지하기 위해 죽기 살기로 사투(死鬪)를 벌이고 있었다.

그 피난민 행렬 속에 안타까이 가족과 헤어진 채로 아비규환의 흥남부두에서 남으로 향하는 미국 상선 메러디스 빅토리호에 가까스로 몸을 실은 큰 키의 중년 사내 동혁은 화물선에 몸을 맡긴 채로 남으로 남으로 떠나오고 있었다.

암울하기만 한 자신의 앞날에 대한 예측도 없이 동혁은 14,000여 명의 피난민들과 함께 메러디스 빅토리호를 타고 필사의 탈출을 하고 있었다.

흥남을 떠난지 사흘만에 미국 화물선 빅토리호는 배이름 그대로 아무런 사고 없이 승리를 하여 거제도에 도착할 수 있었다.

남으로만 가면 아무런 일도 없으리라 믿고 있었던 동혁은 설상가상(雪上加霜)으로 꼼짝없이 거제도 포로수용소에 갇히고 말았다.

그 당시 거제도 포로수용소엔 중공군, 북한군, 북한 난민 등등 17만여 명이 철조망이 둘러 쳐진 수용소에 억류(抑留)되어 있었다.

동혁은 그곳에서 망연자실(茫然自失), 실의에 찬 나날을 보내고 있었다.

그리고 마침내 전쟁은 1953년 7월 27일 막을 내리고 있었다.

허름한 목선을 얻어 탄 동혁은 부산항에 도착해서야 비로소 앞으로 어떻게 살아 나가야 될지 자신의 호구지책(糊口之策)에 대해서 심각하게 고민하고 있었다.

한편, 아비규환의 전쟁의 소용돌이에서 운 좋게 살아 남은 순덕은 살아봐야겠다는 일념으로, 무엇이든지 해야 된다는 일념으로, 고심 끝에 '딸라(dollar) 빚'을 내어 군복 장사를 시작했다.

궁하면 통한다고, 순덕의 군복 장사는 연일 잘되어갔다. 차츰차츰 장사 수완도 발휘할 즈음 워낙 미모가 뛰어난 순덕을 특무대에 있다는 불독(bulldog) 같이 생긴 놈이 잔뜩 눈독을 들이고 있었다.

그러던 어느 날, 시장 통 어귀에서 만난 특무대에 있다는 그놈이 권총을 뽑아 들고 "이봐, 최순덕! 감히 허락도 없이 군복 장사를 하는 거야. 죽고 싶어"하면서 으름장을 놓았지만 순덕은 태연했다.

아니, 순덕은 배짱 좋게 오히려 그놈이 측은하기까지 했다.

바로 그놈은 떡 줄 사람은 생각지도 않고 있는데 벌써 김칫국부터 마시고 있었다.

"그렇지만, 방법이 있긴 한가지 있지. 으흐흐흐, 내게 시집오면 돼. 암, 되고말고."

"이보시오, 사람 잘못 보았소. 어디 사랑을 팔고 산답디까."

순덕의 대답은 조금도 흐트러지지 않고 단호했다.

'모자란 놈, 그 꼴에 그래도 보는 눈은 있어서.'

순덕은 마음속으로 실컷 그놈을 비웃어 주었다.

그 후로도 몇 차례의 협박과 회유에도 순덕의 마음이 변하지 않는 것을 알아챈 특무대에 있다는 그놈은 마침내 부하들을 시켜 마산 앞 바다에서 군복을 잔뜩 싣고 부산으로 돌아가는 순덕의 작은 배에 올라타 순덕의 전 재산이라고 할 수 있는 군복들을 모조리 빼앗아가 버렸다.

한순간에 빈털터리가 되어버린 순덕은 암울했지만 마음을 굳게 먹었다.

'하늘이 무너져도 솟아날 구멍이 있다고 하지 않던가. 그려 힘내야지.'

순덕은 어금니를 꽉 물고 있었다.

그때 문득, 죽은 김경정 생각이 불현듯 났다.

'그때 그렇게 그 사람이 떠나지만 않았어도…'

생각은 또 다른 생각을 부른다고, 그제야 순덕은 지난 과거는 마음속 깊이깊이 묻어 버리기로 했다.

한편, 뚜렷한 일자리를 찾지 못한 동혁은 부산 시장에서 이북에 있던 친척을 우연히 만나 진주로 오면 뒤를 봐주겠다는 말을 철석같이 믿고 자신의 허름한 단 봇짐을 챙겨서 서둘러 진주로 향하고 있었다.

그러나 믿고 찾아간 친척은 철저히 동혁을 외면하고 있었다.

또다시 실의(失意)에 깊이 빠진 동혁은 연일 막소주를 사들고 남강에 앉아 '진주라 천리길'이라는 노래만 애달피 부르고 있었다.

'이제 정말 갈 곳이 없구나. 꼼짝없이 묶여 버린 내 신세.'

동혁의 푸념 섞인 독백이 쓸쓸하게 남강을 타고 흘러가고 있었다.

한편, 부산에서의 생활에 마침표를 찍고 순덕은 자신의 고향인 순천을 향하여 길을 떠나고 있었다. 그제야 고향에 두고 떠난 노모의 안위(安危)가 걱정스러워 견딜 수가 없었다.

찾아 들어간 순천 남정리, 순덕의 본가엔 어머니가 나와 반갑게 맞아 주고 있었다.

"순덕아, 무사했구나 전쟁통에. 가여운 것 같으니라고…"

끝내 순덕 어머니는 참았던 짙은 회한의 회색빛 눈물을 쏟아 놓고 있었다.

"이제, 아무데도 가지 말고 여기서 둘이 같이 살자 꾸나. 설마 산 입에 거미줄이야 치겠느냐."

"엄니, 내는 여기 순천에서 못살겠네. 자꾸 그 사람이 생각나서…"

"이제 다 잊어야지 어쩔 겨. 지난 세월은 잊는 게 상책이야."

며칠을 순천에서 보낸 순덕은 단박에 또다시 단 봇짐을 챙겨 가지고 아무도 없는 여수로 길을 떠나고 있었다.

여수에 도착한 순덕은 주인 마음씨가 좋아 보이는 '복산장' 여관에 자릴 잡고 헌 재봉틀 하나를 구입하여 옷 수선을 해가면서 새 삶을 꾸려가고 있었다.

"순천댁 인물만 고운지 알았더니 바느질 솜씨 또한 최고야, 최고. 그런 사람이 어쩌다가 혼자 되었누. 그놈의 전쟁이 웬수지, 웬수야…"

복산장 주인 아주머니의 너스레에 아무런 대꾸도 하지 않은 채 그저 웃고만 있었다.

그럭저럭 서너 달만에 바느질 솜씨로 자리를 잡은 순덕은 인편으로 순천에 계신 어머니께 소식을 전하며 고기 몇 근을 같이 보내 주었다.

한편, 진주에서 희망 없이 소일하던 동혁은 또 한번의 단 봇짐을 꾸려 아무도 없는 여수로 먼길을 재촉하고 있었다.

'어차피 혼자인걸 죽기밖에 더 하겠어. 어디 갈 때까지 가보자.'

이게 무슨 운명의 장난이란 말인가. 여수에 무사히 당도(當到)한 동혁은 많고 많은 여관 중에서 하필 순덕이 묵고 있는 여관으로 향하고 있었다. 약간은 비탈길에 자신의 큰 키처럼, 장승처럼 밋밋하고 미끈하게 서 있는 '복산장'이라는 여관을 향해 발걸음을 옮겨 놓고 있었다.

"복산장이라, 복을 많이 만들어 내는 곳이라니 나도 한번 복을 받아 볼까나."

웃으면서 동혁은 복산장 여관 문을 밀치고 들어갔다.

"주인 아주마니, 방 있슴. 있으면 하나 내주우다."

"이북, 함경도 분이시군요. 어쩌다 이렇게 먼 곳까지."

인정 많은 주인 아주머니가 따뜻하게 동혁을 맞이해 주고 있었다.

복산장 주인 아주머니는 장기 투숙하고 있는 순덕의 옆방에 묵으라며 203호로 동혁을 안내하고 있었다.

지난 몇 년 동안의 혹독한 피란 생활을 겪은 동혁은 빈속에 술이 들어가자마자 깊은 잠 속으로 빠져 들어가 버렸다.

"이봐요 박씨, 무슨 잠을 이틀씩이나 꼼짝 않고 자요. 우린 모두 죽은 줄만 알았다오."

"아주마니, 잠자다가 편안히 죽을 수만 있어도 그것이 행복이우다."

그때 문득 동혁의 귓전에 재봉틀 돌아가는 소리가 들려 오고 있었다.

"아주마니, 이거 재봉틀 돌아가는 소리 맞슴?"

"맞슴."

복산장 주인 아주머니가 웃으면서 동혁의 이북 사투리를 흉내내고 있었다.

"박선생, 이제 한식구가 되었으니 내가 살아 있는 전라도 전설 세 가지를 알려줄게요."

"그게 뭔데요?"

동혁은 갑자기 궁금증이 발동기처럼 꿈틀대고 있었다.

"아 긍게, 그것이…. 이곳 여수에서는 돈 자랑하지 말고, 순천에 가서는 인물 자랑하지 말고, 저기 벌교 가서는 주먹 자랑하지 말랑께."

"아! 그래요 재밌네요. 저한테 해당되는 사항은 하나도 없네요."

아까 들려오던 그 재봉틀 소리는 순덕이 생존을 위하여, 새 삶을 위하여, 바로 옆방에서 돌리는 생명의 소리였던 것이다.

서둘러 늦은 아침을 먹은 동혁은 일자리라도 찾아볼 작정으로 여수 시내를 바삐 돌아다니고 있었다.

그러나 쉽사리 어디에서도 동혁은 일자리를 찾을 수가 없었다.

큰 키로 우두커니 여수 앞 바다를 바라보며 서 있던 동혁은 전쟁이 빨리 끝날 줄 알고 이북에 두고 온 자신의 아내와 두 아들과 딸아이를 목놓아 부르고 있었다.

골수(骨髓)에 사무친 그리움과 보고픔이 쌍으로 파도처럼 거세게 밀려오고 있었다.

어느새 해질 녘, 여수 앞 바다는 '앞날은 괜찮을 거라며 힘내라고, 희망을 가지라고' 넉넉한 정으로 분홍빛 노을 속에서, 순식간에 섬광(閃光)처럼 해맑게 웃고 있었다.

이북에서 피란 길에 오르며 배 깊숙이 무명 전대(纏帶)에 차고 내려온 금 덩어리 일곱 개. 그 중에 생명의 끈을 이어 가느라고 금덩이 두 개는 이미 자취 없이 사라지고, 이제 생명의 밑천 금 덩어리 다섯 개가 그래도 동혁의 지친 마음과 상념을 희망이라는 이름으로 포근히 감싸 주고 있었다.

어느덧 낯선 땅, 여수에서의 생활이 칠 개월 째 접어들고 있을 즈음, 복산장 주인 아주머니는 동혁에게 넌지시 202호에 장기 투숙하고 있는 순천댁 순덕에 대하여 귀뜸을 해 주고 있었다.

간혹 복도에서 여러 번 마주치긴 했어도 '참 예쁘게 생겼다'며 마음속으로, 동혁은 중얼거렸을 뿐 별다른 생각이 없었다.

"참! 순천댁, 203호에 묵고 있는 박선생 어떻게 생각해요?"

복산장 주인 아주머니는 넌지시 순덕의 의사(意思)를 타진하고 있었다.

그리고 싫다고 하는 순덕의 만류(挽留)에도 불구하고 복산장 주인 아주머니는 자신의 안방에다가 한 상 가득히 음식을 차려 놓고 순덕과 동혁을 불러모았다.

"어차피 세상은 혼자는 못사는 법이여. 게다가 두 사람 다 모두 아픔이 있는 사람들인 게. 아, 거시기 이판에 아주 합쳐 부러. 싸게 싸게."

문자 그대로 복산장 주인 아주머니가 중매를 서고 있는 것이었다.

그러나 순덕은 아직도 첫 번째 남자였던 민혁을 잊지 못하고 있던 터라 여러 번 동혁의 만나자는 제의를 번번이 거절하면서 열심히 재봉틀만 돌려대고 있었다.

그러던 어느 날, 순덕이 바느질한 옷을 갖다주고 복산장으로 들어서고 있을 때 "순천댁, 203호 박선생이 긴히 할 이야기가 있다고 하니, 잠시 203호에 들렀다가 가소"라며 주인 아주머니가 순덕의 등을 떠밀어 203호로 밀어 넣고 있었다.

"저에게 하실 말씀이란 것이 무엇인지 빨리 하세요."

순덕은 동혁의 대답이 나오도록 몰아 세우고 있었다.

"저, 잠시만요."

동혁은 자신이 묵고 있는 203호를 빠져나가 밖에서 순덕이 나오지 못하도록 문을 걸어 잠가놓고 있었다.

"어서 문 여세요, 빨리요. 열지 않으시면 소리치겠습니다."

바로 그 순간 203호 밖에서 동혁의 흐느끼는 듯한 애절한 절규가 순덕의 마음속으로 강물처럼 흘러들고 있었다.

"순덕 씨, 제게 한번 기회를 주십시오. 지난 삼 년 동안의 처절했던 피란 생활 동안 너무 희망 없이 살아왔습니다. 순덕 씨, 제게 희망을 주세요."

그것은 바로 동혁의 피맺힌 절규이자 솔직한 인생고백이었다.

바로 그 순간, 방안에서 말없이 듣고만 있던 순덕의 두 눈가에 눈물이 흘러내리고 있었다.

잠시 후 동혁은 203호의 문을 열어 주었다.

"죄송해요, 순덕 씨."

동혁의 얼굴은 눈물로 범벅이 되어 진하게 젖어있었다.

"눈물 닦으세요."

순덕은 넌지시 손수건을 건네고 자신의 방인 202호로 조용히 돌아갔다.

자신의 방으로 돌아온 순덕의 마음속엔 여러 가지 상념으로 인하여 조금씩 물결처럼 출렁이고 있었다.

동혁과의 17년이라는 나이 차이, 아직도 잊지 못하고 있는 첫 남자 민혁에 대한 사무친 그리움, 도무지 순덕은 그날 밤 잠을 이룰 수가 없었다.

몇 날의 대답 없는 정적을 깨고 용기를 낸 동혁은 순덕이 재봉틀로 여러 가지 옷들을 수선하고 있는 202호 방으로 들어서고 있었다.

동혁은 202호 방으로 들어와 아무런 말없이 윗목에 웅크리고 앉아 일하고 있는 순덕의 뒷모습만 물끄러미 바라보고 있었다.

그리고 얼마의 시간이 흘렀을까. 전혀 모르는 척 신경을 오로지 옷 만드는 것에만 쏟아 붓던 순덕은 그제야 자신의 뒤 윗목에서 웅크린 채 새우잠을 자고 있는 동혁의 모습을 발견하고 안쓰러워 자신의 이불을 가져다가 넌지시 동혁에게 덮어 주었다.

바로 그날부터 두 사람의 인연의 꽃이 활짝 피어나기 시작했다.

2

새로운 출발

순덕의 간절한 요청에 따라 여수 복산장 여관에서의 생활을 단호히 접고 두 사람은 아무 연고도 없는 대전으로 새롭게 생활 터전을 옮겼다.

동혁과 순덕의 이삿짐이라 해야 동혁의 헌옷 몇 가지와 순덕의 재봉틀, 그야말로 초라하기 그지없었다.

아비규환의 전쟁의 소용돌이에서 살아 남은 터라 그래도 마음속은 무척이나 행복했다.

덜커덩 덜커덩 흔들리는 기차 안에서 두 사람은 손을 꼭 잡은 채 아무런 말이 없었다.

허기진 속을 삶은 계란과 사이다로 채우며 대전역에 도착해서야 따끈한 국밥 한 그릇으로 비로소 식사다운 식사를 했다.

대전 은행동 단칸 셋방에서 비로소 두 사람의 신혼 살림은 시작되고 있었다.

"순덕 씨, 힘들지. 조금만 참아 국군 통합병원 내에 매점 자리가 나서 지금 알아보고 있는 중이야."

순덕으로서는 의외였다.

"매점을 하려면 목돈이 있어야 할텐데, 우리는 지금 가진 게 아무것도 없잖아요."

"아무것도 없긴, 내가 이북에서 피란 내려올 때 숨겨 가지고 내려온 금덩이 몇 개가 남아 있어. 그걸로 매점은 얻을 수 있을 것 같으니까, 우리 한번 열심히 살아봅시다."

"참 잘되었네요, 그렇게 해요."

매점을 시작한지 석 달이 지나서부터 제법 매상이 많이 올랐다.

그때부터 한동안 밝지 못했던 두 사람의 얼굴빛에 화색(和色)이 돌아 무척이나 보기가 좋았다.

그제야 순덕은 순천에 계신 어머님께 소식을 전하고 가까운 시일 내 대전에 한번 들려주시라는 반가운 소식을 전하게 되어 내심 무척이나 행복했다.

어느새 두 사람의 사랑의 씨앗이 순덕의 배에서 자라나고 있었다.

순덕과 동혁은 무척이나 행복했다.

자식이 태어난다는 것은 두 사람에게 살아갈 목표와 책임감이 따르는 것으로 지난 몇 년 동안의 참혹했던 고생들을 말끔히 잊을 수 있을 것만 같았다.

전쟁통에 너무 고생을 한 순덕은 몸이 너무 쇠약해져서 주위 사람들을 안타깝게 했다.

　그래도 다행히 통합병원에 근무하는 윤대령의 도움으로 미군으로
부터 지원 받은 좋은 의약품으로 조금씩 순덕의 몸은 회복세가 보였다.
그러나 설상가상으로 하나도 아닌 쌍둥이가 순덕의 몸 속에서 자라나
고 있었다.
　산달이 가까워 오던 어느 날, 동혁은 통합병원 윤대령으로부터 만나
자는 급한 전갈을 받고 허겁지겁 매점 문을 닫고 병원으로 달려갔다.

　"박선생, 오늘 나하고 술 한잔하세."
　동혁은 윤대령의 태도에 의아해 했다.
　"그러죠 뭐, 제가 진작에 약주 한잔 대접해 드렸어야 했는데, 경황이
없어서 지난번 매점을 새로 시작할 때도 많은 도움도 주시고, 집사람한
테도 좋은 의약품으로…. 윤대령님, 여러 가지로 너무나 고맙습니다."
　"뭘요. 두 분 뵈면 그저 도와드리고 싶어요."
　동혁과 윤대령은 병원을 빠져 나와 평소 윤대령이 수술 끝내고 혼자
자주 들른다는 정종 대폿집으로 향했다.
　가까이 있는 대전역으로부터 기적소리가 이따금씩 들려와 동혁은
한동안 잊었던 두고 온 이북 가족들 생각에 눈시울을 적시고 있었다.
　"박선생, 정종 대포엔 이 녀석 참새구이가 제 맛이지. 오뎅도 괜찮고."
　원래 술을 잘 하지 못하는 동혁의 얼굴빛이 벌겋게 타오르는 저녁
노을 같았다.
　서너 잔의 따끈한 정종 대포가 오고 가고 하는 사이 가을 바람이 대
폿집 유리창을 흔들어 놓고 있었다.

　"박선생, 이번에 태어날 쌍둥이 포기하는 편이 낳을 것 같아."

순간 동혁은 온몸에 힘이 밀물처럼 빠지며 하마터면 현기증이 일어
뒤로 벌러덩 자빠질 뻔했다.

"아니, 윤대령님. 그게 무슨 말씀인지 자세하게 말 좀 해주세요."

"박선생 아주머니 건강상태로서는 너무나 위험해. 내 경험으로 보아
십중팔구는 출산을 하다 목숨을 잃는 경우를 수도 없이 보았거든."

'이게 웬 날벼락이란 말인가. 이제 애들 낳아 정착하고 살아 보나했
더니, 아직도 내게 시련이 더 남아있단 말인가.'

동혁은 그 순간, 마음속으로 보이지 않는 신을 무척이나 원망하고
있었다.

"물론 최선을 다하겠지만 너무나 위험해, 너무나 위험하단 말이야.
게다가 하나도 아니고 둘이니 위험은 갑절이나 높은 게지…."

윤대령의 얼굴빛이 순간 짙은 회색빛으로 굳어 있었다.

"히여튼, 아주머니와 잘 상의(相議)해서 내게 알려 주게나."

집으로 돌아오는 길, 통금 사이렌 소리가 내면의 답답함을 대변해
주고 있었다.

'어떡해야 한단 말인가, 어떡해야 한단 말이냐구.'

순간 동혁은 캄캄한 허공에 대고 날카로운 칼을 들이대고 있었다.

"술도 못하는 양반이 웬 술을 이리도 많이 마셨어요."

"그냥, 답답해서…."

그 소리를 끝으로 동혁은 힘없이 푹 쓰러져 잠이 들어 버렸다.

"애들아, 너희 아빠가 너희들이 무척이나 빨리 보고 싶은 모양이다."

순덕은 부푼 배를 쓰다듬으며 미소를 짓고 있었다.

이튿날 아침, 날씨는 비가 오려는 듯 검은 구름이 서서히 밀려오고

있었다.

동혁은 순덕이 끓여준 북어국을 먹는 둥 마는 둥 "여보, 다녀오리다"라며 골목을 빠져나가는 뒷모습이 무척이나 쓸쓸해 보였다.

'저 양반이 무슨 일이 있나….'

집안을 대충 치워놓고 순덕은 느린 걸음으로 매점이 있는 통합병원으로 향했다.

어느새 오전부터 하나, 둘 떨어지던 빗방울이 힘을 얻었는지 세차게 쏟아 붓고 있었다.

"여보, 뭐 하세요."

창 밖만 물끄러미 바라보며 담배만 피고 있는 동혁의 깡마른 어깨에 대고 순덕은 질문을 던졌다.

"참, 순천에 계신 장모님은 언제나 오신대…."

"왜 기다려지세요? 그래도 고맙네요. 울 엄니를 기다려 주시니."

"고맙긴, 오히려 장모님께 내가 고맙지. 이 중늙은이한테 당신같이 고운 사람 내게 보내 주셔서."

"참, 당신두. 새삼 이제 와서…."

그렇지만 순덕은 내심, 동혁의 그 말 한마디가 무척이나 고마웠다.

"여보, 우리 오늘 매점 문 일찍 닫고 당신 좋아하는 소갈비 먹으러 갈까."

"여보, 안 돼요. 그러면 병원 사람들한테 미움 받아요."

"미워할 테면 하라지 뭐. 난 내 사람이 더 소중한 걸."

밖에는 날씨 탓으로 어둠이 일찍 찾아오고 있었다.

"당신, 많이 들구려."

동혁은 갈비가 익기가 무섭게 연신 순덕의 접시에다 날라다 주었다.

은행동 단칸 셋집으로 향하는 두 사람의 귀가 길은 유난히 차가운 바람이 세차게 불고 있었다.

"벌써, 다른 계절이 오려나. 한두 달씩이나 앞질러서…."

"여보, 그럴 리가 있어요. 자연의 순리란 정확하잖아요."

"자연의 순리만 정확하면 뭘 하누. 인간의 순리도 정확해야지. 더구나 힘든 사람들한테는."

"당신이 저보다 17년이나 인생 선배라서 그런지 오늘따라 멋있게 보이네요."

"그런가. 내가 그동안 내 나이를 잊고 있었구먼."

"여보, 오늘은 날씨도 추운데 아궁이에 장작을 좀 때고 자야겠어요."

"굿 아이디어."

"영어도 하세요?"

"예전에 일본 유학시절에 조금 배웠지."

그날 밤, 동혁과 순덕은 서로 꼭 끌어안은 채 따뜻하게 잠을 잤다.

아침을 먹고 난 후 동혁은 할말이 있다며 순덕을 아랫목으로 잡아끌었다.

"무슨 이야기인데요?"

"저기…."

"무슨 이야기인데요? 뜸들이지 말고 말씀하세요."

"저기, 우리 쌍둥이 포기하면 안 될까?"

"그게 무슨 말씀이세요? 포기라뇨?"

순간 순덕의 얼굴이 납덩이처럼 하얗게 굳어 버렸다.

"당신 건강 상태로는 쌍둥이를 출산하는 게 너무 위험한데…"

"누가요. 글쎄 누가요?"

순덕의 질문이 봇물처럼 터져 나오고 있었다.

"아기는 이 다음에, 당신 건강이 많이 좋아진 후에 얼마든지 가질 수 있잖아. 응, 여보."

"그걸 지금 말씀이라고 하세요. 설사 제가 쌍둥이 낳다가 죽는 한이 있어도 절대로 안 돼요. 그러니 두 번 다시 그런 말일랑 꺼내지 마세요."

순덕의 기세가 너무도 단호하여 동혁은 다음에 다시 설득할 요량으로 말을 막았다.

"알았어! 알았다니까, 그러니 이제 노여움 풀라구. 우리 쌍둥이한테 해롭잖아."

그 후, 동혁은 두서너 번 다시 순덕을 설득해 보았으나 번번이 쌍둥이를 포기하자는 데 대하여 아무런 동의를 얻어내지 못했다.

"박선생, 어쩔 수 없군요. 최선을 다하는 수밖에요."

통합병원 윤대령은 동혁의 어깨를 다독이고 있었다.

그리고 일주일 후, 순덕은 쌍둥이를 출산하느라 죽을힘을 다해 사투(死鬪)를 벌이고 있었고, 윤대령 또한 진땀을 빼가며 산모(産母)와 쌍둥이를 살리려고 전심전력(全心全力)을 다하고 있었다.

아홉시간 후, 분만실 밖에서 초조하게 기다리고 있는 동혁에게 윤대령이 다가서고 있었다.

"윤대령님, 제 집사람과 쌍둥이 모두 무사한지요?"

"박선생, 지금으로서는 어느 하나 장담할 수가 없어요."

"얼마나 위태로운지요?"

"아주머니는 너무 피를 많이 쏟으셔서 계속 지켜봐야 할 것 같구요. 쌍둥이 중에 먼저 태어난 애 또한 상태가 너무 안 좋아요. 그래도 조금 다행스러운 것은 17분 늦게 태어난 여자 아기가 아주 건강해요."

"윤대령님, 그러면 여자 쌍둥이란 밀입니까?"

"예, 맞아요. 박선생."

순덕은 피를 너무 많이 쏟아 혼수상태에 빠져 일주일이나 깨어나지 못하고 있었으며, 먼저 태어난 여자 쌍둥이 또한 극심한 체중 미달로 사경을 헤매고 있었다.

오직 17분 늦게 태어난 여자 쌍둥이만 순조롭게 생명의 순환을 지속하고 있었다.

그럴 즈음, 통합병원 내에서는 쌍둥이 엄마인 순덕은 모두 다 죽는다고 걱정이 이만 저만이 아니었다.

보이지 않는 신의 도움인지 순덕은 기적적으로 열흘만에 혼수상태에서 깨어나 차츰차츰 기력을 회복해 가고 있었다.

순덕은 병원에 입원한지 20여 일만에 늦게 태어난 여자 쌍둥이를 품에 안고 순천에서 올라오신 어머니와 함께 은행동 셋집으로 돌아 왔다.

순덕 어머님의 지극 정성과 통합병원 윤대령의 따뜻한 보살핌으로 순덕은 조금씩 기력을 회복해 가고는 있었지만, 워낙 건강이 안 좋은 상태에서의 출산과 극심한 하혈(下血)로 인하여 혼자서는 걸을 수도 없었다.

동혁은 무엇인가 극단의 조치가 필요했다.

여러 날 고민 끝에 결국 통합병원 내의 매점을 헐값에 급하게 매각해야만 했다.

통합병원 인큐베이터에 있던 17분 먼저 태어났던 선영이라는 여자아이는 결국 은행동 집으로 돌아온지 일주일만에 숨을 거두고 말았다.

늦게 태어난 선미라는 아이만 튼튼하게 나날이 커가고 있었다.

어언 육 개월 여만에 순덕 어머니는 순천으로 되돌아 갔고, 그동안 매점을 매각한 돈은 거의 바닥을 드러내놓고 있었다.

동혁은 평소 알고 지내던 지인(知人)의 소개로 대전에서 멀리 떨어진 깊은 산에 입산하여 산판(山坂)을 하고 있는 사람들과 동업을 하기로 하고 얼마 남지 않은 돈을 가지고 산으로 들어갔다. 그러나 그 사람들 농간에 속아 결국 동혁은 석 달만에 있는 돈을 모두 날리고 대전 은행동 셋집으로 돌아올 수밖에 없었다.

동혁은 순덕의 건강 회복을 위하여 셋집을 정리하고 공기 좋은 한적한 시골 마을로 이사 가기로 마음을 굳히고 순덕과 두 살 된 딸 선미를 데리고 시외버스 터미널로 발걸음을 터벅터벅 옮겨 놓고 있었다.

결국 세차게 몰아치던 운명의 장난은 동혁의 고향인 이북 함흥에서, 흥남으로, 거제도 포로 수용소로, 부산으로, 진주로, 여수로, 대전으로, 이제 또 한번의 이사, 도무지 끝이 보이지 않았다.

산다는 게 무엇인지 불혹을 넘긴 나이의 동혁은 나이 어린 아내 순덕에게 미안할 뿐 아무런 할말이 없었다.

시간은 한나절을 훨씬 넘기고 동혁 가족은 터미널에서 목적지로 향하는 시외버스를 애타게 기다리고 있었다.

3

시골생활

대전 시외버스 터미널에서 비포장 길을 대 여섯시간 달려 도착한 곳은 시골 정취가 물씬 풍기는 그런 곳이었다.

동혁은 우선 버스 차부 뒷켠에 있는 '유구하숙'이라는 곳에 임시로 방 한 칸을 빌려 생활하기로 정하고 순덕과 어린 딸 선미를 데리고 유구하숙으로 들어섰다.

이튿날, 사방으로 흩어지는 디젤 냄새 가득한 버스들의 이른 동작음 소리를 듣고 순덕은 일찍 잠이 깼다.

낯선 곳에서 처음으로 맞는 새벽 아침이었다.

주인 아주머니의 배려로 동혁의 가족들은 이른 아침을 먹고 난 후, 순덕은 선미를 등에 업고 시장으로 향했다.

낯선 풍물들, 초가집들이 어김없이 한적한 시골임을 대변해 주고 있었다.

　우선 필요한 살림살이를 몇 가지 준비하여 순덕은 지게꾼을 시켜 유구하숙으로 배달을 시킨 후, 시장 뒷켠으로 펼쳐진 드넓은 논밭을 바라보며 한동안 뚝방 길을 따라 걸으며 속으로 마음을 굳게 다져 먹고 있었다.

　처음으로 낯선 곳에서 해먹는 식사는 비록 초라했지만 그 맛은 꿀맛이었다.

　그렇게 하숙집에서의 한 달간의 생활이 끝이 나고, 마을 언덕에 위치하고 있는 '남뱅이'라는 곳에 작지만 조그만 집을 세내어 이사를 갔다.

　한적한 시골이라 그런지 공기는 무척이나 맑았다.

　이따금씩 윙윙 불어오는 대숲의 바람소리는 조금 차갑게 느껴졌지만, 이제는 더 이상 갈 곳도 없는 터인지라 순덕은 이곳 유구라는 곳에서 배수진(背水陣)을 치고 열심히 살아 보기로 했다.

　이곳 유구라는 곳은 직물(織物)공업이 발달한 곳으로 동혁은 차츰차츰, 그쪽 분야로 장사를 해볼 양으로 마음속으로 계획을 세밀하게 세우고 있었다.

　그리고 마침내 어렵사리 장터 쪽에다가 '협동상회'라는 이름 네 글자 간판을 세우고 동혁은 여러 가지 직물을 팔기 시작했다.

　워낙 장사 수완이 좋아서인지 동혁의 금고에는 하나, 둘 금전이 쌓여만 갔다.

　그 해 그러니까 전쟁의 소용돌이가 가라앉은 1956년 가을, 순덕은 덕수라는 남자아이를 무사히 출산할 수 있었다.

보이지 않는 신의 축복인지 둘째 아이를 출산한 후부터 순덕이네 가세(家勢)는 몰라보게 변하고 있었다.

"여보, 덕수라는 둘째 아이가 우리한테는 참말로 복동이네요."

"암, 그렇고 말고. 내가 요즘 신바람이 절로 난다니까."

순덕과 동혁은 모두 좋아서 일시에 함박 웃음을 터트리고 있었다.

그 무렵, 동혁은 충청도 일원을 장사 무대로 할 것이 아니라 보다 큰 서울의 동대문 도매상들과의 장사를 하기 위해 빈번히 서울을 들락거리고 있었다.

워낙 신용을 생명으로 여겨가며 '협동상회'를 운영해 가던 동혁의 사업은 나날이 번창하고 있었다.

어느덧, 낯선 곳 유구에서의 생활이 안정을 지켜가며 유구 사람들로부터 부자라는 소리를 듣게 되었다.

그러나 순덕이네의 장남 덕수는 조금 다른 아이들보다도 지능이 떨어지는 아이였다.

"아들 태어나 무척 좋아했건만, 어디서 바보가 태어났구먼."

동혁은 어느덧, 두고 온 이북에 있는 아이들과 조금 지능이 떨어진 덕수를 비교하고 있었다.

하물며 심한 말더듬이에다가, 머리에 항시 달고 사는 하얀 기계총까지, 도무지 동혁은 남한으로 피란 나와 낳은 장남인 덕수를 내심 못마땅히 여기고 있었다.

그런 동혁의 마음도 모르고 덕수는 아버지인 동혁을 볼 때마다 언제나 방글방글 비눗방울보다 더 크게 웃고 있었다.

덕수에게는 온 마을이 놀이터였다.

연일 옷에 때를 묻혀가며 산으로, 냇가로, 들로, 친구들과 어울려 다니며 천진 난만하게 웃고 다녔다.

생활이 차츰 안정될수록 동혁은 가게를 비우는 일이 한층 더 잦아졌다.

가게를 비울 때면 동혁은 으레 마작 판에 끼여들어 마작놀음에 열을 쏟고 있었다.

그럴 때마다 순덕은 장사하랴, 아이들 돌보랴 고생이 이만 저만이 아니었다.

그런 쓰디쓴 순덕의 속을 아는지 모르는지 동혁은 파이프 담배만 피고 있을 뿐 예전처럼 다정스런 모습을 좀처럼 보여 주지 않고 있었다.

"내가 저런 영감 어디가 좋다고 따라 살다니…"

한동안 잊고 살던 17년이라는 나이 차를 순덕은 소처럼 천천히 되새김질하고 있었다.

어느 정도 넉넉한 재산이 모인 순덕은 자신의 가게인 '협동상회' 뒤에 있는 터까지 사들여 깨끗이 하얀 함석으로 지붕을 덮고, 새집을 지었다.

그러던 어느 날, 정월 초하룻날에 동혁은 아무 이유 없이 순덕을 들들 들기름처럼 볶아대기 시작했다.

이북에 두고 온 가족 생각이 났던 것이었다.

그 후로도 명절 때만 되면 동혁은 심통을 부려대고 있었다.

동혁의 큰아들 덕수는 그때부터 명절 때만 되면 자기네 집안이 시끄럽다는 것을 알아채고 아침을 먹고 나서부터는 친구들과 어울려 썰매를 타러 들녘으로 나가곤 하였다.

명절 때만 되면 집안 살림을 부수고 욕지거리를 해대는 동혁의 모습에 대하여 순덕도 차츰 오기가 발동하여 대들곤 하였다.

함박눈이 새하얗게 내리던 늦은 저녁녘 아랫목에서 평화롭게 잠들어 있는 어린 자식들을 힐끗 쳐다본 순덕은 더 이상 살지 않을 요량으로 보따리를 싸 가지고 쏟아지는 함박눈을 맞으며 유구를 떠나 정처 없이 예산으로 향하는 길목에 놓여 있는 차동고개를 힘겹게 넘어 가고 있었다.

그때 문득 그대로 걸어가 차라리 수덕사에 들어가 머리를 깎고 여승이 되리라는 결심을 어렴풋이 하고 있었다.

쏟아지는 함박눈은 쌓이고, 조금씩 혼자서 걷는 캄캄한 밤길이 무척이나 무섭게만 느껴졌다.

'여기서 약해지면 안 된다고, 이렇게 무너지면 안 된다고' 마음을 가다듬을 때 순덕의 귓전에선 '수덕사의 여승'이라는 노랫말이 스며들고 있었다.

얼마나 걸었던가, 네댓 시간 어렴풋이 눈발은 줄어들고 희미하게 햇살이 고개를 내밀고 달려들고 있었다.

순간 배가 무척이나 고팠다.

차동고개 언덕 위에 올라서자 작은 할매 국밥집에서 김이 모락모락 피어오르고 있었다.

축축이 젖어버린 버선 위로 김이 모락모락 피어 나왔다.

"밤새 걸었구려. 지난밤 눈발이 무척이나 세었는데 어딜 가려고, 그냥 웬만하면 참고 살구려. 세상 다 그렇고 그런 거라우."

뜨거운 선지 국밥이 목을 타고 넘어가자, 그제야 순덕은 두고 온 다섯 아이들이 걱정되기 시작했다.

"할머니, 여기 예산으로 넘어가는 첫차가 언제 오나요?"

"글쎄, 간밤에 눈이 이리도 많이 왔는데 이 높은 차동고개를 올라오려구. 아마 힘들걸, 이제부턴 내리막길이니 걸어가는 게 오히려 빠를 거유."

국밥집 할머니의 정 깊은 말을 가슴에 담고 차동고개를 천천히 내려오면서 순덕은 문득 순천에 계신 어머니를 생각했다.

"안 되지, 이런 모습을 어머니께 보여 드려선 안되지."

순덕은 마음을 고쳐 먹기 시작했다.

또다시 대여섯 시간 예산 읍내의 시외버스 터미널에서 사이다로 갈증난 목을 풀고 나자, 순덕은 다섯 아이들이 있는 집으로 돌아가기로 마음을 굳혔다.

그러나 그냥 그렇게 돌아갈 수는 없었다.

순덕은 당진에 있는 한 포목상에게 준 외상값을 생각해 내고, 예산에서 당진으로 향하는 버스에 몸을 맡기고 있었다.

"이놈의 영감탱이 나 없는 사이에 고생이나 한번 실컷 해보라지…."

그제야 순덕의 얼굴에 분홍빛 화기(和氣)가 돌며 순덕은 동혁을 생각하며 참기름같이 고소한 웃음을 얼굴 여기저기에 띄우고 있었다.

순덕은 당진에 들러 외상값 오십만 원과 아이들 옷가지들을 사 가지고 분홍빛 노을이 춤추는 해질녘이 되어서야 유구로 돌아 왔다.

하루 사이건만, 분명히 동혁의 낯빛은 무척이나 초조함으로 물들어 있었다.

"배 많이 고팠겠구먼. 애들아! 오늘 우리 청요리 시켜먹자."

동혁은 웃으며 파이프 담배를 피우며 겸연쩍은 듯 가게 철문을 열고 나가 버렸다.

이윽고 이웃집 동화관에서 맛있는 자장면과 우동, 탕수육이 배달되어 왔다.

"애들 아버지는요?"

"예, 우리 집에서 빼갈 한독구리 하고 계세요."

동화관 김씨 아저씨는 싱겁게 웃으며 가게문을 열고 나갔다.

그런 일이 있은지 며칠 후부터, 동혁은 순덕의 눈치를 살피려는지 통 마작 하러 나가지 않았다.

서울 동대문 시장 포목상에 다녀오던 동혁은 유구 집으로 돌아오던 길에 총포상에 들러 공기총을 사 가지고 돌아 왔다.

"그게 뭐예요?"

순덕의 반갑지 않은 질문이 이어지고 있었다.

"새 좀 잡아 보려고, 왠지 마작 하는 게 아이들한테도 안 좋은 것 같아서…."

사실 순덕은 직접 동혁에게 말은 안 했지만, 저녁나절만 되면 으레 마작 판으로 향하던 동혁의 태도가 여간 미운 것이 아니었다.

동혁의 큰아들 덕수와 두 살 터울로 태어난 덕호는 틈만 나면 싸움질을 하다가 아버지인 동혁에게 들켜 연일 혼찌검이 나고 있었다.

순덕은 다섯 아이들을 키우면서 어쩌면 한배로 낳은 자식들인데도 저마다 각자 성격이 틀릴까라며 번번이 의아(疑訝)한 눈초리로 아이들 검은 눈동자를 신기한 듯이 바라다보곤 하였다.

순덕은 큰아들 덕수의 지능이 떨어지는 것을 알아채고 학교에 부탁을 해서 일학년을 두 번 다니게 했다.

동혁은 틈나는 대로 아이들을 데리고 나가 산으로, 들로 다니며 참새, 꿩, 산비둘기를 잡는데 재미를 붙이고 있었다.

하지만 그래도 동혁의 가슴 한편에는 자석처럼 두고 온 이북 가족에 대한 그리움이 언제나 덥석 덥석 달라붙고 있었다.

동혁은 사업을 확장하려는 의도로, 여러 가지 직물을 짜는데 필요한 원사(原絲)를 수입하려고 일본에 자주 들렀다.

일본으로부터 들여온 여러 종류의 원사들은 유구에 있는 여러 곳의 직물공장에 보내져 짜여졌고, 이 직물들은 동혁의 가게인 '협동상회'에서 거의 독점하다시피 했다.

예전에 일본에 유학했던 경험이 동혁의 사업 확장에 많은 밑거름이 되고 있었다.

그 무렵, 장사를 하는 많은 유구 사람들은 동혁으로부터 돈을 자주 빌려다 쓰고 있었다.

순덕은 덕수가 초등학교 삼학년을 마치자 동혁을 졸라 서울에 살고 있는 동혁의 큰아버지 댁에 덕수를 맡기기로 하고 덕수를 서울에 있는 학교로 전학시켰다.

사실 어린 덕수는 혼자서 부모 곁을 떠나기도 싫었고, 무엇보다도 친한 친구들과의 헤어짐이 무척이나 서운했었지만 아무런 내색도 할 수가 없었다.

1966년 장항선을 타고 아버지와 함께 서울역에 내린 덕수는 대낮에 졸고 서있는 사발 택시들과 난생 처음 맡아보는 이상한 냄새들, 덕수는 이것이 서울의 냄새라고 생각하며 그냥 빙긋이 웃었다.

　명동 근처의 중국집에서 덕수는 아버지 동혁으로부터 자장면을 얻어
먹으며 여러 가지 당부 사항에 대하여 그냥 고개만 끄덕이고 있었다.

　성북동 판잣집이 즐비한 냇가를 타고 올라 옛 기와집이 있는 큰아버
지 댁으로 덕수는 아버지 손에 이끌려 맡겨지고 있었다.
　마치 둥지를 떠난 어린 새끼 새처럼, 한순간 덕수는 자신을 데려다
주고 길 떠나는 아버지 동혁의 뒷모습만 물끄러미 바라볼 뿐 아무 말이
없었으나 내면으로부터는 '아버지 따라 다시 집으로 가고 싶어요'를 수
없이 외쳐 대고 있었다.
　순덕은 어린 덕수를 서울에 보내 놓고 한시도 마음을 놓을 수 없었다.
　서울에 있는 덕수나, 고향에 있는 순덕 모두 꾹 참으며 방학이 하루
빨리 오기만을 학수고대(鶴首苦待)하고 있었다.

　어느덧 삼 년의 세월이 흐르고 순덕은 더 이상 자식과 떨어져 살 수
없다며 동혁을 설득하여 충청도 유구에서의 삶을 접고 서울로 이사를
가기로 했다.

4
노력하는 큰아들

1968년 12월 서울의 하늘에선 순덕의 큰아들 덕수와의 만남을 축복이라도 하려는 듯 진눈깨비가 소담스럽게 내리고 있었다.

또다시 낯선 도시생활이지만 순덕은 무엇보다도 가족 모두 한곳에 모여 산다는 것에 대하여 무척이나 행복감을 느끼고 있었다.

그러나 덕수가 추첨을 통해 뽑아놓은 학교는 전혀 이름이 없던 변두리 지역에 있는 새로 지은 학교인지라 덕수는 덕수대로 미안한 마음에 고개를 숙이고 다녔다.

"기껏 비싼 돈 들여가며 서울로 보냈더니 추첨도 제대로 못해."

어느 날 동혁은 덕수를 크게 나무라고 있었다.

"여보, 그만 좀 하세요."

참다 못한 순덕이 동혁에게 핀잔을 주었다.

그때부터였다. 동혁이 공부를 못한다며 덕수에게 핀잔을 주기 시작한 것이.

　덕수의 초등학교 졸업식, 추첨을 잘못했다는 이유 하나로 덕수의 졸업식엔 누구도 참석하지 않았다.
　새롭게 중학교생활이 시작되고 덕수는 콩나물시루처럼 만원인 버스를 두 번이나 갈아 타가며 학교를 열심히 다니고 있었다.
　어느 날 영어시간, ‘히 이즈 어 닥터(he is a doctor)’라고 발음해야 제대로 된 발음인데 덕수는 도무지 발음 기호를 이해하지 못하고 그만, ‘히 이즈 어 닭털’이라고 발음하여 영어 선생님한테 심한 모멸(侮蔑)을 받았다.
　그러던 어느 날, 덕수는 집에 놀러 온 사촌 형님한테 발음 기호에 대하여 자세히 물어 본 연후에 영어 교과서에다가 한글로 토를 달아가며 천천히 영어 문장을 외워나갔다.
　그러는 사이 덕수는 영어 과목에 조금씩 흥미를 가지기 시작했다.
　그러나 덕수의 지능이 다른 아이들보다 조금 떨어지는 터라 낙제를 하여 순덕의 마음을 언제나 아프게 했다.
　“이북 아이들은 똑똑한데, 누구를 닮아 저렇게 공부를 못하는지.”
　그런 동혁의 탄식이 있을 때마다 순덕의 가슴은 떨어지는 낙엽처럼 철렁 철렁 내려앉고 있었다.
　가까스로 중학교를 졸업한 덕수는 어렵게 고등학교에 들어가 열심히 공부를 하였지만 안타깝게도 그만 예비고사에 낙방하여 대학 입학 시험을 치를 수가 없었다.
　덕수는 일년 동안 학원에 다니며 재수를 해보았지만 그만 또 근소한 차이로 예비고사에 떨어지고 말았다.

덕수의 고등학교 삼학년 담임 선생님은 생활기록부에 '너무도 열심히 노력하는데 안타깝다'라는 글을 남겨놓았다.

미안한 마음에 할 수 없이 덕수는 전라선 야간 열차를 타고 외가(外家)가 있는 순천으로 도망을 쳤다.

도망자가 되어 순천으로 향하던 전라선 완행열차 안에서 덕수는 재수(再修)를 하던 어느 날, 자신이 그토록 가고 싶었던 K대학에 들러서 K대학생들이 농구시합을 하느라 여기저기 벗어놓은 어떤 잠바에서 K대학 배지(badge)를 훔쳐 자신의 옷에 붙여 달고 하루동안 가짜 K대학생 흉내를 냈던 기억을 더듬었다. 덕수는 양어깨에 힘이 잔뜩 들어가고 세상 모든 사람들이 자신을 우러러 보는 것 같은 착각 속에 쏜살같이 빠져들고 있었던 우스꽝스러운 자신의 과거 모습이 부끄러웠다. 덕수는 혼자서 쓴웃음을 지으며 외화(外畵) 〈도망자〉에서 리차드 킴블처럼 불안 속에서 도망을 치고 있었다.

일주일 후, 순덕은 도망친 아들 덕수를 찾아 순천으로 달려갔지만 그 옛날 그리도 반겨해 주시던 어머님은 몇 해 전 세상을 떠나시고 없었다.

순덕은 자신의 못 배운 한스러움을 익히 잘 알고 있는 터라, 어떻게 해서라도 덕수를 대학에 보내고 싶었다.

"덕수야, 전문학교라도 가거라. 어데 가던지 네가 하기 나름이야."

순덕은 그렇게 덕수를 설득하여 전라선 야간열차를 타고 서울로 귀경(歸京)을 서두르고 있었다.

그러나 이런 간절한 순덕의 염원도 소용없었던지 덕수는 그만 또, 전문학교 시험에 근소(僅少)한 차이로 낙방하고 말았다.

　가족들 볼 면목이 없던 덕수는 자기 방에 틀어박혀 소설을 쓴다며 끼적거리다가 어설픈 단편소설 하나를 써놓고 담배를 피워 물었다.

　학창시절 문학에 관심이 많았던 덕수는 서서히 자신도 모르게 문학에 빠져들고 있었다.

　"저 녀석, 공부하기는 틀린 것 같고 택시 한 대 사줘야겠소. 제 밥벌이나 하고 살게 시리…."

　어느새 동혁의 파이프 담배연기가 빼곡히 허공을 감싸안고 있었다.

　"그건 안 되요. 청강생이라도 대학에 보낼 거예요."

　순덕은 단호하게 동혁에게 벌처럼 쏘아대고 있었다.

　수년 전, 서울로 이사오며 덕수와의 재회를 기뻐하던 순덕의 마음은 사라지고 어느새 순덕의 마음도 차츰차츰 변하기 시작하고 있었다.

　덕수의 청강생으로서 대학생활은 그다지 즐겁지가 않았다.

　다른 청강생들은 등록만 하고 수업은 참석하지 않았어도 덕수만큼은 꼬박꼬박 빼먹지 않고 수업에 참석하고 있었다.

　덕수의 대학생활 중에 우연히 자신의 친어머니인 순덕의 이름이 호적에 등재되어 있지 않은 것을 안 덕수는 어느 날 아버지인 동혁에게 대들었다.

　"아버지! 왜 생모인 저희들 어머니를 호적에 안 올려 놓으신 거죠?"

　"뭐라고! 이 못된 놈이 감히 내게 대들어?"

　동혁은 냅다 덕수의 오른쪽 뺨을 후려갈기고 있었다.

　"야 이놈아, 못된 송아지 엉덩이에 뿔난다고 하더니. 공부도 못하는 쓰레기 주제에 감히 내 일에 끼어 들어!"

　"왜요! 왜 안 올려 놓으세요?"

"너 이 새끼, 이제부턴 국물도 없다."

그랬다. 형제들 중에서 유일하게 덕수만이 자신의 친어머니인 순덕의 호적에 관하여 이의(異意)를 제기하고 있었다.

그때부터였다. 영원히 함께 할 수 없는 기찻길처럼 평행선이 나란히 그어진 채로 동혁은 아비로서 덕수에게 마음의 문을 꼭 꼭 닫아걸고 있었다.

"거지를 도와주면 고맙다고나 할텐데, 저놈한테 주는 등록금이 아까워, 아까워 죽겠어."

동혁은 항시 덕수에게 핀잔을 주고 있었다.

덕수는 여러 번 대학생활에 회의를 느끼고 중도 포기하려 하였으나 그나마 사회생활 하려면 대학 졸업장이 꼭 있어야 한다는 어머니의 간곡한 만류로 꾹 참고 다녔다.

덕수의 이런 마음을 누가 알까. 하늘이 알까, 땅이 알까. 덕수는 혼자서 여러 번 투덜거리고 있었다.

덕수는 힘겹게 칠 년만에 대학생활을 마칠 수가 있었다.

그러나 덕수가 다녔던 대학교 어느 교수도 덕수한테 취직하는데 도움이 되는 추천서 한 장 써주는 이는 없었다.

덕수의 대학 졸업식, 초등학교 졸업식과 마찬가지로 덕수네 가족 누구 하나 덕수의 졸업식에 와준 가족은 아무도 없었다.

쓸쓸했다. 떨어져 뒹구는 깡마른 낙엽처럼….

대학을 졸업한 덕수는 무엇인가 일자리가 필요했다.

며칠의 고민 끝에 장난감 행상을 해보리라 다짐하고 찾아 들어간 소규모의 장난감 회사에는 처지가 비슷한 대학 졸업생들이 여럿 모여있었다.

육 개월의 장난감 행상을 하는 동안 다른 대학 졸업생 모두 회사를 떠나고 말았다.

설상가상(雪上加霜)으로 신제품 개발에 적지 않은 자금을 쏟아 부은 회사마저 어느 대기업으로 인수·합병되고 말았다.

장난감 행상 시절에도 덕수의 영어 공부에 대한 열정은 식을 줄 모르고 계속해서 부글부글 끓어오르고 있었다.

그리고 주말에는 항시 경복궁에 들러 관광 온 여러 나라 사람들과 대화를 해가며 실전 경험의 영어회화 실력을 다져나가고 있었다.

장난감 회사를 그만 둔지 삼 개월만에 덕수는 그동안 꾸준히 해온 영어회화 덕택에 제법 규모가 큰 해외 건설업체에 취직을 할 수가 있었다.

문자 그대로 뜻이 있는 곳에 길은 있었다.

순덕은 큰아들 덕수가 대견했다.

부족하지만 자신의 앞길을 혼자서 헤쳐나가는 그 모습이….

'어릴 때 극심한 기계총에다가, 심한 말더듬, 머리 지능지수까지 낮았던 저 애가 자신의 길을 혼자서 가다니….'

순덕은 그래도 덕수를 대학에 보낸 것을 후회하지는 않았다.

5

사회·법학

　한동안 변변한 명함 한 장 없이 친구들을 만나던 덕수는 ○○건설회사 해외 업무부 사원이라는 명함을 친구들한테 나눠주었다.

　○○건설회사는 전기(電氣)에 대한 공사를 전문으로 하는 회사로 당시 국내에서 전기 도급한도(都給限度)액이 가장 많은 회사였다. 이 회사는 덕수를 해외 업무부 사원으로 뽑고 나서부터 본격적으로 해외 송출(送出)을 위한 업무가 시작되고 있었다.

　어느 날 중장비 부문 포크레인 기사를 뽑는 과정에서 섬에서 올라 왔다는 K씨는 실기 시험이 다 끝이 난 다음에야 실기 시험장에 나타났다.

　그 당시만 하더라도, 위낙 '해외 건설 붐'이 세차게 불고 있던 터라 경쟁률이 무척이나 높았다.

　하물며 K씨는 실기 시험이 다 끝이 난 다음에야 나타났으니 결과는 보나마나한 것이었다.

지원자들의 서류를 취합하고 있던 덕수에게 K씨는 울면서 통사정을 하고 있었다.

"제발 떨어져도 좋으니 실기 시험 한번만 보게 해 주세요."

워낙 인정이 많은 덕수는 안 된다는 기술상무님을 설득하여 실기 시험을 치를 수 있게 도와 주었다.

그리고 그날 저녁 회식자리에서, 기술상무는 덕수의 어깨를 두드려 주었다.

"자네 사람 보는 눈이 있더군. 아, 글쎄 말이야 K씨가 가장 침착하게 포크레인을 잘 조정하더군. 더구나 초조한 상황이었는데도 불구하구. 그래서 우리는 K씨를 포크레인 반장으로 선발하기로 했다네. 현지에서는 예기치 못한 상황이 벌어 질 수도 있거든…."

덕수도 괜히 기분이 좋았다.

그러나 덕수의 사회생활이 해가 거듭되면서부터 약간씩 회의감이 밀려오고 있었다.

'싫어도 좋은 척, 좋아도 싫은 척하는 것이 사회생활이란 말이지….'

본시 착하고 고집 센 덕수로서는 도무지 이해가 가지 않았다.

업무가 끝이 났는데도 윗사람 눈치만 보고 그냥 앉아 있는 회사 분위기가 너무 싫었다. 덕수는 야간에 다닐 수 있는 경영대학원에 원서를 내고, 시험을 치러 합격이 되어 다니고 있었지만, 이를 두고 회사 여기저기서 수군거리는 소리가 들려 오고 있었다.

"지가 뭐라고, 건방지게, 야간에 대학원을 다녀…."

그러나 양부사장은 이해해 주고 있었다.

"야, 박군 잘했다. 사람은 배울 수 있을 때 많이 배워 둬야 해. 암, 그렇고 말고. 인생사 새옹지마(塞翁之馬) 사람은 언제 어떻게 될지 한치 앞을 모르거든.”

그렇게 덕수는 양부사장의 비호 아래 일주일에 세 번 경영대학원에 다닐 수가 있었다.

해외 업무부엔 덕수와 담당 과장, 그리고 총괄하는 상무가 한 명 있었다.

거의 일을 혼자서 맡아서 하던 덕수는 과장과 상무가 서로 짜고 해외 송출을 미끼로 노무자들과 뒷거래를 하고 있는 것을 알아채고 있었다.

그렇지만 그 당시로서는 워낙 큰 공사를 수주해온 해외 업무부 상무 한테 이의를 제기할 사람은 아무도 없었다.

시쳇말로 더럽지만 눈감아 준다는 식의 사회생활이라는 명목 하에 독버섯들이 무럭무럭 자라나고 있었다.

더군다나 덕수의 강직한 성품과 타협할 줄 모르는 고집 센 성격이 항상 해외 업무부 과장과 상무의 눈에는 문자 그대로 골치 아픈 눈에 든 가시였다.

그러던 어느 날, 화장실에 갔다가 새로 들어온 두 명의 신입사원 입을 통하여 덕수 자신을 기회가 오면 언제든지 “화이어 아웃(Fire Out) 시킨다”는 말을 듣고 덕수는 화가 머리끝까지 치밀어 올랐다.

‘뭐 나를 해고시킨다고, 웃기고 있네 더러운 개새끼들.’

덕수는 마음을 억누르며 야간에 다니는 경영대학원을 수료할 때까지만 회사에 다니기로 하고, 지난 2년 동안의 회사생활을 어떻게 마감하는 게 좋은지에 대하여 혼자서 고민하고 있었다.

한달 후 경영대학원 수료증을 손에 쥐고 난 덕수는 한바탕 회사를 뒤집어 놓기로 작정하고 D데이 날짜를 손꼽아 기다리고 있었다.

그리고 마침내 그날이 왔다.

"과장님, 드릴 말씀이…."

"뭔데, 빨리 말해봐."

과장의 대답은 귀찮다는 듯이 몹시도 퉁명스러웠다.

"저에게 하실 말이 있으면 저한테 직접 하시지. 왜, 제가 없을 때만 신입사원들한테 저를 해고시킨다는 말을 하는 거죠?"

"뭐라고, 이게 지금 누구한테 대들어."

과장이 얼굴에 쌍심지를 키고 있었다.

칸막이 된 양부사장의 방에서 덕수의 말에 일리가 있다는 의미의 "으음…"하는 헛기침 소리가 들려왔다.

물꼬가 터진 논둑처럼 덕수의 행동은 펄펄 살아나 돌아다니는 활어(活魚) 그 자체였다.

이윽고 문을 박차고 들어선 해외 업무부 상무실. 상무는 아무 말도 못한 채 덕수의 두 눈만을 빼꼼히 쳐다보고 있었다.

"제가 무슨 잘못한 거라도 있나요?"

"그게 무슨 말이지?"

"무슨 말이라뇨, 몰라서 물으세요. 제가 해고당할 만한 사안이 있던가요. 예, 있냐고요?"

여름철 찐득찐득 달려 붙은 습한 더위를 한방에 날려보내는 듯한 한줄기 세찬 소나기 같은 덕수의 이유 있는 항변이었다.

그리고 곧바로 덕수는 총무부장에게 사표를 제출하고 회사를 성급히 빠져 나왔다.

시원했다. 그 순간만큼은 더할 수 없이….

회사를 그만 두었다는 덕수의 말을 전해들은 순덕은 걱정이 되었다.

“이제 뭘 하려구. 요즘 취직하는 게 어렵다는데…”

그러나 덕수는 오래 전부터 예견해온 터라 그리 걱정하지는 않았다.

“걱정 마세요. 더 좋은 회사 들어갈 테니까.”

그날부터 덕수는 신문을 사다놓고 구직광고란을 세심하게 읽어 내려가고 있었다.

그러던 어느 날, 마치 사냥개가 자기가 찾고 있던 먹이 감을 발견 한 것처럼 덕수는 조선소(造船所)에서 해외 업무를 담당할 경력사원을 뽑는다는 구직광고를 보고 신바람이 났다.

서류 접수가 끝나고, 덕수는 좋은 소식이 오기만을 초조하게 기다리고 있었다.

그리고 보름 후 아침 고요를 깨우고 오토바이 소리가 덕수집 앞에 멈춰 섰다.

‘서류 접수 통과, ○○날에 필기시험 참석 바람.’

그것은 전보였다 .

덕수가 기다리고 있던 전보였다.

필기시험은 덕수가 가장 자신 있는 영어시험이었다.

또다시 일주일 후 아침의 고요를 깨우고 문밖에서 오토바이 소리가 났다.

‘2차 필기시험 통과, ○○날에 영어회화와 면접시험.’

덕수는 더더욱 힘이 났다.

그리고 세 번째 전보를 받던 날 덕수는 뛸 듯이 기뻤다.

‘축하합니다. 귀하는 최종 합격되었습니다. ○○날에 광화문에 있는 서울사무소로 나와 주시기 바람.’

이렇게 해서 초조했던 덕수의 취업 007작전은 막을 내렸다.

"엄마, 나 근무처를 본사가 있는 울산으로 갈까, 아니면 서울사무소에 있겠다고 할까?"

"글쎄다. 너희 아버지하고 관계가 안 좋으니까 이참에 멀리 서로 떨어져 있는 것도 괜찮을 것 같구나. 하지만 최종 결정은 네가 해라…"

"아버님, 어머님 그럼 다음에 뵐게요."

덕수는 울산으로 간단한 짐을 챙겨서 떠났다.

울산 조선소는 그야 말로 방대(尨大)했다.

덕수는 마중 나온 총무과 직원들의 설명을 듣고 난 후 피복을 지급받고 나서 정해진 숙소에 들러 여장을 풀었다. 그리고 나서 전화국에 들러 서울에 계시는 부모님께 잘 도착했다고 장거리 전화를 했다.

숙소 앞 시장에서 '던지기 탕'이라는 수제비를 한 그릇 비우고 나서야 덕수는 그곳이 낯선 곳임을 새삼 알게 되었다.

처음으로 배치된 해외 시장조사부엔 문자 그대로 일의 세분화가 잘 이루어져 있었다.

덕수가 일했던 중소기업 시스템하고는 완전히 달랐다.

중소기업은 중소기업대로 일장일단(一長一短)이 있고, 대기업은 대기업대로 일장일단이 있다는 것을 덕수는 몸소 체험을 통하여 터득하고 있었다.

그러나 잔뜩 기대하고 간 조선소에서는 도무지 덕수가 능력을 발휘할 기회조차 주지 않았다.

경력사원으로서는 마땅치 않는 일반 허드렛일이었다.

환언하면 전혀 생색이 안 나는 그런 일이었다.

생색이 안 나지만 누군가는 반드시 해야만 하는 그런 일이었다.

그렇다고 아부를 하면서까지 상사들과 친해지기는 싫었다.

이것이 세상살이의 논리인가. '잔머리 굴리기, 권모술수(權謀術數).' 이 모두가 세상 살아가는 이치처럼 보여졌다.

그런 조직사회에서는 전혀 어울리지 않는 덕수로서는 예상하지 못한 벽에 자꾸만 부딪치고만 있었다.

그러는 사이, 덕수는 주말마다 서울을 오가며 길에다 돈을 뿌리고 있는 상황이었다.

유일한 재미는 퇴근길에 포장마차에 들러 고갈비와 막걸리 한잔하고 숙소에 돌아와 잠을 청하는 밋밋한 생활뿐이었다.

그로부터 얼마 안 되어 회사에선 해외 수주(受注) 부족으로 인하여 인원 감축이 있을지도 모른다는 소문이 날개를 달고 순식간에 퍼져 나갔다.

덕수는 부서에서 생색 안 나는 일로 해서 희생양이 되어 연수원에서 삼 개월 동안의 재충전 시간을 가져야만 했다.

부서로 돌아온 덕수는 회사 업무에 대하여 아무런 보람도 느끼지 못한 채 그냥 하루 하루를 술과 벗하며 지내고 있었다.

그때 새로 부임한 K부서장은 회장의 의전실장을 맡았던 부장으로서 인상이 불독같이 생겨 별로 친근감이 가지 않은 사람이었다.

그리고 얼마 후 오월 신록의 계절이 찾아오자마자 새로 부임한 K부서장은 일요일에 부서원 전원 모내기 지원을 나가야 한다며 참석하지 않으면 "죽여 버리겠다"는 쌍스러운 욕을 내뱉고 있었다.

그러나 덕수는 이미 예매를 해놓은 터라, 게다가 선을 보았던 여자

와 서울에서 약속도 있고 해서 모내기에 참석할 수 없다라고 솔직하게
부서장에게 털어놓았다.

부서 회의가 끝나고 하나, 둘 부서원들이 간이 주점으로 모여들었다.
부서원들은 일요일에 전원 모내기 지원을 나가지 않기로 작정을 하고
난 후, 덕수는 울산에서 고속버스를 타고 서울로 향했다.

일요일, 지난번 선을 보았던 여자와 만났지만 결혼해서 울산에 가서
살자했더니 싫다고 했다.

아뿔싸, 전원 모내기 지원을 나가지 않기로 했던 부서원들은 약속을
어기고 덕수를 제외한 모든 부서원들이 모내기 지원에 참석을 했다며
일찍 출근한 미스 최가 덕수에게 귀뜸을 해 주었다.

아니나 다를까, 오전 열한시경 부서장의 호출이 있었다.

어디서 뽑아 왔는지 덕수에 대한 상세한 신상명세서가 부서장의 손
에 들려 있었다.

"야, 이 새끼야. 너 죽고 싶어."

부서장은 덕수를 향해 심한 독설(毒舌)을 내뱉고 있었다.

"제가 왜 죽습니까?"

순간 부서장의 주먹이 덕수의 얼굴을 내 갈기고 있었다.

순간 화가 머리끝까지 오른 덕수는 부서장을 사무실 시멘트 바닥에
쓰러트린 후, 부서장의 목을 움켜잡고 있었다.

"야, 부서장이면 다야! 남자는 다 배알이 있어."

움켜 쥔 주먹으로 냅다 부서장의 얼굴을 내리 치려는 순간 이를 지
켜보던 부서원들이 달려들어 덕수를 부서장으로부터 떼어내고 있었다.

"더러운 새끼, 저러구도 부서장이라구. 아부만 하는 주제에…."

분을 못 삼킨 덕수는 부서장에게 벌처럼 윙윙 쏘아대고 있었다.

그 일이 있은 후 얼마 안 있어 아부 잘하는 K부서장은 런던 지사장으로 발령을 받고 떠났다. 그가 떠난 후 밑에 있던 우유부단한 성격의 소유자인 H차장이 부서장 직을 떠맡고 있었다.

그리고 그 해 연말 서울로 올라온 덕수는 연말연시에 쓸려고 은행에 들러 통장 잔고를 확인하였으나, 예상했었던 보너스 300%는 실종되고 없었다.

연말연시의 휴가를 끝내고 울산으로 내려간 덕수는 시장조사부에서 자신만 혼자 보너스 100 %만을 받았다는 사실을 알아내고, 사표를 써서 부서장에게 갔다.

"부서장님, 왜 저만 보너스 100%인지 알아듣게 설명 좀 해주세요."

"자네, 인사고과에 따라 상여금이 결정된다는 것을 알고 있을 텐데."

부서장은 덕수의 얼굴도 제대로 쳐다보지도 못한 채 덕수의 질문에 대하여 얼버무리고 있었다.

억장이 무너진 순간, 덕수는 더 이상 이야기하기가 싫었다.

사표를 제출한 후 덕수는 숙소로 돌아와서 2년 동안의 조선소 생활을 접고 자신의 숙소를 향하여 한마디 던졌다.

"잘 있어라, 포로 수용소여. 나는 간다. 그동안 참말로 고마웠다."

그 당시 빨간 벽돌로 지어진 숙소를 보고 사원들은 포로 수용소 라고 명명(命名)했었다.

서울로 돌아온 덕수는 아버지인 동혁의 미움을 받고 쫓겨나 할 수 없이 누나 집에서 신세를 지고 있었다.

재미없는 나날들이 이어지고, 이제는 자신이 선택해야 할 것이라곤 유학을 떠나는 길밖에는 아무것도 없다고 생각했다.

그렇게 누나 집에서 20여 일을 지내고 있을 때 덕수는 전혀 예상치 않았던 전화 한 통을 받았다.

"이것 봐, 박덕수 씨. 울산에 빨리 내려오게나. 자세한 이야기는 만나서 하고, 하여튼 기다림세."

그 전화는 뜻밖에도 해외 영업을 총괄하고 있던 J상무의 전화였다.

울산에서 J상무와 덕수는 마주 앉았다.

"자네 그동안 회사에서 무슨 일이 있었는지 속 시원히 털어봐 보게."

덕수는 그동안 혼자서만 끙끙 앓고 있던 지난 2년 동안의 회한에 가득 찬 회사생활에 대하여 솔직하게 J상무에게 털어놓고 있었다. 속 시원했다. 그리고 모든 것이 런던 지사장으로 떠난 K부장의 농간임을 알아챌 수 있었다.

"자네, 내일부터 다시 출근하게. 모든 것은 내가 이미 조치해 두었네. 또 자네가 불편할까봐 '계약관리부'로 새롭게 발령을 내었으니 툭툭 털어 버리고 열심히 일하게. 이제부턴 내가 지켜보고 있을 테니."

덕수는 J상무가 내심 무척이나 고마웠다.

다음 날부터 덕수는 새롭게 머리를 깎고 계약관리부에서 새롭게 일을 시작하고 있었다.

같은 층에 있던 시장조사부의 H차장은 사표를 내고 다시 오는 게 아니라며 복도에서 만날 때마다 비아냥거렸다.

그랬다. 그리고 그 말의 정확한 의미를 덕수는 곧바로 알 수 있었다.

덕수가 새롭게 옮겨간 계약관리부는 해외 업무는 맡기지 않고 국내 공사 업무를 맡으라며 문자 그대로 또다시 찬밥 신세가 되고 말았다.

그리고 새로 옮겨간 계약관리부에서 6개월을 근무한 후 덕수는 두 번째 사표를 던지면서 '한번 사표를 낸 후에는 두 번 다시 그 조직 속으로 다시 가는 게 아니다'라는 진리를 나름대로 깨우치고 있었다.

서울로 향하는 늦은 밤 고속버스 안에서, 그래도 사표를 수리 안 하고 한달 동안 묵묵히 뒤를 돌봐준 J상무에 대한 고마움은 잊지 않기로 했다.

6
환상 (幻想)

순덕은 큰아들인 덕수가 또다시 6개월만에 사표를 쓰고 조선소에서 올라온 것을 보고 답답하기도 하고 안타깝기도 했다.

"재가 도대체 왜 그럴까. 어렸을 때 팽이 돌리는 모습을 봐도 땀을 뻘뻘 흘려가면서도 꼭 맘먹은 것은 해내던 아이인데, 도무지 그 속을 모르겠단 말이야…"

또다시 사표를 쓰고 올라 왔으니 아버지인 동혁으로부터 괄시와 천대를 받는 것은 불을 보듯이 뻔했다.

아니나 다를까. 예전에 이층 방을 쓰던 덕수는 소위 식모 방이라 불리던 화장실 옆에 붙어 있는 작은 골방을 사용할 수밖에 없었다.

컸다면 이미 커버린 나이 29세의 덕수는 더 이상의 회사생활의 미련을 버리고 유학을 가기로 하고 토플 공부와 경영학 쪽으로 유학을 가기 위해 GMAT(Graduate Management Admissions Test - 경영대학원 입학 적성 시험) 시험 공부에 심혈을 기울이고 있었다.

　그러나 골방에 있는 형광등 선을 잘라 놓는 등 동혁의 심한 천대로 인하여 집에서 더 이상 기거할 수가 없었다.

　어머니인 순덕의 배려로 덕수는 같은 동네에 살고 있는 친척의 집으로 거처를 옮겼다.

　그러던 어느 날, 덕수는 친척집 식구들이 모두 외출하자 자신의 옷가지들을 빨려고 세탁기를 이용했다.

　뒷마당에 빨래를 널고 한가하게 낮잠을 즐기고 있을 무렵 친척집 큰누나는 덕수를 깨웠다.

　"야, 니 빨래 한가지만 가지고 세탁기를 돌렸니? 전기 값이 얼마나 비싼데…."

　아닌 밤에 홍두깨가 갑자기 출현한 것 같았다.

　'세탁기 한번 돌린 것 때문에 전기 값이 나오면 천원이 나와, 만원이 나와.'

　덕수는 대들고 싶었지만 꾹 참았다.

　"걱정마, 다음부턴 안 쓸게…."

　몹시도 뒷맛이 씁쓸했다. 마치 소태 껍질을 씹은 것 같았다.

　더욱이 친척 큰누나의 집을 덕수의 아버지가 구입해 준 것을 생각할 때 자신에게 그렇게 말할 수는 없었다.

　"달면 삼키고, 쓰면 뱉는다고 하더니. 내참 더러워서…."

　덕수는 어두운 골목길을 나오면서 길바닥에 "퉤, 퉤, 퉤…"하고 침을 여러 번 내뱉고 평소 혼자서 자주 가던 포장마차에 들러 강소주를 마셔대기 시작했다.

　저 멀리부터 먼 산에 비구름이 새까맣게 밀려오고 있었다.

"못된 년, 정말로 너한테 그랬단 말이냐. 하숙비 셈치고 내가 몇 십만 원도 이미 건넸건만 채 한달도 안 되어 그렇게 못되게 굴다니, 내일이라도 당장 집을 팔아 버려야겠다. 길거리에 나앉게 시리."

순덕의 분노가 하늘로 치솟고 있었다.

"어머니, 그러지 마세요. 제가 나오면 되지요."

"귀둥이가 천둥이 된다고 하더니 네가 꼭 그 꼴이구나."

순덕은 아들 모르게 눈시울을 훔치고 있었다.

덕수는 또다시 아버지 동혁의 천대가 기다리고 있는 골방으로 돌아올 수밖에 없었다.

조선소에서 받아 가지고 온 퇴직금이 하나, 둘 줄어들고 있었다.

덕수는 그래도 경영학이라는 학문이 발달한 미국으로의 유학을 가기로 마음을 굳힌 터라 더 이상 다른 생각은 하지 않기로 했다.

미국의 수많은 학교 중에 그래도 학비가 저렴한 텍사스주에 있는 주립대학을 목표로 하며 덕수는 열심히 토플 공부와 GMAT 공부를 하고 있었다.

자신이 청강생으로 대학을 졸업하였기에 정식 학위가 없었음에도 불구하고 그래도 대학 4년을 마쳤음으로 대학 졸업장을 가지고 배짱 좋게 유학을 떠나려고 했던 것이다.

덕수의 토플 성적은 간신히 커트라인을 넘었으나, 언제나 문제가 되는 것은 GMAT 성적이 문제를 일으키고 있었다.

네 번의 GMAT 시험 끝에 덕수는 아슬아슬하게 커트라인을 넘기고 목표로 했었던 학교보다 조금 수준이 떨어진 대학에 어플라이(apply)를 해서 대학으로부터 그렇게 원하던 입학 허가서를 받을 수 있었다.

기뻤다. 언제나 비켜만 가던 운명의 신이 이제야 나타나 자신의 손을 번쩍 번쩍 들어주는 것 같아서 덕수는 이루 형언할 수 없는 기쁨에 도취되어 그저 나날이 즐겁기만 했다.

호사다마(好事多魔)라고 하였던가. 이번엔 학비가 문제였다. 조선소에서 받아온 4백만 원의 퇴직금 절반은 덕수 자신의 용돈과 거의 일년 가까이 걸린 유학 시험 준비에 들어가버려 어림잡아 미국 텍사스 대학에서의 필요로 하는 일년 동안의 경비(經費)로는 어림 반푼어치도 안 되었다.

몇 날의 고심 끝에 덕수는 자신을 그토록 미워하는 아버지인 동혁에게 도움을 청하기로 했다.

오후 늦은 시각, 덕수는 동혁이 거처하고 있는 안방으로 들어가 조용히 무릎을 꿇으며 자신의 계획에 대하여 차분하게 설명하고 있었다.

"저, 아버지. 미국에 유학 가서 일년 동안의 경비가 대략 팔백만 원 정도 들거든요. 저에게 퇴직금 타 가지고 온 것 중에서 이백만 원이 있으니 나머지 육백만 원만 좀 도와주세요."

"나는 모른다. 네 일이니 네가 알아서 하렴…."

동혁의 대답은 한겨울에 밀려오는 칼바람보다도 매서운 비수가 되어 덕수의 빈 가슴을 후벼대고 있었다.

그때 문득 '내가 거지를 도와주면 도와줬지, 네놈한테는 국물도 없다'라는 평상시 늘 입버릇처럼 말하던 동혁의 냉소 그득 섞인 말투가 덕수의 귓가에서 윙윙대고 있었다.

허탈했다. 모든 것이….

"그러면 그렇지, 개떡같은 운명의 여신이 내게 미쳤다고 미소를 보내 주겠어. 하늘은 스스로 돕는 자를 도와 준다고 하더니 모두 다 강아지 풀 뜯어먹는 소리들만 하고 있구먼. 어허 씨팔… 이제 뭘 한다지. 뭘 하긴 내가 좋아하는 술이나 실컷 마실 수밖에."

덕수는 지난 일년 동안 그저 허송세월을 보낸 것만 같아 속이 상해 아예 막소주 병에 빨대를 꽂아 가지고 아침부터 저녁까지 마시고 다녔다.

"그래 너는 정확하지. 마시면 곧바로 신호가 오거든. 한치의 오차도 없이 마신 만큼 그대로…. 역시 주신(酒神)인 바쿠스(Bacchus)가 대단하긴 대단하단 말이야…."

어느새 덕수의 혀는 꼬부라지고 있었다.

그렇게 술과 불알친구가 되어 밤낮 없이 헤매는 사이 봄은 그래도 찾아와 자연의 순리를 일깨워 주고 있었다.

지난 몇 달 동안 덕수는 문자 그대로 아무런 쓸모 없는 폐인(廢人)이 되어 가고 있었다.

덕수는 목련나무 밑에 널브러져 목련꽃을 바라보다가 술기운에 맥없이 잠이 들고 말았다.

그때 문득 그 옆을 바람처럼 스쳐지나가던 덕수의 사촌 형수가 목련나무 밑에서 쓰러져 잠들어 있던 덕수를 발견하였다.

"아니, 저럴 수가…"

사촌 형수는 덕수를 흔들어 깨웠다.

"도련님, 여기서 이렇게 쓰러져 잠자면 어떡해요. 빨리 일어나세요."

한참 후에야, 부스스 꾀죄죄한 모습으로 덕수는 깨어나고 있었다.

"안녕하세요? 형님 잘 계시나요?"

"도련님, 이게 뭐예요? 시시하게. 빨리 옷 털구 일어나세요."

"형수님, 저 술 한잔만 사주세요."

“이미 들었잖아요.”

“그래도, 해장술 한잔 해야죠.”

시장 근처 할매 곰탕집에서 덕수는 사촌 형수가 사주는 술을 마시고 있었다.

“웬일이세요? 이곳까지….”

“도련님 이렇게 매일 술만 드시면 폐인 돼요, 폐인. 아시겠어요?”

“이미 폐인(廢人) 됐는 걸요. 아무도 신경 안 써요. 돈 많은 우리 아버지 육백만 원만 보태 달라고 해도 거들 떠도 안 보고, 그저 강 건너 불구경만 하고 있잖아요. 그러니 제가 무얼 하겠어요. 이렇게 와르르 기왓장 무너지듯 처참히 무너질 수밖에 없잖아요, 형수님.”

“그럴수록 힘내세요. 하늘이 무너져도 솟아날 구멍이 있다고 하잖아요.”

“형수님, 저 그딴 말 이젠 더 이상 안 믿기로 했어요. 요즘엔 그저 술이 저의 유일한 친구이자 마치 피폐(疲斃)한 사막에 내리는 한줄기 빗물, 오아시스…. 제 가슴에 들어가면 그렇게 좋을 수가 없어요.”

그때 갑자기, 사촌 형수의 밝은 미소가 빛을 내고 있었다.

“도련님, 장가가세요. 네?”

“아이 참, 형수님도. 무일푼인 데다가 무능력자한테 누가 와요?”

“있어요. 내가 도련님 사정 다 말했더니 그래도 오겠다는 사람이 있어요. 그래서 오늘 겸사겸사 작은 어머님도 뵙고 하려고….”

“형수님, 그 사람 혹시 정신나간 사람 아니에요?”

“웬걸요. 큰 병원에 다니는 간호원인걸요.”

“그래요. 하여튼 저처럼 제정신이 아닌가 보네요.”

64

"그럼 도련님, 다음주 일요일 천호동에 있는 그 빵집으로 나오세요."

"예, 그렇게 할게요. 저는 좀더 앉아 있다가 갈게요."

사촌 형수는 그렇게 또 바람처럼 사라져 갔다.

일요일 오후, 빵집의 분위기는 한산했다.

덕수는 창가에 자리를 잡고 앉아 지나가는 사람들의 모습과 거리 풍경을 바라보고 있었다.

한 이십여 분이나 흘렀을까. 빵집 입구에 나타난 사촌 형수와 키 작은 여자가 덕수가 앉아 있는 창가 쪽으로 다가서고 있었다.

"도련님, 일찍 나왔네요."

"안녕하셨어요, 형수님. 그리고 처음 뵙겠습니다. 박덕수라고 합니다."

"김복자입니다."

처음 보는 그 여자는 간호원 이미지 그대로 깔끔하고 단정했다.

몇 마디 서로에 대한 인사가 끝이 나고 사촌 형수는 두 사람만의 시간을 가지라며 빵집을 일어서고 있었다.

"이해하세요. 그냥 평상시 입는 옷차림 그대로 나왔으니…"

"괜찮아요. 잠바 차림이 잘 어울리시네요."

언뜻 보아 이해심은 있는 것 같이 보여도 눈매가 약간 치켜 올라간 것으로 보아 성깔이 보통이 아닌 것처럼 보였다.

어색한 시간이 흐르고 분위기가 가라앉자, 덕수는 자리를 옮기자며 앞장서서 빵집 문을 나가고 있었다.

덕수는 아무런 가감(加減) 없이 있는 그대로의 모습을 보여 주고 싶었다.

옮겨간 작은 식당 안, 덕수는 김치찌개와 소주 한 병을 주문했다.

소주 반병쯤 마셨을 때 덕수는 갑자기 예상치 못한 질문 하나를 김복자라는 선보러 나온 여자한테 던지고 있었다.

"저 믿어줄 수 있나요?"

"믿어 드릴게요. 자신감을 가지세요."

"그럼 우리 한번 진지하게 사귀어 봅시다."

헤어지는 길목 잠바 차림의 모습과 첫 대면부터 소주를 마신 것에 대하여 덕수는 정중히 사과했다.

그로부터 일주일 후 덕수와 복자는 자주 만남을 가지면서 서로에 대하여 조금씩 알아가고 있었다.

생동하는 봄의 싱싱한 기운 때문인지 덕수는 최악이라고 생각하는 자신의 처지를 믿어준다는 복자가 그냥 고맙고 좋았다.

누구라도 그러하듯이 좋은 감정이 쌓여만 가던 덕수는 복자와 결혼을 해야겠다는 결심을 서서히 하고 있었다.

"내가 생각해도 요즘의 내 상황이 최악인데, 그래도 나를 믿어준다니 일생을 함께 해도 괜찮을 거야 누가 뭐라 해도⋯."

덕수는 서서히 최면을 걸고 있었다.

그러던 어느 주말 하마터면 그 옛날 어머니 순덕의 가출로 인하여 여승이 될 뻔했던 사연이 있는 수덕사에, 덕수는 복자를 데리고 여행을 갔다.

"덕수 씨, 그 어머님 한번 뵙고 싶네요."

"그렇게 하죠, 뭐. 제가 날 잡아서 알려드릴게요."

그로부터 열흘 후 복자는 덕수의 안내를 받으며 꽃바구니를 손에 들고 덕수 부모님을 뵈러 덕수네 집으로 들어서고 있었다.

"○ ○ 병원의 간호원이라고…. 양친은 다 살아 계시고?"

"아버님은 돌아가시고, 어머님만 시골에 어린 동생들과 함께 계세요. 뭐, 또 질문하실 말씀이 있으신지요?"

복자의 대답은 의외로 사무적이었다.

어딘가 모르게 오랜 병원 근무 탓인지 마치 병원에서 환자를 대하는 듯한 복자의 사무적인 태도에 덕수 부모님은 속으로 복자를 별로 탐탁하게 생각하지 않고 있었다.

덕수는 복자를 병원 입구까지 데려다 준 후 집으로 돌아와서 어머니 순덕과 마주앉아 있었다.

"어머니, 마음에 드세요?"

"애야, 이런 말 하기긴 좀 뭣하지만 네 아버지도 별로 마음에 들어하지 않고 나 또한 마음에 들지 않는구나. 게다가 이건 여자로서의 느낌인데, 얼굴에 짙은 기미, 주근깨도 영 마음에 안 들고. 여하튼 없었던 일로 하는 게 좋을 것 같다."

순간 덕수의 마음속으로 거센 폭풍우가 밀려들고 있었다.

"유학 간다고 조금만 보태 달라고 해도 모른 체하고, 이제 와서 결혼한다고 해도 못하게 하고, 도대체 나보고 죽으라는 거야 살라는 거야."

덕수의 내면으로부터 서서히 쇠심줄보다 질긴 오기가 발버둥치고 있었다.

"나는 할겨, 나는 꼭 결혼 할겨. 복자와 누가 뭐래도…."

복자가 근무하는 병원 앞의 작은 다방, 힘없는 덕수의 모습을 보고 복자가 먼저 말문을 나룻배처럼 강물에 띄우고 있었다.

"덕수 씨, 부모님이 뭐라고 하세요?"

"뭐, 그냥. 좀 생각해 보신다고…."

"솔직하게 말해 주세요, 네? 우리 어린 아이들이 아니잖아요."

한참 있다가 덕수는 입안에 냉수 한 컵을 털어 넣고 말문을 꺼냈다.

"실은 반대하세요. 당신 아들 처지는 생각하지 않으시고…."

"그럼, 이제 우리 그만 만나요."

"아니, 그런 말이 어디 있어요."

순간 덕수는 화가 무척 났다.

"연애도 아니고, 중매인데. 반대하는 결혼을 누가 해요."

복자의 대답은 의외로 단호했다.

그날 헤어진 후부터 병원에 전화를 걸어도 복자의 태도는 입고 있는 하얀 가운처럼 냉랭한 기운으로 납덩이처럼 굳어져 있었다.

사면초가(四面楚歌)였다.

덕수는 한동안 끊었던 술을 다시 입에 대기 시작했다.

"뭐 하나 되는 일이 없구만. 직장생활도, 유학도, 결혼마저도. 아마 전생에 내가 죄를 많이 지었나 보구만…."

덕수의 쓸쓸한 웃음소리가 담배연기와 섞이어 멀리 멀리 날아가고 있었다.

그리고 오월 초순 간밤의 세찬 비바람에 남아 있던 몇몇의 목련꽃마저도 떨어져 버리고 덕수는 바지 주머니에 왼손을 집어넣고 터벅터벅 걸었다. 복자와 만나기로 약속한 처음 만났었던 천호동 식당에 먼저 도착한 덕수는 복자가 도착하기도 전에 소주를 두 병째 비우고 있었다.

"여전히 술을 사랑하시네요. 그것도 아주 많이…."

복자는 쓴 소리를 하며 덕수 옆에 나란히 앉았다.

"그동안 어떻게 지냈어요?"

"저야, 병원 일로 무척이나 바빴죠."

"좋겠네요. 바빠서요⋯."

"그럼요. 좋구 말구요."

복자의 대답은 무척이나 냉소(冷笑)적이었다.

싫다는 복자를 덕수는 억지로 병원 앞에까지 바래다주고 돌아 나오
는데 병원 뒤 논두렁에서 '용기를 가지라고, 배짱을 가지라고' 이름 모
를 개구리 합창단 소리가 덕수의 고막을 뒤흔들어 놓고 있었다.

순간 덕수는 힘없이 병원 문으로 들어서고 있는 복자의 핸드백을 낚
아채며 한 손으론 복자를 병원 문 앞에 서 있던 택시 속으로 거세게 밀
어 넣었다.

"아저씨, 남한산성이요."

"예, 알았습니다."

택시는 밀려오는 뿌연 밤안개를 헤치며 병원과 서서히 멀어 지고 있
었다.

남한산성 가는 길목 조용한 여관에 덕수와 복자는 아무 말 없이 들
어섰다.

"이것 좀 꿰매 줘요."

덕수는 아까 복자의 핸드백을 낚아 챌 때 터진 남방을 복자 앞으로
내밀고 있었다.

그리고 그날 밤, 덕수는 복자를 자기 사람으로 만들었다.

서서히 봄기운이 물러가고 여름 초엽의 냄새가 공기를 타고 흩어지
던 어느 날, 복자는 덕수를 만나자며 전화를 걸어 왔다.

“오늘 술 한잔하세요. 제가 사 드릴게요.”

평상시와 다르게 복자의 음성에는 다정함까지 듬뿍 배여 있었다.

“오늘 웬일이예요, 저한테 술을 다 사주신다 하고….”

“마음껏 들어 보세요. 오늘만은 이해해 드릴 테니까.”

그리고 두 사람은, 몇 번 들렀던 천호동 식당으로 장소를 옮기고 있었다.

덕수가 소주 두 병을 비우고 세 병째 마시려는 순간 복자는 무겁게 입을 열고 있었다.

“저, 임신이래요. 그렇다고 너무 좋아하지 마세요. 이 아이, 지울 테니까….”

“지우다니요?”

“우린 결혼할 사이도 아니잖아요.”

“생명이잖아요. 우리들의 분신이기도 하구요.”

덕수는 술이 확 깨었다.

집으로 돌아오던 길에 덕수는 예전에 자주 들리던 맥주 집에 들러 맥주를 마시다가 자신의 처지가 너무도 서글퍼 그만 자신의 머리에다가 맥주를 펑펑 퍼붓고 있었다.

순간 저쪽 구석에서 술을 마시고 있던 네댓 명이 덕수를 쳐다보며 떠들어대고 있었다.

“병신, 꼴값 떨고 있네. 버릴 술 있으면 우리나 주지. 정말 못 봐 주겠군.”

“야, 개새끼들아. 뭐라고, 이리 나와.”

순간 덕수와 네댓 명의 껄렁패들 사이에 싸움이 벌어 졌지만 덕수는 그냥 바보처럼 맞고만 있었다. 아니 그냥 실컷 얻어맞고 싶었다. 못난 자신의 처지를 생각하면서….

"박덕수 씨, 특수부대 출신이면서 어째 맞고만 있었어요. 저 녀석들 말썽만 피우고 다니는 이웃동네에 사는 껄렁패들이구만…."

"그냥 보내 주세요. 하지만 다음에 또 걸리면 그때는 진짜 혼찌검을 내줄 테니까요."

약국에 들러 대충 얼굴을 닦아낸 덕수가 초여름의 약간은 서늘한 바람을 맞으며 집으로 다가섰을 때, 시간은 이미 자정을 훨씬 지나 1시 47분을 가리키고 있었다. 얻어맞은 상처에 아랑곳없이 시원하다는 생각이 갑자기 밤하늘에 무수한 별처럼 쏟아지고 있었다.

초인종을 누를까 생각하다가 덕수는 잠자고 있는 식구들을 깨우기 싫어 담을 넘기로 했다. 덕수가 담벼락을 올라탄 순간, 뒤에서 누군가 잡아끌었다.

방범대원들이었다.

"늦었구먼, 초인종을 누르지 않고…. 자네 오늘 싸움도 했다며?"

"사정이 있었어요. 부모님들한테는 말하지 마세요."

"알았어. 그럼 다음에 보자구…."

이윽고 내려선 마당 앞뜰에는 집에서 키우는 강아지 메리가 반갑다고 꼬리를 흔들어 대고 있었다.

"메리야, 날 반겨 주는 건 너밖에 없구나. 너는 답답한 내 마음을 알지? 알고 있지?"

덕수는 강아지를 꼭 끌어안았다.

그때였다. 큰 그림자와 낯익은 목소리가 들려온 것은 아버지 동혁이었다.

“못된 놈, 이제 싸움박질까지 하고 다니는구나.”

주무시는 줄만 알고 있던 아버지 동혁의 파이프 담뱃대에서 화난 불꽃의 섬광이 번뜩이고 있었다.

“너, 내일 아침 나 좀 보자…”

덕수는 에라 모르겠다는 심정으로 ‘내일 아침에 산수갑산을 가더라도 잠 좀 자야겠다’라며 이불을 끌어당기고 있었다.

그러나 뇌리 속에서는 아까 저녁나절에 복자가 들려주던 ‘저 임신했어요’라는 목소리가 크게 반향(反響)을 일으키고 있었다.

“덕수야! 너, 나 좀 보자.”

“예.”

엉겁결에 깬 덕수는 ‘그놈의 아침 참 빨리도 왔다’라며 아버지가 기다리는 안방 문을 밀치고 들어서고 있었다.

“너, 내가 노파심에서 말해 두지만 간호원인가 하는 여자하고 결혼은 어림없는 줄 알고 있거라.”

“저는 결혼 할 건대요. 그리고 사우디에 돈벌러 떠날 거예요.”

“뭐라고, 이놈이 아직도 정신을 못 차리고. 하여튼 안 된다면 안 되는 줄 알아.”

아버지 동혁으로부터 심한 꾸중을 듣고 난 덕수는 문득 예전에 근무하던 ○○건설회사에서 자신의 뒤를 묵묵히 봐주던 양부사장이 보고 싶어 퇴근시간에 맞춰 회사 정문에서 양부사장을 기다리고 있었다.

“자네 한참만에 보는구먼. 어디 가서 나하고 대포 한잔하세.”

덕수와 양부사장은 예전에 자주 들렀던 동대문시장 뒷켠의 허름한 빈대떡집으로 들어섰다.

"그동안 편안하셨죠?"

"말도 말게. 회사에 우여곡절이 참 많았지. 내가 요즘 별 볼일 없는 빈대떡신사 바로 한 푼 없는 건달신세라네."

"무슨 말씀을 그렇게 하세요."

"그건 그렇고, 자네 요즘 무얼 하나?"

"예, 울산 조선소에 가 있다가…."

"그건 나도 들어서 알고 있었고, 요즘 무얼 하냔 말이야."

"유학 가려다가 포기하고, 그냥 있습니다."

"그냥 있다니, 좀더 구체적으로 말해 보게나."

"부사장님도, 뭘 그렇게 꼬치꼬치 캐물으세요."

"아무런 일도 안하고 있단 말이지, 그것참 잘되었네."

"잘되었다니요?"

덕수는 내심 화가 났지만 꾹 참고 있었다.

"나 좀 도와주게. 자네도 알다시피 사우디에 공사현장이 두 군데 있지 않았나. 왜, 그런데 사장 아들인 서전무가 무리하게 큰 공사를 맡아서 하다가 지금 회사가 엉망진창이야 글쎄. 곧 문닫게 생겼다구. 게다가 서전무는 어디론가 자취를 감추고 나타나지도 않고. 아무래도 자네가 사우디 현지로 가서 노무자들을 좀 설득하여 주게나. 이런 어려운 판국에 믿고 보낼 사람이 있어야지…."

양부사장은 덕수의 두 손을 꼭 잡고 간절히 덕수에게 도움을 청하고 있었다.

'이게 무슨 운명의 장난이란 말인가. 아침에 그냥 아버지한테 빈말로 한번 결혼하고 사우디에 돈벌러 가겠다고 무심코 던진 한마디가 현

실로 바뀔 줄이야.'

　사람은 한치 앞도 모른다고 하더니, 정확히 말해 3.3cm 앞을 인간은 모른다고 하더니, 덕수는 자신이 바로 그런 상황에 접해 있다는 사실을 눈앞에 두고 당황한 모습이 역력했다.

　아무런 약속 없이 복자가 근무하는 병원으로 들어선 덕수를 보고 복자는 깜짝 놀라고 있었다.

　"웬일이세요. 얼굴에 큰 상처까지 하고서…."

　"웬일이긴, 내가 못 올 데 왔나 뭐. 내 여자 만나러 왔는데 누가 뭐래. 나한테 뭐라고 할 사람 다 나오라고 해. 한번 싸운 놈이 두 번은 못 싸울까봐, 까지 것 이판사판 공사판이다."

　"헛소리 그만하시고 여기에 좀 앉으세요. 덧나지 않게 얼굴에 소독 좀 하고요. 가뜩이나 못생긴 얼굴에 상처까지 해 가지고는…."

　"이래봬도, 친구들은 내 얼굴이 백만 불짜리라고 치켜세워 주건만, 못생겼다니. 그건 말도 안 된다."

　"그건 그렇고 식사는 했어요?"

　"헤어질 사람이 그건 왜 묻는데?"

　"따라오세요."

　복자는 덕수를 병원 구내식당으로 데리고 갔다.

　"참, 나 복자 씨한테 알려 줄게 있어요."

　"그게 뭔데요?"

　덕수는 오늘 아침에 아버지 동혁에게 무심코 던진 한마디가 말이 씨가 되어 바로 같은 날 현실로 나타났다며 너스레를 떨고 있었다.

　"사우디라뇨?"

"예, 복자 씨와 결혼하고 돈벌러 사우디에 가려구요."

"저하고 결혼하는 거 집에서 반대한다면서요."

"조금만 기다려 봐요. 내가 좋은 소식을 가지고 다시 올 테니…."

덕수는 복자한테 일하라며 성급히 병원 문을 빠져 나오고 있었다.

그러나 덕수의 발걸음은 무척이나 가벼웠다.

그리고 어쩌면 복잡한 실타래가 술술 잘 풀릴 것만 같은 희망적인 예감이 밤바람을 타고 덕수를 와락 끌어안고 있었다.

"아버지, 드릴 말씀이…."

"할말이 뭐냐? 뭐난 말이다."

동혁은 버럭 소리부터 질러댔다.

"그 사람이 임신을 했어요. 그러니 결혼 허락해 주세요. 그리고 저 결혼하고 바로 사우디로 떠나기로 했어요."

"뭐라고, 이게 무슨 말이냐."

사흘 후 덕수는 복자를 데리고 부모님한테로 갔다.

"네가 임신한 게 사실이냐?"

"예, 사실이예요."

"그렇다면, 어쩔 수 없지. 그러나 한가지 조건이 있다."

"아버지, 조건이라뇨?"

"네놈이 하도 이랬다저랬다 하니 통 종잡을 수가 있어야지."

"너희 둘 결혼을 허락하겠다. 단, 덕수 네가 사우디로 취업 나간다는 조건 하에 결혼을 허락하겠다."

"고맙습니다, 아버지."

그동안 서먹서먹했었던 아버지와의 관계가 봄눈 녹듯이 풀리는 듯 보였다.

"자, 이제 종이하고 연필 가져오너라. 그리고 약속한대로 각서 쓰고 그 밑에 확실하게 서명 날인해라."

아버지 동혁의 이런 태도는 그 옛날 장사할 때의 그 모습 그대로 한 치의 오차도 없이 시행되고 있었다.

"복자 씨, 어떻게 생각해. 당신이 말리면 나, 사우디에 안 갈 수도 있어…"

그러나 복자는 아무런 말도 없었다.

아버지인 동혁과의 약속대로 모든 일이 일사천리(一瀉千里)로 빠르게 급물살을 타고 쏜살같이 흐르고 있었다.

그리고 열흘 후 서둘러 결혼식이 치러지고 두 사람은 신혼여행을 다녀왔다. 그런 후 6일 만에 덕수는 아버지와의 약속을 지키느라 머나먼 중동 땅 사우디로 가기 위해 가족들의 배웅을 받으며 떠나고 있었다.

그러나 이 헤어짐이 앞으로 치유(治癒)할 수 없는 커다란 아픔을 몰고 올 줄은 애달프게도 아무도 예상하지 못하고 있었다.

7
삶의 이정표

칠월 초순 대만과 말레이시아를 거쳐 사우디 리야드공항에 26시간 만에 파김치가 되어 도착한 덕수는 어리둥절했다.

보이는 것은 온통 흰색과 검정색, 바다에 밀물과 썰물이 있어 밀려 왔다가 밀려간다면 리야드공항엔 흰색 옷을 입은 남자들과 검정색 옷을 입은 여자들이 대조를 이루며 무리지어 한 떼로 밀려 왔다가 곧이어 한 떼로 밀려가고 있었다.

통 알 수 없는 이상하게 생긴 아랍어, 공항에 있는 사우디 현지 사람들이 어리둥절해 여기저기 두리번거리고 있는 덕수를 보고 "꼬리 얄라 얄라"를 외쳐대고 있었다.

"야, 이놈들아! 이왕이면 다홍치마라고, 꼬리보다는 머리가 좋지 않겠니."

덕수는 쓴웃음을 지으며 흥얼거리고 있었다.

한 삼십여 분 지났을까. 저쪽에서 한국사람으로 보이는 젊은 친구 하나가 성급히 덕수를 향해 뛰어오고 있었다.

"오시느라 고생하셨죠? 리야드 지사에 근무하는 미스터 주라고 합니다."

"술 좋아하나 봐요, 박덕수라고 합니다."

"웬걸요, 이곳에선 술 마시면 붙들려가요. 자, 가시죠."

미스터 주가 끌고 나온 차는 6기통의 제법 모양을 갖춘 미국산 시보레 브라운색 고급 승용차였다.

"차가 근사하네요. 누구 차에요?"

"예, 지사장님 차인데 지사 직원들 모두 같이 사용하고 있지요."

"박과장님께는 마즈다 626이 특별 준비되어 있어요."

덕수는 자신의 차가 특별 준비되었다는 말을 듣고 조금은 피곤한 기운이 물러가는 듯 했다.

공항을 떠난지 한시간 반만에 지사에 도착한 덕수는 지사장을 비롯한 근무하는 직원들과 서로 통성명을 나누었다.

"박과장, 피곤할 테니 이층 숙소에 올라가 눈 좀 붙이고 업무 이야기는 저녁에 나누기로 하세."

약간은 마른 체형의 지사장의 얼굴에서 피곤함과 초조함이 고개를 치켜들고 있었다.

얼마나 잤을까, 시계는 오후 여섯시를 가리키고 있었다.

"박과장님, 식사하세요."

뚱뚱한 주방장이 마련해 준 식탁 위에서 김치찌개가 보글보글 맛있게 끓고 있었다.

"고맙습니다."

"응당 제가 해드려야 할 일인데요, 뭘…."

주방장은 인상이 무척이나 좋아 보였다.

"아까 우리 지사가 떠내려가는 줄 알았어요. 박과장님이 너무 크게 코를 골아서…."

"미안합니다."

"괜찮아요. 웃자고 한번 해본 얘기에요. 누구나 처음에 오면 코를 심하게 골아요. 비행기를 네 번씩이나 갈아타고 이곳에 도착하니 녹초가 될 수밖에요…. 특별히 드시고 싶은 음식 있으면 알려주세요. 해드릴 테니…."

덕수는 주방장의 인간미 넘치는 따뜻한 말 한마디에 어느새 자신이 타국에 존재하고 있다는 사실을 까맣게 잊고 있었다.

"참, 주방장님. '꼬리 얄라 얄라'라는 말이 무슨 뜻이죠? 아까 공항을 빠져나오다가 들었거든요."

"아, 그 소리요. 여기에서는 코리아를 꼬리라고 부른답니다. 그러니까 한국사람들은 한번쯤 듣게 되는 소리죠."

"그것참, 재미있네요."

식사를 대충 마친 덕수는 이층에 있는 지사장 방으로 올라갔다.

"자네도 서울 본사에서 익히 들어 알고 있겠지만, 여기 사정이 말도 아닐세. 마치 망망대해에 홀로 떠있는 난파선(難破船)이라고나 할까. 하여튼 여간 심각한 상황이 아니라네…."

무거운 침묵이 두껍게 흐르며 지사장 입가에서 흘러나오는 담배연기가 뱀처럼 똬리를 틀고 있었다.

회색빛 납덩이처럼 무거운 침묵이 걷히고, 지사장은 자신의 사물함에서 양주 한 병을 꺼내어 가지고 왔다.

"여하튼 잘 왔네. 고생은 되겠지만, 오늘은 한잔하고 푹 자게…."

어찌된 영문인지 덕수는 자신의 숙소에서 지난 밤 일을 까맣게 잃어버린 채 새아침을 맞이하고 있었다.

으레 찾아오리라는 새아침의 상쾌함은 실종되어 버리고, 아침부터 열대의 나라답게 무더위가 맹수처럼 덤벼들고 있었다.

어디선가 들려오는 이슬람교도의 코란을 외치는 소리가 낭랑하게 빈 허공을 전파(電波)처럼 날아다니고 있었다.

"박과장님, 잘 잤어요?"

전날 리야드공항에 마중 나왔던 미스터 주가 아침인사를 건네고 있었다. 밤사이 서울 본사로부터 중요한 지침(指針)이 텔렉스(Telex)를 통해 빼곡히 전달되어 덕수의 손에 넘어 왔다.

"중요한 사항이군. 지사장님한테 보고해야 되겠는걸…."

"웬걸요, 보고 드려 보았자 신경 쓰지 않으세요."

미스터 주의 답변이 덕수의 뇌리를 날카롭게 후벼파고 있었다.

"신경을 안 쓰다니…. 그게 무슨 말이야?"

"이미 끝장난 회사란 뜻이죠."

의외로 미스터 주의 대답이 간단명료(簡單明瞭)하게 덕수에게 되돌아 왔다.

"이미 알고는 있었지만, 지사장으로서 신경을 안 쓴다니…."

덕수는 텔렉스 뭉치를 들고 지사장 방으로 들어섰다.

"지사장님, 보고 드릴 업무가 있어서…."

"아, 그거 자네가 알아서 처리하게."

침대에 누워서 대충 대답하고 다시 이불 속으로 얼굴을 파묻는 지사 장을 보고 덕수는 어안이 벙벙했다.

"아무리 볼장 다 본 회사라지만, 그래도 그렇지 지사장으로서 해야 될 역할이 있고 과장으로서 해야 될 역할이 있는 법인데 도무지 알 수 가 없군…"

덕수는 담배를 피워 물었다.

"원래들 모두 그래요. 박과장님이 다섯 번째 과장님이예요. 모두들 이곳에 왔다가 자기들 잇속만 챙겨 가지고 떠나기 바빴거든요. 회사는 어떻게 되는 말든."

"그럼 난 뭐야?"

순간 덕수는 사지(死地)에 자신을 몰아 넣은 서울 본사에 있는 양부 사장이 그토록 미울 수가 없었다.

대충 한나절에 걸쳐 업무 파악을 마칠 즈음, 사무실로 노무자들로 보이는 네댓 명이 눈에 쌍심지를 켜고 난입(亂入)하고 있었다.

쿵쾅, 쿵쾅, 쨍그랑… 사무실 집기를 부수고 거울을 깨고 있는 노무 자들이었다.

"이건 또 뭐야. 뭐 하는 짓들이야, 이게."

"박과장님, 참으세요. 현장에서 올라온 노무자들인데, 한국으로 보 내 달라는 것을 보내 주지 못하는 형편이다 보니까…"

"미스터 주, 보내 달라면 그냥 보내 주면 되잖아. 왜 못 보내줘."

"과장님도 아시겠지만, 노무자를 한국으로 귀국시키려면 사우디 원 청회사의 도움이 있어야 되잖아요."

"그렇지, 출국 비자를 얻기 위해서는 사우디 원청회사의 도움이 절대적으로 필요하지. 암, 그렇고 말고…"

"문제는 출국 비자를 신청하는데 있어 원청회사가 사인(sign)을 하지 않고 있다는 거예요. 우리 회사가 자금이 없는데다가 노무자들마저 자꾸 빠져나가면 그만큼 공사는 자꾸만 지연될 거 아니에요. 그러니 사우디 원청회사는 출국 비자를 신청하는데 있어서 협조를 안 할 수밖에요"

"보통 얼마나 걸리지?"

"우리 회사는 약 6개월 걸려요. 다른 한국 회사들은 사나흘이면 되는데. 그러니 노무자들이 일년 계약으로 왔더라도 육 개월만 일하고 돈도 필요 없다고 그저 한국으로 보내 달라고 여기 지사로 올라와 저렇게 떼쓰고 있는 거예요…"

"노무자들이 저러는 것도 이해가 가는구먼. 공사자금도 바닥나고 책임자들은 자기들 잇속만 챙겨 달아나고, 이제 설상가상 노무자들도 저렇게 거세게 동요(動搖)하고 있으니 문자 그대로 사면초가(四面楚歌)로구만…"

"박과장님이 가장 어려울 때 이곳에 오셨네요. 지난번 텔렉스에 이제 더 이상 사우디 현지에 파견할 노무과장은 없다고 하던데, 하물며 악소문까지 퍼져 우리 회사가 곧 망한다고 하니 누가 오겠어요. 안 그래요? 과장님. 그런데 과장님은 어떻게…"

"으으음, 양부사장님 부탁으로. 하여튼 한번 해봅시다."

어느새 살얼음판을 걷는 듯한 낯선 곳의 하루가 미스터 주의 "식사하러 가시죠"란 말과 함께 막을 내리고 있었다.

"도무지 내 삶은 동토(凍土)처럼 얼어붙어 좀처럼 풀리지 않는구나."

덕수의 푸념 섞인 말 한 마디가 이어지고 이윽고 어김없이 앵앵 밤

새 돌아가는 에어컨 소리가 덕수의 코고는 소리와 함께 나지막이 흘러
가고 있었다.

　연일 뿌얀 모래바람에 쌓인 회색빛 아침이 뜨거운 열기와 함께 찾아
오고 있었다.
　"쌀루 마리꿈."
　처음 보는 흑인이 아랍 말로 인사를 건네 오고 있었다.
　"마리꿈 쌀람."
　덕수도 아랍 말로 인사를 건넸다.
　"아참, 박과장님. 미스터 사이드라고 과장님 비서예요. 영어도 잘하고
아랍 말에도 능통하니 박과장님 업무 보시는데, 도움이 많이 될 거예요."
　서로서로 악수가 건네지고, 소말리아 내전을 피해 아버지가 구해준
나룻배를 얻어 타고 사우디로 건너왔다는 흑인 미스터 사이드의 사연
을 전해 들은 덕수는 피부색은 달라도 선한 인상 때문인지 친근감을 느
끼고 있었다.
　일에는 우선순위가 있는 법, 덕수는 리야드 지사에서 연일 거세게
항의하고 있는 노무자들을 귀국시키기로 작정하고 연일 사우디 원청회
사를 방문해 보았지만 뚜렷한 효과는 없었다.
　"어디 한번 해보자. 나도 한번 한다면 하는 놈이야. 안 그러냐? 미스
터 사이드."
　한국말로 떠드는 덕수의 얼굴에 대고 흑인 사이드는 "홧, 홧
(What)?"을 외쳐대고 있었다.
　한국에서 급작스레 오느라 운전면허를 취득하기에 바쁜 나머지 덕
수는 도로 연수를 받을 겨를이 없었다.

자신의 업무용 차로 배정된 마즈다 626을 몰고 덕수는 흑인 사이드
로부터 리야드 시내에서 도로 연수를 하고 있었다.

한적한 시간, 심한 더위 때문에 모두 낮잠을 즐기고 있을 때 덕수는
사이드와 함께 열기 가득한 리야드 시내를 달리고 있었다.

그러던 어느 날, 고급 주택가에 접어든 덕수는 후진을 해보라는 사
이드의 말을 듣고 그만 후진하다가 뒤에 장승처럼 서 있던 고급승용차
벤츠를 들이박고 말았다.

그 순간, 사이드는 가속 페달을 밟으며 "런, 런, 런(run)"을 크게 외치
고 있었다.

쿵하던 충격 소리조차 느낄 겨를도 없이 그렇게 덕수와 흑인 사이드
는 이름 모를 고급 주택가를 서둘러 황급히 빠져 나오고 있었다.

한순간 〈도망자〉 리차드 킴블을 흉내내고 있었다.

지사로 돌아와 사이드와 함께 늦은 점심을 먹고 있는 덕수에게 미스
터 주가 말했다.

"오늘 참, 잘하셨네요."

"미스터 주, 남의 차를 받아 놓고 도망친 것이 잘한 일이라니."

덕수는 좀처럼 이해할 수가 없었다.

"박과장님, 이곳에서는요 외국에서 발행한 국제면허도 인정해 주지
않는 나라에요. 차야 고쳐주면 되겠지만, 박과장님은 오늘 무면허로 운
전한 게 되어 곧바로 경찰서 유치장으로 끌려가게 됩니다. 그러니까 도
망치신 게 잘한 거지요. 문자 그대로 이 나라에서는 귀에 걸면 귀걸이,
코에 걸면 코걸이라니까요."

그리고 얼마 후 덕수는 할라스 광장에서 죄인의 목을 치는 광경을
목격하고 나서야 사우디라는 나라에 대하여 조금 한 발짝 다가서는 느

낌이 촉촉이 내면 속으로 스며들어옴을 실감 할 수 있었다.

일반 상식으로는 도무지 이해하지 못할 부분이 많다는 것을 깨닫게 되었다.

서서히 낯선 곳 사우디 리야드 지사 생활에 익숙해질 무렵, 덕수는 고국에 있는 아내 복자로부터 전혀 예상하지 못한 한 통의 편지를 받았다.

편지의 내용은 의외로 차갑고, 충격적이었다.

더 이상 그 상태로서는 결혼생활을 유지할 수 없으니 돌아오라는 것이었다.

'사우디 간다고 할 때는 일언반구(一言半句) 한마디 말도 없더니 이제야 돌아오라니, 도대체 어느 장단에 맞춰 춤을 추란 말이야…'

덕수의 뇌리 속으로, 갑자기 여러 가지 생각들이 주마등(走馬燈)처럼 흘러 지나가고 있었다.

'이제 돌아가면 아버지는 틀림없이 나를 미워할 것이고, 그렇다고 아내인 복자의 돌아오라는 요청(要請) 또한 거절할 수도 없고, 매일 한국으로 보내 달라는 노무자들의 절규 또한 무시할 수도 없고…'

갑자기 좀처럼 풀릴 것 같지 않는 난제(難題)들이 파도처럼 밀려와 덕수의 뇌리에 비수(匕首)를 꽂고 있었다.

며칠이 흐르고 난 후 비서인 흑인 사이드가 해질 무렵, 가까운 사막으로 드라이브하러 나가자며 덕수를 재촉하고 있었다.

벌겋게 타오르는 노을을 바라보며 사이드가 알려 주는 이정표대로 덕수는 자신의 업무용 차를 몰고 커다란 파장이 있는 오르막길과 내리막길을 반복한 끝에 사막에 도착했다.

“홧쓰 압(What's up)?”

무슨 일이냐며 물어 오는 흑인 사이드에게 그동안 자신에게 있었던 일을 자세히 설명해주자 사이드는 빙그레 웃으며 “유아 VIP(You are VIP)”를 연신 외쳐대고 있었다.

“예스, 아엠 베리 임포턴트 퍼슨 유노?(Yes, I am very important person you know?)”

“노, 유아 베리 임파서블 퍼슨 유노(No, You are very impossible person you know).”

전혀 다른 의미의 VIP가 사이드의 입을 통하여 덕수에게 전달되고 있었다.

결혼 6일만에 사우디에 오는 사람이 어디 있냐며 흑인 사이드는 있을 수 없는 일이라며 덕수에게 핀잔을 주고 있었다.

돌아오던 길목, 주유소에 들러 기름을 채우고 펩시콜라를 마시고 있는 덕수에게 사이드는 이곳 사우디에서는 코카콜라는 구경할 수가 없다는 말을 들었다. 이유인 즉은 코카콜라가 유태인 소유의 음료이기 때문에 사우디에서는 유통되지 않는다는 것이다.

그러고 보니 리야드로 부임해 온 이후로 코카콜라는 통 구경할 수가 없었다.

저 만치서 환하게 비추는 초승달이 또 한번 칼날이 되어 덕수의 뇌리를 찌르고 있었다.

늦은 밤 덕수의 차에서는 가수 박우철이 부르는 ‘간이역’이라는 슬픈 곡조의 유행가가 흘러 나오고 있었다.

“열차도 떠나고 기적도 잠들은 쓸쓸한 간이역, 누굴 찾아 여기 왔나…”

회사의 자금 사정으로 인하여, 덕수는 자신의 봉급은 못 받았지만 그래도 자신을 도와주며 열심히 일하고 있는 흑인 사이드의 봉급만은 꼬박꼬박 챙겨 주었다.

사이드의 식사 또한 지사의 직원 식당에서 하도록 따뜻한 배려도 잊지 않고 있었다.

덕수의 이런 따뜻한 배려가 있을 때마다 흑인 사이드는 고맙다는 뜻의 아랍 말 "슈크란, 슈크란"을 외쳐대고 있었다.

열대의 나라답게 더위는 식을 줄 모르고 있었다.

그러던 어느 날 밤, 여러 가지 생각으로 잠을 청하지 못하고 있던 덕수에게 한 떼의 노무자들이 덕수의 눈을 파버리겠다며 칼을 들고 캄캄한 덕수의 숙소로 난입했다.

"야, 이놈들아. 죽을 때 죽더라도, 불 좀 켜라. 어느 놈인 줄은 알아야 할 거 아니야…"

이윽고 불이 켜지고, "어허, 김씨, 이씨, 박씨, 껑달이 최씨, 여기 다 모였군 그래. 야 이놈들아, 이런다고 뭐가 해결 되냐. 최선을 다하고 있으니 조금만 더 기다려…"

"언제까지? 아예 오늘 단호하게 못을 박아."

이들을 선동한 듯한 껑달이 최씨가 붉으락푸르락 얼굴에 열꽃을 피우고 있었다.

"내게 다음달까지 시간 좀 줘라. 나도 요새 미치고 팔짝 뛰고 환장하겠다."

그때였다. 깡마른 체구의 강씨가 들어서며 칼을 들고 모여있는 노무자들에게 소리를 지른 것은.

"야, 그러지들 마, 새로 온 박과장이 무슨 잘못 있냐. 저 양반 마음속도 지금 말이 아니란 말이야. 그래도 우리를 위해 신경 써주고 있는 박과장한테 우리 모두 희망을 걸어보자. 니네들은 그래도 길어 봤자 6개월이면 돌아 갈 수 있지 않니. 삼 년 동안 못 가고 있는 나보다는 낫지 않나?"

"예, 형님. 잘못 했습니다."

하나, 둘 칼을 버리고 모여 있던 한 떼의 노무자들은 자신들의 숙소로 돌아갔다.

"강형, 고맙습니다. 제가 곤경에 빠질 때마다 번번이 도와 주시네요."

"고맙기는요, 뭘…. 박과장님 잘 자요."

"강형, 종점이라는 이름만 고치신다면 제가 약속하고 한국에 보내드릴게요."

"그게 정말이예요?"

"한번 믿어보세요."

강종점이라는 노무자는 리야드에서 1,500km 떨어져 있던 현장에서 일을 하다가 화재로 인하여 외국인 노무자가 사망하는 바람에 삼 년째 한국으로 귀국하지 못한 채 두 발이 꽁꽁 묶여있는 가장 안타까운 노무자였다.

덕수는 지사에 대기하며 연일 농성을 벌이고 있는 다른 노무자들 보다 강종점 씨의 한국으로의 귀국에 정성을 쏟아 붓고 있었다.

덕수의 열세 번에 걸친 끈질긴 설득과 노력의 대가로 사우디 원청회사로부터 지사에 남아 있는 노무자들의 출국 비자 발급에 따른 협조를 약속 받을 수가 있었다.

물론 출국하는 노무자 숫자만큼의 노무자들이 새롭게 사우디로 송출(送出)하겠다는 뱃심 좋은 덕수의 협상 결과였다.

만약에 약속을 이행하지 않으면 덕수도 꼼짝없이 두 발이 묶일 수밖에 없는 상황, 그래도 덕수는 약속을 이행하겠다는 증표로 자신의 여권을 사우디 원청회사에 맡기며 멋있게 한판 승부를 걸고 있었다.

그날 밤 덕수는 서울 본사에 텔렉스를 보내고, 지사에 모여 있던 노무자들을 한자리에 모두 모았다.

"여러분, 고생하셨습니다. 삼일 후 여러분 모두 한국으로 귀국하게 되었습니다. 이제 시원하시죠. 저도 이제부턴 두 다리 쭉 뻗고 잠잘 수 있어 너무 좋습니다."

덕수의 반가운 말이 끝나자마자 지사에 남아 있던 노무자들은 일제히 환호성을 질렀다.

"강종점 씨는 잠깐 제 사무실로 오세요."

강종점 씨는 힘없이 고개를 떨군 채 사무실로 들어서고 있었다.

"강형, 이름 그대로 강하게 종점(終點)만을 고집하고 있을 거요."

"이번에 큰일하셨네요, 박과장님."

"큰일은요, 응당 노무과장으로서 해야 될 일이었는데요. 강형 출국 비자도 받았어요. 이제 고국으로 돌아가셔야죠."

"그게 정말입니까?"

갑자기 그동안 숨죽이며 지내왔었던 실의(失意)에 찬 삼 년이라는 세월을 털어 버리기라도 하려는 듯 강종점 씨는 덕수를 끌어안고 회한(悔恨)에 찬 눈물을 퐁퐁 풀어내고 있었다.

"우세요, 울고 싶으시면 실컷 우세요."

사무실 밖에 있던 노무자들이 하나, 둘 모여들고 강종점 씨도 함께 귀국하게 되었다는 반가운 소식을 전해 듣고 박수를 치며 환호하고 있었다.

"주방장님, 오늘 냉장고에 보관되어 있는 부식(副食) 전부 꺼내어 잔치 한번 하지요."

"그러지요. 까지 것 하, 하, 하, 하…."

"박과장님은 꼭 저를 위해서 이곳에 오신 것 같아요. 이 은혜 평생 안 잊을게요."

"그런 말씀하시지 말고, 귀국하시면 종점이라는 이름부터 꼭 바꾸세요."

"꼭 그렇게 하겠습니다. 꼭 세 번만에 발목이 잡혀서 그만…."

"지난 날은 이제 다 잊으세요."

"이번에 박과장님도 함께 귀국하면 좋으련만…."

"저는, 한 열흘 이곳에 남아 뒤처리할 일이 남아 있어서 나중에 한국에서 만나 밤새도록 실컷 술이나 들죠 뭐. 하, 하, 하, 하. 웃으세요 강형, 웃으면 복이 온다고 하잖아요."

그렇다고 덕수는 아니, 박과장은 자신의 여권을 담보로 맡기고 출국 비자를 받아낼 수 있었다는 이야기를 아무한테도 할 수가 없었다.

그리고 정확히 삼일 후 노무자들은 다란 국제공항에서 박과장의 배웅을 받으며 "마리꿈 쌀람, 마리꿈 쌀람"을 외치며 떠나가고 있었다.

그리고 십여 일 후 박과장 또한 다란공항에서 흑인 사이드의 배웅을 받으며 떠나오고 있었다.

"마리꿈 쌀람, 유아 베리 임파서블 퍼슨(You are very impossible person)."

8
고독

비행기가 정해진 시간표에 따라 활주로를 지치며 하늘로 활기차게 비상(飛上)하기 시작했다.

비행기 창문을 통해 내려다 본 열기로 가득 찬 대지(大地) 위로 모래바람이 세차게 휘몰아치더니 '앞날은 괜찮을 거다'라며 신기루(蜃氣樓)가 나타났다가 이내 사라져 버렸다.

덕수는 중국 여승무원에게 가장 독한 칵테일로 무엇이 준비 되냐며 나지막이 물어 보았다.

"'맨하탄'이라는 칵테일이 가능합니다."

"독한가요?"

"그건 왜 물으시죠?"

"모든 걸 다 잊고 싶어서요."

곧이어 얼음에 채워진 맨하탄이라는 칵테일이 친절한 중국 여승무원의 웃음과 함께 전달되어 왔다.

처음 맛보는 '맨하탄'이라는 칵테일의 첫 맛은 첫사랑 여인과의 첫 키스 때처럼 달콤했다.

덕수는 서너 잔을 더 주문해 마시고 있었다.

"손님, 그 술 독한 술이에요. 괜찮으시겠어요?"

덕수는 자신도 모르게 감사하다는 뜻의 중국말 "쒜, 쒜"로 답을 하면서 여덟 번째 잔을 마신 후 비몽사몽간에 자기 자신을 잃어버리기라도 한 듯 깊이 잠들어 버렸다.

얼마나 잠들어 있었을까. 비행기를 갈아타야 한다고 깨우는 여승무원의 한 손에 노란 주스 한 컵이 들려 있었다.

몹시도 고마웠다.

"여기가 어디죠?"

"예, 말레이시아 콸라룸푸르 국제공항입니다."

차고 있던 덕수의 손목 시계가 밤 9시를 가리키고 있었다.

'한시에 사우디 다란공항을 이륙했으니 꼬박 8시간을 세상 모르고 잤군….'

푸념 섞인 독백과 함께 쓴웃음이 밤안개처럼 천천히 덕수의 얼굴을 덮어 가고 있었다.

환승객들이 머무는 곳의 커다란 유리창을 통해 밖을 내려다본 덕수는 말레이시아 역시 이슬람을 믿는 사람들이 많다는 것을 여인들의 옷차림을 보고서야 짐작할 수가 있었다.

두시간 남짓 지났을까. 비행기를 갈아타라며 안내방송이 흘러나오고 있었다.

마치 표류하는 난파선처럼 그렇게 덕수는 힘없이 또 비행기를 갈아 타고 있었다.

그때 문득 사우디 리야드지사 옆집에 살던 이름 없는 왕자의 말 한 마디가 떠올랐다.

가지 말라며 자기 여동생을 주겠다고 그리고 이슬람을 믿고 사우디에서 같이 살자며 회유(懷柔)하던 잘생기고 무척이나 친절했던, 마치 마음씨 좋은 이웃사촌 같은 압둘 아무개 그 왕자의 말 한마디가 밤하늘에 혜성(彗星)처럼 떠오르고 있었다.

'내가 이렇게 돌아간다는 것이 잘하고 있는 짓인가?'

몇 번씩 내면을 향해 질문을 퍼부었지만 아무런 답변도 없었다.

덕수의 머릿속에서는 희비(喜悲)의 쌍곡선(雙曲線)이 현란하게 막춤을 추고 있었다.

사우디에서 온만큼 한참을 지나고 나서야 대만 타이베이에 도착하여 하룻밤을 공항호텔에서 묵고, 덕수는 또다시 비행기를 갈아타고 두 시간여 만에 김포공항에 도착할 수 있었다.

무사히 고국에 도착했다는 안도의 한숨도 잠시 착잡(錯雜)한 기운의 포로가 되어 덕수의 하체는 떨리고 있었다.

'이제, 어떻게 한담…'

긴 한숨이 꼬리를 물고 있었다.

'에라, 나도 모르겠다. 될 대로 되라지. 켄세라, 세라, 세라…'

중동 노무자 특유의 커다란 가방을 끌고 나오는 덕수의 얼굴엔 식은 땀방울이 송골송골 맺혀 있었다.

서너 달 깎지 않은 덕수의 머리카락들이 제법 살아 있다고 바닷가의 수초처럼 덕수의 빠른 몸 동작을 따라서 이리저리 휘날리고 있었다.

공항엔 아내 복자를 비롯하여 서너 명의 피붙이들이 마중 나와 있었다.

"애, 머리가 그게 뭐니. 고무줄로 묶어도 되겠다."

마중 나온 덕수의 큰누나가 핀잔을 주고 있었다.

마중 나온 일행을 따라 나서고 있는 덕수를 아내 복자가 바싹 따라 붙으며 신경질적으로 눈을 흘기면서 덕수의 긴 머리카락을 와락 끌어 당겼다.

"이거 왜 그래, 그 손 놓지 못해⋯."

그제야 복자는 덕수의 머리카락을 잡았던 오른손을 놓아주었다.

집에 도착한 덕수를 보고 아버지 동혁은 아무런 반가운 기색도 없이 '잘 다녀왔다'는 덕수의 큰절을 무덤덤하게 받고 있었다.

어쨌든 고생했다, 잘 왔다는 식의 한번쯤 나올 법한 위로의 말 한마디는 실종되어 아버지 동혁의 그 어디에서도 찾을 수가 없었다.

힘들게 챙겨온 귀국 선물 보따리가 풀어져 제각각 주인을 찾아가고, 오직 구겨진 덕수의 옷가지들만이 힘겨웠던 덕수의 중동생활을 대변하고 있었다.

다음날 아침, 덕수는 서울 본사에 제출할 중요한 서류들을 챙겨 가지고 본사가 있는 동대문 쪽으로 발걸음을 성급히 옮겨 놓고 있었다.

중요한 서류들을 제출하고 나오는 덕수의 귓가에 총무부장의 차가운 말 한마디가 비수처럼 꽂히고 있었다.

"여보게 박과장, 근로계약서에 명시되어 있듯이 육 개월 안에 귀국하면 왕복 항공권 값을 본인이 지불해야 한다는 것을 잘 알고 있지? 그러니 회사와는 아무런 셈도 없는 것일세.”

‘개새끼들, 위로금은커녕 고생했다는 말 한마디도 없이…. 그러니 망했지.’

갑자기 찬바람이 몰려오고 있었다.

쓸쓸했다. 달면 삼키고, 쓰면 내뱉는 인간들의 ‘사탕철학’이 항시 그러하듯이 역시 적용되고 있었다.

폭풍전야 같은 무덤덤한 나날이 며칠 지나고, 온 식구들이 모여 저녁식사를 하고 있을 무렵 아버지 동혁은 얼굴에 쌍심지를 키고 약속을 안 지켰다며 드디어 포문(砲門)을 열었다.

“못된 놈, 약속도 안 지키고 돌아오다니 꼴도 보기 싫으니 내일 당장 나가버려.”

아버지 동혁의 얼굴은 험상궂게 일그러져 있었다.

심한 말과 함께 덕수의 얼굴과 옷에 던져진 간장과 김치쪼가리들, 덕수는 처참했다. 그것도 아내 복자가 보는 앞에서 험한 꼴을 당하는 모습을 보여 주다니 창자가 뒤틀리고 있었지만 덕수는 참았다.

손수건으로 대충 얼굴과 옷을 닦아낸 덕수는 아버지 동혁을 향해 한마디 쏘아 붙였다.

“아버지, 정말 왜 이러세요. 제가 무슨 잘못을 했다고….”

“못된 놈의 새끼, 당장 꺼져버려. 여긴 내 집이니까, 당장 나가버려.”

“나가죠. 나가요, 나간 다니까요….”

욱하는 성질과 함께 이층으로 뛰쳐 올라간 덕수는 닥치는 대로 세간을 부수고 있었다.

“큰처남, 자네 왜 이러나 좀 진정하게나. 자네 혼자서 열심히 살아온

건 알겠지만 장남으로서 해놓은 것이 아무것도 없지 않은가…"

세 살 위인 매형이 올라와 불난 집에 부채질을 하고 있었다.

순간 덕수의 끓어오르던 분노의 피가 역류하기 시작했다.

"야! 씨팔놈아, 너는 끼여들지 말아. 뭐, 뭐라고?. 야, 처갓집에 빌붙어 사는 놈 주제에… 너야말로 뭐 하는 놈이야."

반사적으로 움켜잡았던 오른손 주먹이 냅다 아내 복자가 사온 장롱을 때려부수고 있었다.

어느새 살며시 사라져 버린 살살이 같은 매형이라는 인간, 마치 주인 없는 집에 객이 불현듯 나타나 주인처럼 행세(行世)하는 그런 상황이었다.

그때 문득 언제였던가. 세탁기에 덕수 혼자만의 빨래를 넣고 했다고 전기 값 운운하던 큰누나가 생각났다.

"그런 년 놈들이니 좋다고 서로 붙어살지. 끼리끼리 논다고…"

덕수의 입에서 이성을 잃어버린 쌍소리들이 일사불란하게 튀어나오고 있었다.

서둘러 설거지를 하고 올라온 복자는 간호원답게 덕수의 주먹에 난 상처를 능숙하게 치료해 주고 있었다.

"우리, 이제 나가 살아요?"

"당신은 안 돼! 이제 곧 출산(出産)을 앞두고 있잖아. 나만 나갈게."

덕수는 또다시 자신의 짐 보따리를 챙기고 있었다.

"어디로 가려구요. 갈 곳도 없으면서…"

"남자잖아. 왜, 어디고 갈 곳이 없겠어. 걱정하지 말아."

사우디에서 귀국하여 한 보름 집에서 머무는 동안 어머니 순덕은 입을 봉한 채 아무런 말도 없었다.

달랑 조그만 가방에 세면도구와 속옷 몇 가지를 챙겨 가지고 나온 덕수는 정말 갈 곳이 없었다.

차가운 바람이 몰려오고 있었다.

또 다른 계절을 부르려는 듯 바람이 점점 더 앙칼지게 덤벼들고 있었다.

늦은 시각, 졸고 있는 희미한 가로등 아래 예전에 자주 들렀던 포장마차 집엔 풀죽은 사내 하나가 애처로이 미련을 못 버린 양 마지막 잔을 손에 쥐고 비틀거리고 있었다.

"아저씨, 안녕하셨어요?"

"결혼하고 곧바로 사우디에 갔다고 하더니 언제 왔어?"

"한 보름 되었어요. 급하게 서두르다 보니, 볼장 다 본 회사를 선택했지 뭐예요."

"마음 고생이 컸겠구먼 어서 이리와 앉게. 어째 오늘은 날씨도 우중충한 게 꼭 세찬 빗줄기라도 퍼부을 기세로구먼. 그래서 그런지 오늘 장사도 통 시원치 않아. 잘 왔네. 난 자네가 유학 갈 줄 알았지. 올해 초였던가, 입학 허가서를 받았다며 뛸 듯이 기뻐하던 자네 모습이 눈에 선 하구만…."

"세상일이 제 마음대로 되나요. 죽어라죽어라 하네요…."

아침에 눈을 뜬 곳은 아버지 동혁과 말다툼 끝에 자주 뛰쳐나와 잠자던 시장 뒤쪽에 있는 허름한 여인숙 방이었다.

"결혼한 놈이 이게 무슨 꼴이람. 매일 매일 여인숙 신세질 수도 없고 신세진다고 해도 가지고 있는 돈이 넉넉하지 않으니….”

그때 갑자기, 괜히 돌아 왔다는 생각을 했다.

시장에서 순댓국에 밥을 말아먹으며 소주 몇 잔을 들이킨 덕수의 뇌리 속으로 궁하면 통한다고 하더니 도봉산 자락에서 여관을 하고 있는 초등학교 친구 돌석이가 생각났다.

찰카닥! 동전 떨어지는 소리가 들리고, “야, 너 덕수아냐?” 사우디로 돈 벌로 떠난다더니 어떻게 된 일이야?”

“일이 그렇게 되었어. 자세한 얘기는 만나서 하기로 하고, 나 당분간 니네 여관에서 신세 좀 져야겠다.”

“나야 좋지. 심심하던 터에 잘되었다. 동대문에서 19번 타면 돼.”

“알았어, 조금 있다 보자.”

덕수는 19번 버스에 올라 그제야 막막했던 자신의 몸에 걸쳐진 빗장을 걷어내고 안도의 긴 한숨을 내쉬었다.

초등학교 친구 돌석이는 도봉산 아래 버스정류장에 나와 있었다.

“야, 이게 얼마만이야.”

“뭐 얼마만이야. 내 결혼식 때 보고 지금 보니까 한 오 개월 남짓 되나 보다.”

“하여튼 반갑다. 가자, 소주 한잔하러.”

“너, 여관 비워 두면 안 되잖아.”

“괜찮아, 일 봐주는 조바 아주머니 있어. 혼자는 못해 힘들어서.”

“여하튼 고생했다. 야! 임마 결혼 며칠만에 사우디로 돈 벌러 떠나는 놈이 어디 있냐. 학교 다닐 때부터 꼴통짓 많이 하더니.”

덕수는 친구 돌석의 따뜻한 말 한마디에 눈물이 핑 돌았다.

“야! 덕수야, 우리 여관 이름이 왜 길손인지 알고 있니?”

“글쎄, 이름을 지은 놈이 알고 있겠지.”

“힘든 사람 누구라도 와서 쉬었다 가라고 해서 길손이라고 지었지.”

“언제는 방앗간이라고 하더니.”

“그때는 웃자고 해본 소리고, 하여튼 잘 왔다. 아무 걱정말고 네가 있고 싶은 만큼 있어라.”

“고맙다, 돌석아. 이 신세 언제 갚니.”

“야, 친구 사이엔 조건이 없는 거야. 그래서 친할 친(親), 옛 구(舊)자 아니냐. 그건 그렇고 너희 집엔 한번 쿠데타가 일어나야 돼. 세상에 어느 아버지가 아들이 사우디 가는 조건으로 결혼을 승낙하는 게 어디 있냐.”

“그건 그렇고, 잘되냐?”

“너도 알다시피 우리 여관 세(貰) 내어서 하고 있잖니. 내 여관이면 좋으련만….”

“네 사정 뻔히 알면서…. 미안하구나.”

“괜찮아, 친구 좋다는 게 뭐니. 이 다음에 너도 잘되면 나를 도와줄 거 아니야.”

“암, 그렇고 말고. 요즘에도 홍콩 칼싸움하는 비디오 너희 여관에 많이 있니?”

“야, 그걸 말이라고 하냐 산더미처럼 있다. 우리 여관 앞에는 도봉산이라는 산이 있고, 우리 길손여관엔 홍콩무술 비디오가 산더미처럼 쌓여 있다.”

“내가 가장 좋아하는 의리의 사나이 〈외팔이〉라는 비디오도 있냐?”

“암, 있고 말고. 있다가 틀어 줄 테니까 실컷 봐.”

낮술에 흥건히 취한 두 사람은 어깨동무를 한 채로 취하여 돌석의 길손여관으로 돌아 왔다.

얼마나 지났을까. 덕수는 돌석의 저녁 먹자는 소리를 듣고서야 깊은 잠에서 깨어날 수 있었다.

친구 돌석의 배려로 길손여관에서의 생활이 막 두 달을 넘기고 있을 때 어머니 순덕으로부터 만나자는 전갈을 받고 덕수는 약속 장소인 신촌으로 향하고 있었다.

어느새 초겨울로 접어든 계절은 덕수에게 '앞날은 힘들 것이다'를 예고라도 하려는 듯이 차가운 바람이 덕수의 뺨을 후려치고 있었다.

지하 다방, 어머니 순덕은 먼저 와서 기다리고 있었다.

"그동안 어떻게 지냈니? 꼴이 말이 아니구나. 더 이상 안쓰러워 두고 볼 수가 없구나. 여기 작은 돈이지만 니 처 다니는 병원 근처에 셋방이라도 하나 얻으렴."

어머니 순덕은 흰 봉투 하나를 내놓고 횡하니 겨울바람처럼 다방을 나가 버렸다.

이십여 일 후 덕수와 복자는 병원 근처에 조그만 셋방을 얻고 둘만의 새로운 삶을 시작하고 있었다.

따로 나와 둘만의 삶을 살면 행복할 것이라는 덕수의 기대는 이사한 지 열흘만에 무참히 깨어지고 말았다.

복자가 이름그대로 덕수를 코너에 몰아넣고 들들 볶아대기 시작했다.

"이제, 곧 있으면 아이가 태어날텐데 집에 모아놓은 돈 한푼 없으니 어쩔 거예요?"

"당신도 알다시피 이 셋방 얻는데 다 들어갔잖아. 제발 나를 벼랑끝으로 몰아 세우지마."

일주일 후 어머니 순덕은 덕수가 살고 있는 셋방에 찾아와 출산비하라며 오십만 원을 주고 갔다.

고마웠다. 새해가 찾아오고 아들이 태어났다.

다행히도 자연분만을 한데다가 복자가 근무하는 병원에서 아이를 출산한 관계로 출산비는 예상 밖으로 조금 나왔다.

그러나 덕수의 마음은 조금 섭섭했다. 좀더 세심하게 알아보면 좋았을 것인데 출산비 운운하며 자신을 몰아세우던 복자의 앙칼진 목소리가 덕수의 귓전을 떠나지 않고 머물고 있었다.

그리고 얼마 후 덕수는 혼자 하는 술자리에서 무언가 석연치 않은 복자의 태도에 대하여 조금씩 의심을 하기 시작했다.

결혼 전 어느 대학 교수를 감싸고도는 일, 신혼여행까지 가서 그 교수를 감싸고돌아 결국 크게 싸운 일, 자신의 사우디 출국에 대해 일언반구 말 한마디 없었던 일, 돌아오라고 편지한 일, 출산비 운운하며 몰아 세운 일 등등… 의심 가는 데가 눈덩이처럼 불어나고 있었다.

그러던 어느 날, 돌석의 여관에 들러 술 한잔하고 집으로 귀가한 덕수를 앉혀 놓고 복자는 덕수의 뒤통수를 내리치고 있었다.

"우리 이혼해요. 이혼해 주세요."

덕수는 갑자기 뒤통수를 얻어맞은 것처럼 충격을 받아 몸을 가눌 수가 없었다.

"이유가 뭐야? 내가 알아듣게 설명해봐!"

"당신은 무능력자 같아요. 무능력자하고는 같이 살 수 없어요."

"무능력자라, 그것참 재미있는 소리인걸. 살다보니 별소리를 다 듣고 사는군. 부처님 가운데 토막 같은 사람이라는 말은 들어 봤어도, 말을 함부로 하는 군. 기가 막혀서…"

덕수는 담배 한대를 피워 물고 아무 말 없이 집을 나와 또다시 친구 돌석의 여관이 있는 도봉산으로 향했다.

"집에 간다고 하던 놈이 웬일이냐?"

돌석의 두 눈이 휘둥그레지고 있었다.

"웬일이긴, 집안 일이지. 글쎄 나보고 무능력자라고 이혼해 달란다."

"니 와이프가 말을 함부로 했군. 이왕 왔으니 너 지내던 방에서 자고 내일 가렴."

집으로 돌아온 덕수는 편지함에서 지난번 이력서 제출한 회사로부터 합격 통지서를 발견하고 막혔던 숨통이 조금 트이는 것 같아 비로소 하늘을 쳐다보며 큰 숨을 쉬었다.

그때부터였다. 차츰차츰 복자하고 대화하는 것이 싫어지기 시작한 것이. 그나마 새롭게 취직이 되어서 답답하던 마음이 조금은 가라앉는 것처럼 보였으나 오래가지는 못했다.

새로 들어간 회사는 처음으로 수출을 하게 되어서 무역부를 혼자 맡고 있는 덕수로서는 무척이나 바빴다.

워낙 적은 인원으로 출발한 신설 회사이다 보니 부서별로 정해진 뚜렷한 업무는 없었다.

연일 덕수의 회사 업무량은 늘어날 수밖에 없어 자연스럽게 늦어지기 일쑤였다.

그러던 어느 날, 복자는 또다시 잠잠하던 덕수의 내면에다 대고 석유를 뿌리고 있었다.

"우리 이혼해요. 나 사기 결혼 당했어요. 당신은 여자 등쳐 먹는 사람이예요."

복자의 그 말 한마디가 돌이킬 수 없는 불씨가 되어 덕수의 마음속에 불을 붙이고 있었다.

"뭐, 뭐라고 사기결혼? 여자 등쳐 먹는 놈? 뭐가 사기 결혼이고, 내가 언제 너를 등쳐 먹었는지 말해봐? 어서!"

복자는 머뭇거리며 말문을 이어갔다.

"나는 당신이 유학 간다고 해서 결혼했는데, 유학도 안 가고…."

"또, 또. 어서 말해봐…."

복자는 더 이상 할말이 없는지 입을 닫고 있었다.

"그래, 나 유학 가려고 했었다. 입학 허가서를 받았지만 형편이 안 되어서 못 갔다. 그것이 사기 결혼이냐! 그리고 내가 언제 너를 등쳐먹었냐. 결혼 6일만에 사우디로 떠났고, 돌아와서 이제 직장에 나가고 있고, 이 셋집 얻는데도 내가 네 도움 받았니, 안 받았니? 지난번 뜬금 없이 이혼해 달라고 하더니. 이번에는 뭐, 사기 결혼? 여자 등쳐 먹는 놈…. 예이, 못된 년. 말이면 다 하는 줄 알아."

덕수는 폭발하고 말았다.

가증스런 복자의 말에 더 이상 참지 못하고 덕수는 세차게 복자를 후려갈기고 있었다.

"이혼 절대로 못 해줘. 내 아들이 혼자서 걸어다닐 때까지는…. 내가 그래도 살아보겠다고, 그래 어떤 놈이 결혼하고 바로 중동으로 떠나고 싶겠니? 그러고 싶은 놈 있으면 데려와 봐…."

그로부터 덕수와 복자는 딴 방을 쓰며 5년이라는 세월을 흘려 보냈다.

복자는 이혼을 안 해준다며 고양이처럼 밤마다 앙칼지게 울어댔고, 어느 놈과 붙어먹었는지 낙태수술을 하고 왔다.

덕수는 자기 사업을 해보겠다며 시작한 오퍼상도 실패를 하고 빗길

에 수출 물건을 직접 부산세관으로 싣고 가다가 고속도로에서 5중 충
돌을 일으키고 말았다.

　결국 덕수는 가화만사성(家和萬事成)이라는 고사성어를 뼈아프게
느낀 채 협의이혼을 하고 복자와 헤어졌다.

9

용기(勇氣)

    덕수는 이혼을 한 후 오금동에 있는 작은 셋방으로 거처를 옮겼다. 아무도 없었다. 한 순간 너무나도 초라하게 무너져 내린 덕수 자신 앞에는 차가운 현실의 두터운 벽이 기다리고 있었다. 우선 친구가 필요했다. 그래서 궁리 끝에 금붕어 다섯 마리를 사 가지고 왔다.

    그래도 한 식구라고, 먹이를 주는 덕수를 알아보고 반갑다고 지느러미를 부드럽게 온 정성을 다해 흔들어 대는 금붕어 다섯 마리를 쳐다보고 있노라면 자신의 친 가족들보다도 훨씬 낫다는 생각을 했다.

    그제야 조금은 마음속이 편해짐을 느꼈다.

    그동안 밤새워 길러왔던 울음과 두려움과 초조함을 모두 태워 버렸다.

    그리고 지금까지의 삶에 대한 마침표가 필요했다.

    잠시 담배를 피워 문 순간 어머니 순덕이 덕수에게 싸늘하게 퍼붓던 말 한마디가 벌처럼 귓가에서 윙윙거리고 있었다.

 "어머니 비겁한 말이지만요, 제가 네 살짜리 아들을 데리고 어떻게 합니까. 제가 마음을 잡을 때까지 만이라도 좀 맡아주세요."

 "나는 모른다. 네 자식이니 네가 알아서 하려무나."

 어머니 순덕의 대답은 몹시 매정했다.

 안 좋은 기억은 꼬리를 문다고, 덕수가 중학교 2학년 때 낙제를 했을 때 아버지 동혁은 덕수의 옷을 벗긴 후 대문 밖으로 내 쫓았고, 설상가상(雪上加霜) 엎친 데 덮친 격으로 어머니 순덕이 창피하다며 멀리 가 버리라고 찬물을 끼얹었던 기억이 피드백(feed back) 되어 살아나고 있었다.

 돈도 필요 없다며 이혼만 해 달라던 복자 또한 마치 고양이가 생선을 탐내듯 돈이라는 생선을 마지막에는 움켜지려고 앙칼지게 덤벼들던 모습들이 주마등(走馬燈)처럼 덕수의 뇌리를 스쳐지나가고 있었다.

 새삼, 덕수는 '가족(家族)이란 과연 무엇인가' 하는 딜레마에 빠져들기 시작했다.

 그래도 한 사회에 있어서 가장 기초적이고 소중한 가족의 의미가 덕수한테는 늘 그래 왔듯이, 가족이라는 단어조차도 무의미했다.

 몇 날 며칠의 고민 끝에 덕수는 이대로는 무너질 수 없다며, 무엇인가 새롭게 시작해야 한다며 어금니를 꽉 물고 있었다.

 아프다 못해 시린 가슴 저편에서부터 오는 슬픔을 닦아내며 덕수는 한편의 시(詩)를 써 내려가고 있었다.

나루터에서

무심코 그리움에
말문을 잃어버린 채
한동안 옛 생각은 물살을 가른다

세월은 많이 커버렸네
나를 생각지도 않고 시리

눈물이 사정없이 헤픈 나에게
못난 사내라고
세월의 비아냥거림이 몹시도 아프다

나는 아직 썰렁한 세월 속에 떠도는데
어이하라고 어이하라고

하느님도 찾아보고
부처님도 찾아보고
성모 마리아님도 찾아보고
그렇다면
이제라도 내가 사공이 될까

세월의 비아냥거림이 또 들려온다
이 아슴한 가슴에 또 피멍이 든다

나는 아직도 노 젓는 법도 모르는데
어찌 세상 사람들과 어울리려고

안타까이 자리잡지 못한 삶을 위해
못난 습성들로 얼룩이진 이 아픈 가슴팍은

분명
무언지 모를 떠돌이를 잉태한 채
출산의 날을 기다린다.

홀러가는 빈 구름처럼 세월이라는 시계가 한달을 넘어 가고 있을 때 술 취해 자신의 셋방으로 돌아온 덕수의 흐린 눈에 비춘 것은 달빛에 드러난 꼬리표 달린 커다란 가방이었다.

순간 어디론가 떠나자는 강렬한 욕구가 내면 속에서부터 불타오르기 시작했다.

'뜻이 있는 곳에 길은 있다'라는 평범한 진리가 증명이라도 해주려는 듯 구겨진 신문 구직 난에 원양어선 선원 모집광고에 덕수의 두 눈은 시멘트처럼 굳어져 버렸다.

삼 개월의 수속 끝에 덕수는 선원 수첩을 받았다. 그리고 셋방을 정리하기로 하고 그동안 정성껏 키워왔던 금붕어 다섯 마리를 그래도 밥이라도 굶지 말라는 뜻으로 단골 식당 주인아저씨에게 주었다.

나머지 가재도구(家財道具)들을 1톤 트럭에 옮겨 싣고 덕수는 가난을 천직으로 여기고 살아가는 속초 외사촌 형님 집으로 향하고 있었다.

서울 오금동 셋집을 출발할 때는 멀쩡하던 날씨가 강원도 한계령을 넘기 시작할 무렵부터 갑작스럽게 세찬 소나기로 변해 초라한 가재도구를 적시고 있었다.

'재수 없는 놈은 뒤로 넘어져도 코가 깨진다고 하더니 인생 깨진 놈 이삿짐은 또 한번 비에 젖는구나, 젖어가는구나….'

덕수는 허탈해졌다.

남몰래 흐르던 눈물이 양 볼을 타고 주르르 흘러내리고 있었다.

서울 출발 때부터 이상하게 지켜보던 트럭 기사가 조심스럽게 말문을 열고 있었다.

"아저씨, 무슨 사연인지는 몰라도 힘내세요."

"예, 고맙습니다. 힘낼게요. 인생 내리막길이 있으면, 오르막길도 있겠죠. 이제 더 이상 내려 갈 때도 없네요."

양 볼에 흐르던 눈물을 훔치고 덕수는 한계령 정상에서 자신의 피부를 닮은 브라운색 커피를 마셨다. 그리고 큰소리로 외쳤다.

"어이 씨팔! 운명아, 덤빌 테면 덤벼라! 한번 갈 때까지 가보자!"

늦가을 한계령은 형형색색(形形色色)으로 옷을 갈아입어 무척이나 아름다웠다.

한계령 내리막길을 지나고 멀리 쳐다본 양양 앞 바다엔 분홍빛 노을이 포근하게 펼쳐져 힘내라며 용기를 북돋아 주고 있었다.

"야, 덕수야! 너 집사람하고 갈라섰지?"

"형이 그걸 어떻게 알아…"

"네가 가지고온 이삿짐을 보고 알았지. 묶여져 있는 매듭이 모두 일률적으로 똑같았거든…"

"형, 약소하지만 잘 써. 새것을 갖다 줘야 하는데…"

"너희 형수가 좋아하겠다. 냉장고, 세탁기, 전축에다가 가스레인지,
내가 그동안 형편이 안 되어 장만하지 못한 것을 네가 전부 갖다 주는
구나. 고맙다 잘 쓸게. 어디에 가든 몸조심하고…."

그날 밤 속초항에서 마지막 눈물을 원 없이 쏟아낸 덕수는 더 이상
눈물은 없다며 외사촌형과 막소주로 자신의 한(恨)을 달래고 있었다.

다음날 서울에 도착한 덕수는 자신이 타고 떠날 남해호가 정박하고
있는 부산으로 가기 위해 서울역에서 기차를 타고 부산으로 향했다.

통 통 통 크고 작은 배들의 동작음 소리들, 끼룩 끼룩 끼리룩 갈매기
들의 울음소리들, 모든 것이 살아 있었고 생동감이 넘쳐 부산항엔 생
명체(生命體)들이 살아나 펄떡 펄떡 물고기들처럼 춤추고 있었다.

덕수가 2년 계약기간 동안 타고 조업할 남해호는 300톤급으로, 주
로 남태평양 사모아(SAMOA)를 기점으로 하는 원양어선(遠洋漁船)
이었다.

사모아는 크게 서 사모아(WESTERN SAMOA)와 어메리컨 사모아
(AMERICAN SAMOA)로 나누어져 있었다.

사모아 사람들은 우리나라 사람들과 모습이 비슷해서 크게 낯설지
는 않았다.

검은머리와 검은 눈동자, 단지 섬사람 특유의 피부가 약간 검을 뿐
우리와 큰 차이는 없었다.

그러나 체격은 일반적으로 뚱뚱하고 키가 컸다.

남태평양의 푸른 바닷물 속에서 이루어지는 고기잡이, 고기의 종류
도 다양했다.

가장 비싼 것은 알바코(Albacore)로서 톤당 570불 정도 했으며 다음

으로 마린(Marine), 옐로핀(Yellowpin), 빅 아이(Big Eye)가 그 순서를
이어가고 있었다.

하루 삼 교대로 일하는 조업시간도 때로는 잘 지켜지지 않았다. 서
로 힘든 육체 노동과 배의 흔들림, 드센 바닷바람, 작렬하는 태양 아래
서의 조업은 무척이나 힘이 들었다.

남태평양에서

큰 태양 아래
벌거숭이 숯 검댕이 사내 하나
명멸(明滅)하는 고독의 운무(雲霧) 속에
바야흐로
바싹바싹 생명의 젖줄을 당긴다

방금 잡아 올린 바닷물고기는 서러워 눈물짓고
내 삶에 그 누가 있었던가
외치면 달려드는 내 영혼의 숨소리
서러워
서러워
쏜살같이 찾아와 울부짖는 만가(輓歌)의 함성처럼
푸르던 남태평양의 커다란 파고(波高) 아래
나의 이상(理想)과 꿈은 파묻혔다

오늘 또 어떠한 운명이 파도처럼 밀려온다 해도
나는 운명을 끌어안고 깨끗이 길 떠날 줄 아는
고독한 벌거숭이 꿈 사냥꾼

오늘도
고독의 선율 차갑게 울어대는
피안(彼岸)의 갈림길에서

나의 삶은 끝없이 아름다워라.

떠돌이 외항 선원

삶의 한(恨)을
바람 끝에 적시고
나는 간다
저 드넓은 대양 속으로
오직 침묵으로 일관된
나의 육체는
참치의 커다란 육체 앞에 서면
해맑게 피어나는
떠돌이 외항 선원

힘센 기관들
화음 속에 어우러진
나의 육체는 소진(消盡)되어
바다 속으로
사라진다 해도
되살아난
영롱한 아침 햇살 속에
싱싱히 피어나는
'해바라기 꽃'
나는
고독한 꿈 사냥꾼
떠돌이 외항 선원

어떨 때는 남위 40도선 약 27,000km까지 고기떼를 찾아 내려가서 주낙을 놓아 만선이 될 때까지 90일 동안 바다에 떠 있으며 평균 150톤의 어획(漁獲)량을 올리고 나서야 기지로 돌아올 때도 부지기수(不知其數)였다.

일이 끝나면 각자의 간이 침대에 몸을 뉘이고 시간이 되면 또 갑판에 올라가 조업을 하고 바람과 태양과 바닷물고기가 덕수의 삶의 전부였다.

어쩌다가 즐거움이란 한국인 선원클럽에 나가 시원한 맥주 몇 병을 마시며 벽에 붙어 있는 이름 모를 여자들을 훔쳐보는 것이, 다른 선원들과 마찬가지로 홀아비 덕수를 달래주는 구원의 시간이었고 단 하나의 즐거움이었다.

"그래 여기가 어디던가, 남태평양 사모아. 나를 달래줄 구원의 시간
이란 것이 고작 시원한 맥주를 마시는 일이라니 우습구나, 우스워. 주
낙에 잡혀 올라온 알바코야, 마린아, 옐로핀아, 빅 아이야 말 좀 해다
오…."

덕수의 독백이 밤바람을 타고 남 태평양을 빙빙 다람쥐처럼 맴돌고
있었다.

처음 타 본 원양어선에 지칠 대로 지쳐 있던 덕수는 차츰차츰 향수
병(鄕愁病)에 빠져들고 있었다.

다시는 안 돌아 가리라던 고국에 대한 그리움이 왠지 모르게 고개를
번쩍 번쩍 쳐들고 있었다.

불행인지 다행인지 몰라도 남해호의 기관에 이상이 생겨 덕수의 2년
계약기간은 서둘러 막을 내리고, 예상치 않게 앞당겨져서 1년 육 개월
만에 끝이 났다.

시원섭섭했다.

30여 명의 선원들과 한국인 선원클럽에서 함께한 조촐한 석별의 시
간, 덕수는 어느새 배짱 두둑한 뱃사람이 다 되어 있었다.

생사고락(生死苦樂)을 함께한 바다 사나이들의 눈가에 이슬이 고이
고 누가 먼저라고 할 것도 없이 조용히 노랫가락이 흘러 나왔다.

"사노라면 언젠가는 좋은 날도 오겠지…. 내일은 해가 뜬다, 내일은
해가 뜬다…. 새파랗게 젊다는 게 한밑천인데…."

"박덕수 씨, 오래 못 버틸 줄 알았는데 용케도 잘 버티더군. 인생은
마라톤 아니던가. 어디에 가든지, 힘들 때면 남태평양에서 고기 잡던

생각을 하게나.”

남해호 선장 김씨는 덕수의 어깨를 다독이고 있었다.

덕수는 김선장의 따뜻한 말 한마디가 무척이나 고마웠다.

어둠이 지나면 반드시 새벽은 찾아온다. 새날은 그렇게 밝아오고 있었다.

다음날 덕수는 남태평양의 징검다리 역할을 톡톡히 하고 있는 파고 파고(pago pago) 국제공항에서 뉴질랜드 비행기를 타고 힘들었던 지난 1년 6개월을 마감하고 남태평양을 떠나오고 있었다.

홍콩을 거쳐 서울에 도착한 덕수는 오랜만에 거닐어 보는 서울 거리 가 몹시도 활기차게 보여 무척 좋았다.

그러나 어느새 또다시 가을, 덕수궁 돌담길 옆으로 낙엽이 뒹굴고 있었다.

쓸쓸한 미망인(未亡人)처럼 가을이 찾아오고 있었다.

“나하고 가을하고 인연이 깊군. 언제나 떠나라고 등 떠미는 군. 항시 낙엽을 떨구더니 이젠 나를 떨굴 속셈으로, 하지만 어림도 없다. 하, 하, 하, 하…”

덕수는 담배를 피워 물었다.

그때 문득 헤어 져야만 했었던 네 살배기 아들 준영이가 생각났다.

‘어디서 잘 크고 있는지…. 돈을 넉넉히 주어 딸려 보냈으니 푸대접 은 안 하겠지. 그래도 제 자식인데….’

그럭저럭 일주일을 보낸 덕수는 또 다른 삶을 찾아 귀국한지 이주일 만에 미국 뉴욕행 비행기표를 들고 김포공항 제2청사 국제공항으로 발길을 옮기고 있었다.

서러웠다. 하지만 떠나야만 했다.

어디선가 가수 최성수가 부르는 슬픈 곡조의 '공항의 이별'이라는 노랫가락이 흘러나오고 있었다.

그 노랫가락은 마치 덕수 자신을 위해 부르는 것 같아 이내 마음에 와 닿았다.

뉴욕행 대한항공은 앵커리지에서 두시간 정도 정박했다.

덕수는 문득 환승객을 위한 대합실에 앉아 옛일을 반추(反芻)하고 있었다.

캄캄한 앵커리지의 새벽이 마치 훈제(燻製)된 고기처럼 독특한 냄새를 풍기며 윤기 있게 흐르고 있었다.

그리고 언젠가 형편이 풀리면 이곳에 내려 연어 낚시를 한번 해보리라 잠시 상상의 날개를 펼치고 있었다.

서울을 떠난지 17시간만에 앵커리지를 경유하여 비행기는 고층빌딩이 즐비한 마천루(摩天樓) 뉴욕 상공을 보여주며 사뿐히 존 에프 국제공항에 내려앉았다.

중동 사우디에서, 남태평양 사모아로, 이제 또다시 세계 경제의 심장부 뉴욕까지, 순간 덕수는 격세지감(隔世之感)을 느끼며 잠시 깊은 생각에 잠기고 있었다.

예전에 무역 일로 몇 번 와본 곳이라 뉴욕이라는 매머드 도시가 그리 낯설지는 않았다.

그러나 우선 머물 곳과 일자리를 찾아야만 했다.

우선 후러싱에 있는 하숙집에 여장을 풀고 덕수는 한국 신문을 구입해서 열심히 일자리를 사냥하기 시작했지만, 영주권이 없는 관계로 일자리를 찾는데 무진장 애를 먹고 있었다.

'영주권이라도 있으면 내가 좋아하는 우편배달부라도 해보련만…. 그럴 수도 없고.'

그때 문득 〈우편배달부는 벨을 두 번 울린다(a postman rings the bell twice)〉라는 영화를 기억하고 덕수는 멋쩍게 피식 웃었다.

일자리를 구하지 못한 관계로 덕수는 가지고온 쌈짓돈을 곶감 빼먹듯이 매일 매일 파식(波蝕)하고 있었다.

일주일을 하숙집에 머문 덕수는 룸메이트를 하기로 작정하고 한달에 350불하는 곳으로 거처를 옮겼다.

번번이 면접을 보러 갔다가 퇴짜를 맞은 덕수는 차츰차츰 요령이 생겼다.

생전 야채가게 일을 해보지 않은 덕수는 전에 해보았다며 거짓말을 하고 뉴욕의 심장부 맨해튼 47번가에 있는 교포가 운영하는 야채가게에 취업을 할 수 있었다.

"전에 해보았다고 하더니…. 박씨, 완전 초보군요."

야채가게 주인은 인상을 쓰면서 덕수에게 신경질적으로 물었다.

"열심히 하겠습니다."

"초보 임금밖에 못 드립니다. 주급(週給) 300불밖에요."

"예, 고맙습니다."

덕수는 우선 안정을 찾기 위해 일자리가 필요했다.

미국에서는 영주권이 없는 사람이 일자리를 구하는 것이 불법으로 규정되어 있어 일자리를 찾는다는 게 여간 힘든 것이 아니었다.

야채가게에서의 막노동도 결코 쉽지 않았다.

한달에 1,200불 받아봐야 남는 게 별로 없었다. 방세 내고, 차비하고, 식사비용 제하고 나면 고작해야 300불 정도 손에 쥘 수가 있었다.

'이럴 줄 알았으면 무슨 기술이라도 한가지 습득해 가지고 오는 건데….'

덕수는 낯선 땅에서, 이방인(異邦人)으로서의 서러움을 톡톡히 겪고 있었다.

야채가게에서 적응하기 위해서는 우선 수십 종에 달하는 야채 이름부터 알아두는 것이 급선무였다.

야채를 잘 씻고, 보기 좋게 정렬하고, 항시 청결을 유지하면서 그날그날 신선한 것으로 교체해 놓아야 했다.

매일매일 비지땀을 흘려가며 집으로 돌아오면 언제나 덕수는 파김치가 되어 있었다.

그러던 어느 날, 야채가게에서 그날도 여러 가지 야채들을 가지런히 정돈하고 있을 때 덕수는 문득 몇 해 전 한계령을 넘을 때의 쓰라린 기억이 한 폭의 풍경화처럼 되살아나 주인 모르게 빈 메모지에 써 내려가고 있었다.

한계령 넘던 날

한 해에 이사 두 번 하던 날
한계령 넘던 날
트럭에 실린 내 살림 창백하게 울던 날

나는 인생으로부터 뒤떨어져
쓰디쓴 고독의 땀방울 흘리고 있었다

늦가을 설악은 단풍 옷 입고
비벼대는 빗방울에 울고 있었다
서른 다섯의 고뇌와 빈곤이
비를 타고 춤추고 있었다

한 해에 이사 두 번 하던 날
한계령 넘던 날
황혼은 매우 아름다웠다.

빈 메모지에 떠오르던 글귀를 적어 내려가던 덕수의 양 볼에서 하염없이 눈물이 흘러내리고 있었다.

잊었던 지난 기억들이 새싹처럼 되살아나 덕수의 가슴팍을 후벼파기 시작했다.

서러움에 복받친 덕수는 양손에 씻다가 만 야채들을 집어 든 채로 가곡 '떠나가는 배'를 목청 터지도록 부르고 있었다.

"저 푸른 물결 외치는 거센 바다로 떠나는 배…."

노래를 다 마친 덕수는 시원했다.

야채가게 앞을 지나가던 이름 모를 뉴욕커(New Yorker)들은 오른손 엄지손가락을 치켜들며 지나가고 있었다.

"박씨 미쳤구먼. 야채를 씻다말고 노래를 부르다니…. 그만두게."

그렇게 해서 어렵사리 얻은 첫 일자리는 두 달만에 마침표를 찍어야만 했다. 그래도 덕수는 일자리를 잃은 것보다도 메모지에 써 내려간 그 글귀가 더 소중하게 생각되어 땀 젖은 가슴팍 깊은 곳으로 메모지를 밀어 넣었다.

거리에 하나, 둘 네온사인이 켜지고 한번쯤 들려 보고 싶었던 재즈 바(Jazz Bar)에서 덕수는 실로 오랜만에 뉴욕커처럼 맥주와 '맨해탄'이라는 칵테일을 섞어 마시고 있었다.

'이게 무슨 인생의 아이러니(irony)란 말인가. 그 많고 많은 도시 중에서 몇 해 전 사우디를 떠나며 비행기 안에서 주문해 먹었던 그 '맨하탄'이라는 칵테일, 바로 그곳에 와서 생활하고 있을 줄이야… 지금 내가, 맨해튼에 와 있을 줄이야… 인연이야 인연, 이곳하고는 기이한 인연이란 말이야.'

덕수는 술에 취하고 있었다.

'이제 체류비자가 4개월 남았구나. 한두 군데 더 부딪혀보자…'

덕수는 담담했다. 그동안 구경 못한 서러움을 달래기라도 하려는 듯 덕수는 지하철을 이용해가며 여기저기 뉴욕을 관광하기 시작했다.

도시 속의 풍요로움이라고나 할까, 도시 한복판에 있는 센트럴파크는 드넓게 잘 조성되어 있었다.

그리고 일주일 후 제법 규모가 큰 슈퍼마켓 정육부에 취직이 되었으나, 너무 고기를 두껍게 잘라 진열장에 놓는다는 이유로 덕수는 또 한 달 만에 해고되고 말았다.

덕수는 차츰차츰 뉴욕생활에 적응해 나가고 있었다.

그 무렵 생전 나가지 않았던 교회에 나가기로 하고 주일마다 퀸즈 외곽에 있는 한인교회에 나가기 시작했다.

그 교회에서 캐나다에서 밀항선을 타고 몰래 건너 왔다는 제법 덩치 큰 젊은 전도사와 덕수는 친하게 되었다.

사연을 들어보니 덕수처럼 애절했다.

동병상련(同病相憐)이라고나 할까. 사연인즉 한국에 있는 교회에서 캐나다로 신학공부를 하라고 유학을 보내 주었는데, 그만 그곳에서 예쁜 아가씨와 사랑에 빠져 쫓겨나 할 수 없이 밤에 밀항선을 타고 뉴욕으로 건너 왔단다. 솔직하게 자신을 고백하는 그 젊은 전도사가 덕수는 동생처럼 생각되어 무척 친근감이 갔다.

덕수는 매일 밤, 젊은 전도사를 부추겨 캐나다에 있는 예쁜 아가씨를 뉴욕으로 불러들이라며 자신의 전화를 빌려 주곤 하였다.

마침내 '예스더'라고 불리는 예쁜 아가씨는 캐나다 영주권을 포기한 채 사랑을 찾아 한달 만에 장거리 버스를 타고 42번가 타임스퀘어 버스터미널에 무사히 도착했다. 그리고 그날 덕수는 두 사람의 재회를 축하해 주며 삼겹살 파티를 열어 주었다.

그리고 얼마 후 '예스더'라는 아가씨는 미용실에 일자리를 얻었고, 젊은 전도사는 가발공장에 취직이 되어 새 삶을 살아가고 있었다.

덕수도 맨해튼 52번가에 있는 제법 규모가 큰 문구점에 다시 취직이 되었다. 그러나 '몸에서 냄새가 난다'는 터무니없고, 이유 없는 주인의 억지 소리를 듣고, 실컷 패주고 싶었지만 참았다.

덕수는 주급 300불을 받고 일주일만에 해고되었다.

"못된 놈들, 아무리 불법 취업자라도 법으로 보장된 최저 임금도 안 주면서 거들먹거리는 꼴이라니…"

덕수는 새삼 교포사업가들한테서 심하게 역겨움을 느끼고 있었다.

"아뿔싸, 미국에선 한국사람들이 같은 한국사람들을 등쳐먹고 있구

나. 수백만 불을 호가(呼價)한다는 가게보다도 먼저 인간이 되어라, 이
덜떨어진 놈들아… 인간사 새옹지마(塞翁之馬), 누가 언제 어떻게 될
지 알고 사람을 괄시(恝視)하니… 오로지 무염지욕(無厭之慾)의 끝이
없구나.”

덕수는 갑자기 작자 미상의 시구가 생각났다.

‘동천년노항장곡(桐千年老恒藏曲), 매일생한불매향(梅一生寒不
賣香)’

‘오동은 천년을 늙어도 항상 제 가락을 지니고, 매화는 한평생 추워
도 제 향기를 팔지 않는다.’

더욱이 2,500상자나 되는 초콜릿 박스를 하루종일 나르던 발렌타인
전날에 생긴 일이라 덕수는 그 후부터 초콜릿을 먹지 않기로 했다.

근 6개월 동안 막노동을 하면서 뉴욕에서 느낀 점은 교포라는 사람
들이 결코 좋은 사람들이 아니다라는 결론을 덕수는 성급히 내릴 수밖
에 없었다.

한국에서 금방 왔다고 하면 무시하고, 홀대하고, 괄시하는 일명 자리
잡고 산다는 그들의 모습 속에서 동포애(同胞愛)는 실종되고 없었다.

교포 사업가들 어디에서도 정다운 인간미는 찾아 볼 수가 없었다.

오히려 피부색이 다른 미국인들한테서 따뜻한 인간애를 느낄 수 있
었다.

더 이상 뉴욕에서의 막노동을 접기로한 덕수는 불법체류를 하기 싫
어 체류 비자 며칠을 남기고 젊은 전도사 부부의 배웅을 받으며 씁쓸한
뒷맛을 남긴 채, 그렇게 뉴욕을 떠나오고 있었다.

덕수는 서울로 돌아가는 귀환(歸還) 비행기 안에서 사우디 다란공

항을 이륙했을 때처럼 '맨하탄'이라는 칵테일을 주문해서 마시며 뉴욕 맨해튼 상공을 날아 오르고 있었다.

그리고 문득 그 옛날 덕수에게 영어 발음 기호를 친절히 가르쳐 준 사촌 큰형님 덕철 형님이 권력의 희생물이 되어 낯선 땅 미국에서 권총으로 자살만 안 했더라도, 미국 땅 뉴욕에서 자리잡지 못한 채 파김치가 되어 한국으로 쓸쓸히 귀환하지는 않았을 거라며 서글픈 생각을 했다.

그리고 언젠가는 반드시 돌아와 자신의 꿈을 펼쳐 보여 주겠다며 마음속으로 굳은 결심을 하고 낯선 곳 뉴욕에서의 6개월을 접고 있었다.

뉴욕항 스케치

거대한 빌딩 숲 속에서
나는
나의 안식처를
찾아 떠도는
낯 설은 이방인(異邦人)
키 작은 한국인(韓國人)
나의 피부색을 닮은
진한 브라운색 커피를
독주(毒酒)처럼 빼곡히 마시고
흠뻑 빠져버린 피에로
스르르 빗장을 푼다
여기도 지구촌

한 모퉁이
똑같은 태양을 보며
똑같은 공기를 마시며
아직은 살아 있어
무지무지하게 좋았던
눈물이 푸지게도 헤픈
뉴욕의 작은 사내
키 작은 한국인
어느새
다운타운(*downtown*) 거리를 따라
중년 남자의 향수가
오후 햇빛을 따라
소리 없이 흐른다
내 그리움 따라
자꾸만
나란히 나란히
다운타운 거리를 따라
속절없이 남몰래 흐른다.

10
귀환(歸還)

한국으로 귀환한 덕수는 평소 알고 지내던 지인(知人)의 소개로 안양유원지 관악산 산자락 밑에 있는 허름한 여인숙에 방 한 칸을 세 내어 새로운 생활을 시작했다.

며칠 사색(思索)의 포로가 되어 여기저기 끌려 다녀 보았지만 덕수는 뚜렷한 돌파구를 찾지 못한 채 학창시절부터 꿈 꿔왔던 문학을 찾아 멀고도 먼 길을 항해(航海)하기 시작했다.

방안에는 휴대용 가스레인지와 가스통이 그래도 덕수의 생존을 위하여 최선을 다하고 있었다.

어느 날 허공 속에 휘날리던 나뭇잎을 바라보며 혹시 덕수 자신이 집시의 피가 섞여 있을 지도 모른다는 아리송한 생각을 했다.

아버지 동혁과 어머니 순덕의 첫 만남도 여수에 있는 '복산장'이라는 여관에서 시작되었듯이 덕수 자신의 뜻 모를 방랑(放浪)생활과도 전혀 무관(無關)하다고는 볼 수 없다는 결론에 다다르고 있었다.

마치 빠져 나올 수 없는 깊은 수렁에 빠져 버린 것 같은 비애(悲哀)가 달려들고 있었다.

덕수는 서울에 있는 부모님 집에는 찾아가지 않았다. 아니 찾아갈 수가 없었다. 사업 실패와 결혼 실패로 인한 마음의 자책(自責) 때문인지는 몰라도 덕수는 서로 안 보는 것이 상책(上策)이라는 결론을 내리고 있었다.

"나는 나대로 사는 거지 뭐…."

그래도 쓸쓸한 마음을 전부 훑어낼 수는 없었다.

외로워 초봄에 꽃시장에서 사 가지고 온 죽었다가 다시 피고 죽었다가 끝없이 다시 피던, 덕수에게 커다란 희망을 선물하던 노란 수선화들은 4월 하순부터 시들기 시작했다.

지난 2월 하순 술 취해 수선화를 사러 갔던 덕수를 보고 꽃집 할머니는 말했다.

"젊은이, 이 다음에 술 깨면 다시 오게. 집이 멀다고 하니, 행여 가지고 가다가 잘못 될 수도 있거든."

무언지 모를 인생의 깊이를 아는 것 같은 서울 종로 5가의 멋쟁이 노점 꽃집 할머니가 문득 생각났다.

어느새 생명의 순환(循環) 줄기가 자리바꿈을 하고 있던 초가을 관악산 자락의 나뭇잎새들은 일제히 서럽게 울고 있었다.

마치 머지 않아 떨어질 자신들의 운명을 알고 있는 것처럼.

그날 밤, 후드득 후드득 세찬 빗줄기가 떨어지기 시작했다.

덕수는 여느 때처럼 한밤중에 관악산 줄기를 향해 오르고 있었다.

남이 보면 영락없이 실성한 놈 그 자체였다.

노란 수선화가 시들어가기 시작할 무렵부터 덕수는 비만 내리면 시간을 가리지 않고 관악산 줄기를 타기 시작했다. 그리고 산 정상에서의 고함과 노래 몇 마디가 비에 흠뻑 젖어 있는 덕수에게 위안을 주고 있었다.

여인숙으로 돌아와 찬방에서 새우잠을 청하는 덕수는 영락없이 미쳐 가고 있었다.

그 당시 덕수는 문학에 심취(心醉)하여, 특히 시(詩) 짓는 일에 열정을 쏟아 내고 있었다.

수염도 안 깎고 하루에 한끼만 먹고사는 덕수를 보고 유원지 사람들은 '육개장 아저씨'라고 불렀다.

낮에는 풍류(風流)에 들떠 왁자지껄 떠들어대는 행락객들을 피해 덕수는 원고지에 불을 지폈다. 이윽고 서편에 노을이 지면 덕수는 어김없이 생존을 위하여 두둥실 두리둥실 밤 달이 되어 해거름 꺼져 가는 낮 빛을 등에 짊어지고 어슬렁거리고 나와 육개장 한 그릇을 비우고 돌아갔다. 이런 덕수를 보고 유원지 사람들은 '털보 육개장 아저씨'라고 불렀다.

어느새 세차게 바람이 불더니 이내 겨울이 찾아들고 있었다.

산자락에 있어서인지 유난히 눈이 많이도 내렸다.

그러던 어느 날, 제법 주머니 사정이 넉넉하다는 친구의 초청을 받고 덕수는 서울에 나가 대접을 잘 받고 안양 관악산 자락 밑으로 돌아오고 있었다.

발목까지 빠지는 눈길, 저만치 앞서가는 노승(老僧)을 향해 덕수는 "스님, 눈길에 조심하세요!"하고 외쳤다.

그리고 이내 비틀거리며 뒤따르고 있는 덕수를 향한 반향(反響)의 정 깊은 노스님의 목소리 "허허, 자네나 조심하게."

아마도 그 노스님은 비만 오면 시간을 가리지 않고 지난 계절동안 고성(高聲)과 노래를 불러 댔던 덕수를 알고 있는 듯 했다.

그렇게 몇 번의 눈과 까치 울음소리가 반복되더니 계절은 바뀌고 봄이 찾아오고 있었다.

덕수는 산 속에서 써 내려간 시(詩)들을 모아서 어렵사리 한 권의 시집(詩集)으로 묶었다.

마침 서울에서 열렸던 문학 모임에 덕수도 초청을 받고 참석하고 있었다.

덕수는 출판사로부터 가지고 온 시집을 문인(文人)들한테 골고루 나누어주었다.

이윽고 뒤풀이가 흥겹게 열리고 파하는 시간, 처음 보는 것 같은 양복 입은 사내가 평론가(評論家)라며 덕수 곁으로 다가섰다.

그리고 대뜸 그 사내는 "야, 이것도 시(詩)라고 썼냐?"라며 덕수가 준 시집을 땅바닥에 패대기치고 난 후 오줌을 갈겨 대고 있었다. 덕수는 순간 황당했다. 밤늦은 광화문 한복판, 덕수는 주머니에서 손수건을 꺼내 자신의 시집을 닦았다.

분노(忿怒)가 펄펄 끓어오르고 있었다.

'참자, 참자, 참자. 내가 참지 못하면 사람이 아니지, 암 그렇고 말고.'

어느새 덕수는 마음속으로 참을 인(忍)자, 석자를 되뇌고 있었다.

"야! 임마, 네가 평론가라며. 평론가라면 내 시가 어디가 어떻게 형편없어 네놈의 오줌세례를 받아야만 했는지 상세하게 문자로 적어서 내게로 보내, 알았어?"

덕수는 분노를 억누르며 못된 평론가의 양복 안주머니에 시집을 넣어 주고 있었다.

"박형, 잘 참았어. 저놈은 원래 알려지지 않은 문인들만 보면 홀대(忽待)하는 버릇이 있는 제거되어야 할 악성(惡性) 종기 같은 놈이야… 박형, 원래 어물전(魚物廛) 망신은 꼴뚜기가 다 시킨다라는 말도 있잖아. 상대할 값어치가 없는 놈이야."

옆에 있던 '대전발 영시 오십분' 이라는 별명을 가지고 있는 나대전 시인이 헝클어진 덕수의 속마음을 달래 주고 있었다.

그제야 덕수는 분했던 마음이 조금씩 가라앉기 시작했다.

"나시인, 고마워. 그렇지만 나 꼴뚜기 좋아한단 말이야. 소주하고는 무척 잘 어울리거든."

덕수는 그날 밤 나시인과 함께 포장마차에 들러 꼴뚜기를 구워 고추장에 찍어서 질근질근 맛있게 씹어먹고 있었다.

그렇지만 봄날이 다 가도록 못돼 먹은 평론가한테서는 아무런 답신이 없었다.

'여자하고 소인배(小人輩)들은 다루기가 힘들다고 하더니, 역시…'

그렇게 뉴욕에서 귀환한 덕수의 봄날이 흘러가 버리고 있었다.

덕수는 서울에 들릴 기회가 있을 때마다 배낭을 가지고 나와 청계천 헌책방에 들러 책들을 사냥하고 있었다.

그러던 어느 날, 어깨에 무거운 지식의 보고(寶庫)를 짊어지고 덕수는 서울 한복판 거리를 걷고 있었다.

그리고 예상치 않게 큰 빌딩 앞에서 재벌 2세인 대학 동창생을 만날 수 있었다.

이윽고 비서실을 통하여 들어선 대학 동창생 사무실은 크고 넓었다. 마침 덕수는 배낭에 자신의 시집이 몇 권 들어 있다는 것을 기억해 내고 사인을 해서 동창생에게 내밀었다.

"어, 이거 내 책인데 졸작(拙作)이야, 한번 읽어 봐."

그러나 애 많이 썼다는 말 한마디는커녕 큰 회사의 사장으로 있는 대학 동창생 입에서 예상 밖으로 이상한 대답이 튀어 나왔다.

"덕수야! 그거 돈 되냐?"

날카로운 면도칼로 덕수의 마음에 깊은 상처를 내고 있는 것 같은 동질(同質)성의 질문이었다.

어안이 벙벙했다. 아니나 다를까 역시나 재벌 2세 다운 멋없는 응답이었다. 덕수는 더 이상 대화의 끈을 풀기가 싫었다.

덕수는 잘 있으라는 말 한마디를 남기고 동창생의 빌딩을 서둘러 빠져 나왔다.

누구나 부모를 선택해서 태어날 수는 없는 법, 그렇다고 동창생을 깔아뭉개다니. 얼마 전 덕수 자신의 책에 오줌을 갈겨댔던 돼먹지 못한 평론가하고 같은 부류(部類)의 사람 같아서 상대하기가 싫었다.

'저놈이 그래도 학교 다닐 때는 안 그랬는데, 그놈의 돈이 무엇인지 많이 가졌다고 거들먹거리는 꼬락서니하고는…. 하기야 요즘 돈 때문에 실성(失性)한 놈들이 어디 한둘이어야지. 역시 다다익선(多

多益善)이라고 많이 가지면 가질수록 좋다고 하더니, 그래도 그렇지….'

덕수는 오히려 재벌 2세인 대학 동창생이 가엾게 생각되었다.

'제 놈은 아버지가 마련해준 강철같은 새장 안에서 한평생 호화(豪華)롭게 놀다가 간다할지언정 태어나서 자신만의 그림 한 장도 그려보지 못한 주제에 어찌 인생의 깊은 맛을 알려고….'

덕수는 문득 몇 해 전 남태평양에서 원양어선을 탔을 때 배웠던 '사노라면'이라는 노랫말이 갑자기 떠올라 호탕하게 한바탕 웃고 말았다.

"내일은 해가 뜬다. 내일은 해가 뜬다."

다음날 아침 어김없이 또 해는 떠 따사로운 아침 햇살이 잘 잤냐고 까치와 함께 덕수의 작은 창문을 두드리고 있었다.

그리고 얼마 후 여름이 제 광기(狂氣)를 유감 없이 발휘하고 있을 무렵 대학교 선배로부터 섬유공장에서 무역 일을 맡아 해볼 마음이 없냐며 덕수에게 의사(意思)를 타진해 오고 있었다.

"선배님, 심심하던 차에 잘되었네요."

"음, 그래. 그러면 내일 오후 5시에 서울에서 섬유공장 사장하고 같이 만나지."

"예, 그렇게 하죠. 그러면 내일 뵙겠습니다."

덕수는 그동안 안양 산 속에서 9개월 동안 생활하며 써 두었던 글들을 모아 출판하기로 하고 우체국에 들러 우편으로 원고를 서둘러 출판사에 보냈다.

그리고 그동안 문학을 한다는 이유로 첩거해왔던 안양 산 속 생활을 단호히 접기로 하고 큰 가방 두 개에 자신의 짐을 가지런히 정리해 놓고 덕수는 섬유공장 사장과의 약속 장소로 서둘러 발걸음을 옮겨 놓고 있었다.

　언제나 그랬듯이 혼자 하는 이사는 육체와 심적인 고뇌를 항상 동반하고 있었다.
　회사에서 보내준 트럭에 자신의 이삿짐을 싣고 덕수는 포천으로 향했다.
　경제적인 안식을 찾아 떠난 포천의 섬유공장엔 뜻하지 않은 복병(伏兵)이 숨어서 덕수를 기다리고 있었다.
　언감생심, 대머리 K사장은 서울에서의 면담 때와는 판이하게 달라졌다. 이미 주기로 약속했던 봉급의 60%밖에 줄 수가 없다며 싫으면 그만두라고 첫날부터 섬유공장의 사장 태도는 점입가경(漸入佳境)이었다.
　이미 안양을 떠나 왔으니 되돌아 갈 수도 없고 덕수는 어쩔 수 없이 섬유공장에서 발이 묶이고 말았다.
　게다가 머무를 거처도 알아서 구하라고 일러 주는 대머리 사장의 태도는 문자 그대로 인격 이하의 작태를 여실히 보여 주고 있었다.
　하는 수 없이 섬유공장 위쪽의 공동묘지 근처에 있는 방 한 칸을 얻어서 덕수는 가방을 풀었다.
　'살다보니 별일을 다 당하고 사는구나.'
　덕수는 이른 새벽녘 잠에서 깨어 밤하늘에 꽃처럼 피어나 밝은 향기를 내뿜고 있는 별들을 바라보며 푸념을 늘어놓고 있었다.
　"박차장, 밤새 무섭지 않았어요? 공동묘지 근처라서, 흐흐흐흐…."

오히려 만나보지 못한 귀신의 곡소리보다도 인간 말종형인 대머리 사장의 웃음소리가 더 재수가 없었다.

대학 선배로부터 오퍼상을 크게 했었다는 말을 전해 들었는지 섬유수출에 심혈을 기울여 달라고 대머리 사장은 덕수한테 연일 힘주어 당부하고 있었다.

고급인력은 한번도 채용해본 경험이 없는 대머리 사장은 기술자 출신이었다.

설상가상(雪上加霜), 한 수 더 떠서 대머리 사장은 음주운전으로 인하여 100일 동안 운전면허 정지처분을 받았으므로, 자신의 집이 있는 서울까지 출퇴근을 시켜 달라고 했다.

문자 그대로 적은 봉급을 덕수에게 주어가며 무역업무에 운전기사 역할까지, 대머리 K사장은 꿩 먹고 알 먹고 완전히 생쇼를 하고 있었다.

"아뿔싸, 내가 너무나 많은 걸 털어놓았었군. 지피지기(知彼知己)면 백전백승(百戰百勝)이라더니 내가 꼭 그 지경일세. 그래도 꾹 참고 일하자. 저도 인간이면 양심이라는 게 있겠지 뭐."

덕수가 밤낮을 안 가리고 일한 덕분에 중국에 섬유 샘플을 보낸 것이 반응이 좋아 첫 오더(first order)로는 제법 큰 물량인 20피타 컨테이너 7대 분의 오더를 받을 수 있었다.

외로운 덕수의 유일한 말벗은 인상 좋은 같은 또래의 공장장 밖에는 아무도 없었다. 그로 인하여 자연스럽게 물 흐르듯이 덕수는 공장장과 무척이나 친하게 지내고 있었다.

공장장과의 상의 아래 공장을 풀(full)가동한 끝에, 두 달만에 20

피타 컨테이너 7대를 무사히 선적(船籍)시킬 수 있었다.

뭇 별들이 소낙비처럼 끝없이 쏟아지던 날 밤에 덕수는 공장장과 정답게 술잔을 부딪고 있었다.

"공장장님, 수고 많으셨어요. 선적 날짜 지켜 주셔서…."

"웬걸요. 의당(宜當) 제가 할 일인데요, 뭘."

같은 기술자 출신이라 해도 대머리 사장과 공장장은 품격(品格)이 완연(完然)히 달랐다.

"그건 그렇고. 밤에 무섭지 않으세요?"

"솔직히 무서움보다는 외로움이 더 크지요. 어떨 때는 처녀귀신이라도 나타나면 꼭 끌어안고 잠들고 싶을 때도 있는 걸요. 하, 하, 하, 하, 한참 때 혼자 되었거든요."

"아, 그래요, 솔직하시네요. 우리 언제 한번 미아리 텍사스라도 한번 같이 갈까요?"

"그거 좋지요."

덕수는 공장장과의 술자리를 파하고 공동묘지 옆으로 난 작은 언덕길을 비틀거리며 자신만의 집으로 향했다.

섬유공장 대머리 사장 K씨는 예상 밖으로 덕수가 큰일을 해내자 기분이 좋아 히히거리고 있었다.

뜻밖의 큰 이윤을 남긴 대머리 사장은 덕수한테, 중국으로 해외출장을 가자며 졸라대고 있었다.

"이보게, 박차장 통역만 잘하게. 자네가 통역만 잘하면 오더는 얼마든지 받을 수 있을 테니…."

무역이란 그런 것이 아니라고 말렸지만, 대머리 사장은 끝내 덕수의 의견을 귀담아 듣지 않고 있었다.

아마도 더더욱 욕심을 내고 싶은 물욕(物慾)에 대한 인간 본연의 욕구가 견물생심(見物生心)이라고, 한번 돈맛을 본 대머리 사장 내면에서부터 펄펄 끓어오르는 것처럼 보였다.

충분한 샘플 준비도 없이 서둘러 떠난 홍콩 출장 길은 사필귀정(事必歸正) 말 그대로 성과 없이 끝이 나고 있었다.

"박차장, 나 기분 나빠서 먼저 귀국해야겠네. 자네는 예정대로 바이어들과 상담 끝내고 사나흘 있다가 천천히 귀국하게나."

대머리 사장은 덕수에게 자신의 신용카드를 맡기고 서둘러 귀국길에 올랐다.

그렇다고 덕수까지도 두 손을 그냥 놓고 있을 수는 없었다.

덕수는 사력(死力)을 다해 열심히 바이어들과 상담을 하면서 한국에 돌아가면 새롭게 개발된 다양한 섬유에 대한 상세한 설명서와 함께 카운터 샘플을 보내 주기로 약속하고 몇몇 바이어들과 가계약을 체결했다.

덕수는 지난번 첫 오더로 제법 큰 물량을 준 바이어한테 고맙다는 표시로 저녁 대접을 하기로 하고 큰 식당으로 이동하였다. 홍콩으로 출장 온 후 대머리 사장과 함께 이미 서너 차례나 융숭한 대접을 받은 터라 덕수는 저녁 식사를 끝내고 술 한잔하자며 바이어와 함께 술집으로 향했다.

그날 밤 나이 많은 홍콩 바이어의 배려로 덕수는 실로 오랜만에 처음 본 예쁜 중국 여인과 회오리바람이 되어 회포(懷抱)를 풀었다.

이틀 후 도착한 김포 국제공항에는 마중 나오리라 예상했던 대머리 사장은 보이지 않았다.

할 수 없이 무거운 출장 가방을 들고 덕수는 택시를 타고 공장이 있는 포천으로 향했다.

공장에 도착한 덕수를 보고 대머리 사장은 사사건건(事事件件) 트집을 잡고 있었다.

"박차장, 왜 버스를 타지 않고 택시를 타고 왔지?"

"사장님, 가방 네 개를 들고 어떻게 공항에서 이곳 포천까지 버스를 타고 옵니까?"

"하여튼, 홍콩에서 쓴 경비하고…. 출장보고서를 내일 아침까지 올리게."

수고했다는 말 한마디 없이, 어떨 때는 대머리 사장이 덕수 눈에는 차가운 냉혈(冷血) 동물처럼 보였다.

덕수는 자신의 출장비를 아껴 준비해 가지고 온 작은 선물들을 공장 식구들에게 일일이 나누어주었다.

"박차장, 접대비 300불… 이게 뭔가?"

"예, 지난번 우리한테 첫 오더를 준 바이어한테 저녁 식사하고, 간단히 술 한잔 대접했습니다."

"뭐, 뭐라고…."

대머리 K사장은 눈에 쌍심지를 켠 채로 덕수를 매섭게 매처럼 노려보고 있었다.

"하여튼, 자네 월급에서 제할 테니까 그렇게 알게…."

"그러시죠, 뭐. 저도 이젠 더 이상 이 회사에 미련이 남아 있지 않습니다."

순간 덕수는 자신도 모르게 제한된 시간이 다 된 시한폭탄(時限

爆彈)처럼 폭발하고 말았다.

"그럼 그만 두게."

"예, 내일 아침에 사표 제출하겠습니다."

"그건 그렇고. 가계약 체결해 가지고 온 것까지는 박차장이 마무리해 주고 떠나야지, 안 그런가?"

순간, 덕수의 입가에서 '야, 이 못돼 먹은 새끼야'라는 쌍스러운 욕이 하마터면 터져 나올 뻔했다.

덕수는 이판사판 식으로 모든 것을 확 패대기치고 싶었지만 그동안 정들었던 공장장과 힘들게 일하는 공장 식구들을 생각하며 꾹 참았다.

그리고 정확히 한달 후 덕수가 홍콩에 혼자 남아 사력(死力)을 다해 바이어들과 상담을 벌여 가계약을 체결한 오더 덕분에 공장 식구들 모두는 보너스를 받을 수 있었다.

불행 중 다행이었다.

그것은 덕수가 공장 식구들에게 준 마지막 선물이었다.

물론 덕수의 마지막 월급 봉투는 홍콩에서 접대비로 썼었던 300불이 공제된 채로 덕수 손으로 전달되어 왔다.

대머리 K사장은 생긴 모습 그대로 파렴치(破廉恥)하고 야비했다.

"아, 이젠 이곳 공동묘지 셋방도 떠날 때가 되었구나. 미친개에 물린 셈치고. 자, 이제 또 길을 떠나야지 떠날 때는 말없이…."

덕수는 첫눈이 소담스럽게 떨어지는 작은 언덕배기 셋방 집을 나와 서울 정릉 청수장 뒷켠에 마련해둔 셋집을 향해 또다시 이사를 하고 있었다. 7개월 동안의 짧았던 여운을 남기고 포천을 떠나오고 있었던 것이다.

"사노라면 언젠가는 좋은날도 오겠지… 내일은 해가 뜬다 내일은 해가 뜬다."

덕수는 눈물이 나오는 걸 억지로 참았다.

"착한 끝은 있다고 하니까 한번 기다려 보지 뭐. 그건 그렇다 치고 세월 앞에 장사(壯士) 없다고 하더니 어느새 헤매다 보니까 불혹(不惑)이라는 나이 사십이 가까워 졌구나…."

11

세상살이

서울 정릉 단칸 셋방에 도착한 덕수는 초라하기 짝이 없는 자신의 이삿짐을 정리하기 시작했다.

그리고 문득, 그 옛날 피난길에 자신의 아버지 동혁의 이삿짐도 아마 비슷했을 거라는 생각을 하면서 담배를 피워 물었다.

어느새 12월 중순 겨울의 매서운 추위가 기승을 부리고 있었다.

"그래도 다행인걸, 연탄이라도 때고 잘 수 있는 방이라도 한 칸 얻을 수 있으니…"

대충 짐 정리를 마친 덕수는 시장에서 술국을 벗삼아 술을 마셨다.

"아, 내일은 그래도 따뜻한 물로 머리를 감을 수 있겠구나. 노란 주전자야, 잘 부탁한다."

덕수는 커다란 주전자를 품에 안고 깎아지를 듯이 가파른 고갯길을 오르고 있었다.

아까 시장에 내려가기 전부터 들리던 옆방에 세 사는 사람들의 음주(飲酒)가무(歌舞)는 그치지 않고 계속 되고 있었다.

덕수는 연탄 창고에서 연탄을 꺼내어 불을 지펴 놓고 그 위에 커다란 주전자를 올려놓았다.

올려다본 밤하늘엔 보름달이 창백하게 웃고 있었다.

어느새 밤 11시 45분을 가리키고 있었다.

"그래 너희들은 떠들라면 떠들어라, 나는 이제부터 잠을 좀 자야겠다. 매너 없는 사람들 같으니라구…."

덕수는 이사를 하느라 지쳐 있는 자신의 육신을 눕히면서, 내일 아침엔 따뜻한 물로 머리를 감을 수 있다는 부푼 기대감을 끌어안고 깊은 잠에 빠져들었다.

얼마나 잤을까. 소변이 마려워 깨어났던 덕수는 순간 너무나 어지러움을 느낀 나머지 화장실을 못 찾고, 방바닥을 대굴대굴 구르고 있었다.

가까스로 부엌으로 향하는 쪽문을 열고 엉겁결에 덕수는 소변을 누었다.

덕수의 두 눈으로 확인한 밖은 아직도 캄캄한 밤이었다.

덕수는 엊저녁에 빈속에 마신 술 때문이라고 생각하며 자신도 모르게 또 잠이 들고 말았다.

또 얼마나 잤을까. 다시 소변이 마려워 잠을 깬 덕수는 또다시 이어지는 극심한 어지러움에 자신의 육체조차도 가눌 힘이 없었다.

창밖엔 여전히 캄캄한 밤이 지속되고 있었다.

덕수는 이번에도 부엌으로 향하는 쪽문을 열고 소변을 보았다.

꼭꼭 닫힌 창문 어디에서도, 찬 공기는 실종되고 없었다.

순간 덕수는 자신에게 안 좋은 일이 일어나고 있다는 것을 직감하고 다급해 졌다. 머무를 겨를도 없이 덕수는 옆방 문을 두드렸다.

"아저씨 119좀 불러 주세요."

"한밤중에 귀찮게 무슨 119, 저 밑에 내려가면 빈 택시 많은데…."

매정하고 못돼 먹은 인간 성품이 차가운 겨울바람보다도 거세게 여실히 달려들고 있었다.

한겨울, 덕수는 심한 어지러움증에 시달리며 팬티 바람에 맨발로 나무들과 담벼락을 의지하며 어렵사리 큰길까지 내려올 수 있었다.

그러나 그 어떤 택시도 덕수를 그냥 지나쳐 버릴 뿐, 태워 주지는 않았다.

그도 그럴 것이 추운 한겨울에 그것도 한밤중에 팬티 바람에 서 있는 덕수를 태워줄 리는 없었다.

할 수 없이 덕수는 있는 힘을 다해, 그냥 지나치는 택시를 막아섰다.

"아저씨, 저 미친놈 아니에요. 연탄가스를 심하게 마신 것 같으니 큰 병원에 데려다 주세요…."

그 말을 남기고 덕수는 택시 안에서 정신을 잃어 버렸다.

"아저씨! 정신 차리세요. 보호자 어디 있어요?"

어렴풋이 뜬 눈가 사이로, 자신의 따귀를 때리는 간호사와 팔뚝에서 피를 뽑는 간호사가 보였다. 그리고 덕수 자신이 다녔던 대학 병원임을 네온사인을 보고 알 수 있었다.

"저도, 이 대학 나왔어요…."

덕수는 또다시 정신을 잃고 말았다.

그리고 또 얼마나 지났을까. 덕수는 자신이 커다란 고압 산소통 안에 누워 있다는 걸 알았다.

고압 산소 때문인지 몰라도 귀가 몹시 아팠다.

마치 자신이 잠수함을 타고 항해하는 것 같았다.

그리고 자신이 고압 산소통 안에서 9시간이나 누워 있었다는 걸 의사의 말문을 통하여 알 수 있었다.

"아저씨, 체력 참 좋으시네요. 보통 사람들 같았으면 깨어나지 못했을 텐데…"

그제야 덕수의 양 볼을 타고 살아 있다는 증표(證票)인양, 뜨거운 눈물이 흘러내리고 있었다.

"이젠 보호자한테 연락하세요."

덕수는 내키지는 않았지만, 어쩔 수 없이 부모님 집으로 전화 다이얼을 돌렸다.

"저, 여기 K대학병원인데요…"

그러나 덕수 가족들은 끝내 병원에 나타나지 않았다.

'아무리 그래도 그렇지…'

덕수의 마음속에는 순간 슬픔과 분노의 감정이 쌍으로 몰려들고 있었다.

잠시 후 덕수의 급작스런 전화를 받고 달려온 포천 섬유공장 공장장이 오히려 친 가족처럼 생각되었다.

"박차장님, 무슨 이런 일이…"

"재수 없는 놈은 뒤로 넘어져도 코가 깨진다고 하잖아요. 죽으라,

죽으라 하네요…."

결국 덕수는 공장장의 보증(保證)과 함께 자퇴서(自退書)를 쓰고 난 후에야 대학병원 문을 빠져 나올 수 있었다.

"공장장님 고마워요."

"뭘요, 그럼 몸조리 잘해요. 나는 또 야간 작업이 남아서…."

공장장은 자신의 차를 몰고 포천으로 되돌아갔다.

'사람은 지내 봐야 알고, 물은 건너 봐야 알 수 있다더니….'

덕수는 공장장이 자신의 피붙이들보다도 낫다는 생각을 했다.

그때, 또다시 소변이 마려웠다.

덕수는 대학병원 뒷켠의 공터에다가 시원스레 오줌을 갈겨댔다.

"너 때문에 살았구나! 내가…."

덕수는 공장장이 건네준 작업복을 단단히 여미면서 비틀거리며 정릉으로 향하고 있었다.

"아저씨, 어디 아프세요?"

"아주머니 왜요?"

"왠지 소독 냄새가 나는 것 같아서…."

덕수는 지난 35시간 동안 자신에게 일어났었던 이야기를 식당 아주머니에게 설명해 주었다.

"이 동네 사람들 인심이 무척 좋은데…, 하물며 같이 옆방에 세사는 사람들이 그렇게까지 했다니… 세상 말세(末世)로구먼."

셋방으로 돌아온 덕수는 홧김에 자신의 연탄 아궁이에 대고 물을 퍼붓고 있었다.

그날 밤 덕수는 모든 창문을 모두 열어 놓고 잠을 잤다.

덕수는 시커먼 먹구름이 환하게 활짝 걷히는 꿈을 꾸고 난 후에
야 비로소 새날을 맞이할 수가 있었다.

"계십니까?"
다음날 이른 아침, 집주인이 덕수의 연탄가스 중독사고를 전해
듣고 찾아 왔다.
"가스 배출기를 떼어갔구먼…."
집주인의 그 말 한마디에 덕수는 화가 머리끝까지 치밀어 올랐다.
"인간 말종놈들 같으니라구. 어차피 연탄 때야 할 것 아니냐며 그
것도 한 장에 270원하는 연탄을 300원씩에 팔아먹고, 가스 배출기
는 떼어가버리고, 나를 아예 죽일려고 작정을 했구먼. 인간 쓰레기
같은 놈들…."
덕수는 새삼 세상 인심에 대하여 치를 떨고 있었다.
"설마가 사람 잡고, 사람은 한치(3.3cm) 앞을 모른다고 하더니 고
작해야 270원짜리가 그것도 빈틈없이 철저하게… 나를 잡을 줄이
야. 이웃을 잘 만나야 한다더니 그 말 또한 옛말이 그른 게 하나 없
구먼. 있다면 하나, 내 생각으로는 인자무적(仁者無敵)이라는 옛말
은 요즘 세상엔 좀처럼 안 맞는 것 같아. 애석(哀惜)하게 시리…."

덕수는 더 이상 그 셋집에 정이 가지 않았다.
하물며 119좀 불러 달라는 것조차 거절한 옆방에 살고 있는 사람
들까지 모두가 꼴 보기가 싫었다.
중이 절이 싫으면 제 발로 떠나야 한다는 것처럼 덕수는 떠나기
로 마음먹고 복덕방에 자신의 집을 내놓았다. 그러나 워낙 가파른

언덕배기에 자리잡고 있어서 구경오는 사람조차 없었다.

덕수는 연탄가스 중독사고 이후 의사의 말대로 기억력을 많이 상실한 것 같았다.

'까짓 거 뭐 잘되었지 기억하고 싶지 않은 거 잊고 사는 것도…'

겨울 내내 동네 전파상에서 사 가지고 온 전기장판이 온몸으로 덕수를 위하여 추위를 막아 주느라 멸사봉공(滅私奉公)하고 있었다.

부창부수(夫唱婦隨)라고 하더니 119도 안 불러준 옆방 사내와 똑같이 옆방 여자 또한 덕수가 전기장판을 쓴다며, 전기료를 자기네들보다도 더 많이 내야 한다며 앙앙거렸다.

'무식하면 용감하다고 하더니, 지네들은 방을 세 칸을 쓰면서 방한 칸을 쓰고 있는 나한테 전기료를 더 내라니. 어이가 없군, 어이가 없어…'

결국 옆방 사람들과의 전기료 공방(攻防)은 한전 직원이 오고 나서야 끝이 날 수 있었다.

'어불성설(語不成說)이라더니 결국 자기네들이 틀렸잖아. 왜 나로 하여금 자꾸 고사성어(故事成語)를 쓰게 하느냔 말이야…'

그렇게 겨울이 가고, 봄이 오고 또 가고, 여름이 세차게 광기를 부리던 어느 날 옆방 사람들은 여름 휴가를 떠나면서 혹시라도 혼자 사는 덕수가 자기네들 방을 훔쳐보기라도 할까봐 그랬는지 화장실로 통하는 문을 교묘히 잠가 놓고 떠났다. 덕수는 하는 수 없이 일주일 내내 산꼭대기에 있는 공중 화장실을 이용해야만 했다.

그리고 결국 덕수의 참았던 화(禍)가 소낙비가 세차게 내리던 어느 날 밤에 펄펄 끓어오르고야 말았다.

처마 밑에서 강소주를 마시고 있는 덕수를 쳐다보고, 옆방 사내의 비아냥거림이 어느새 도를 넘고 있었다.

"청승맞게 저게 웬 지랄이야."

"야! 임마, 너 지금 뭐라고 그랬어."

덕수의 손에 멱살이 잡혀 끌려 나온 옆방 사내는 빗속에서 사시나무처럼 파르르 떨고 있었다.

"야, 니네들이 인간들이냐? 이사 오던 날부터 노래방 기계 갖고 하루종일 시끄럽게 하더니, 119쯤 불러 달라고 해도 모른 체하고, 전기료 갖고 억지 부리더니, 그것도 모자라 일주일 동안이나 화장실 사용도 못하게 해놓고 뭐, 청승을 떤다고. 이것들이 정말 눈깔에 뵈는 것이 없나."

순간 덕수는 땅바닥에 옆방 사내를 패대기쳐 버렸다.

"너, 너… 고소한다."

"해라 해, 이 인간 말종아."

결국 싸움은 이웃집 사람들의 만류로 곧 끝이 나 버렸다.

"어설픈 것들이 꼭 까분다고 하더니…."

덕수는 분이 안 풀려 댓바람에 소낙비 속에서 막소주를 자신의 머리에다 쏟아 붓고 있었다.

"저 양반 성질머리 한번 대단하네… 겉보기엔 얌전한 것 같더니만 한번 화내니까 무섭구면, 원래 순한 사람이 한번 화내면 물불을 안 가리거든…."

곧이어 이웃 사람들은 구시렁거리면서 자신들 집으로 돌아 가버렸다.

그렇게 더웠던 여름은 덕수의 분노와 함께 열꽃을 피우고 얼마 안 있다가 서서히 시들어 버렸다.

　생전 연락이 없었던 가족들로부터 아버지 동혁의 후두암 수술 경과를 통보 받았다.
　몇 번이나 망설임 끝에 찾아간 아버지 동혁의 병실엔 동생들이 번갈아 가며 병간호를 하고 있었다.
　후두암 수술로 인하여 아버지 동혁은 성대(聲帶)를 잃어 버려 더 이상 말을 할 수가 없었다.
　덕수는 잠든 아버지 동혁의 모습만 쳐다본 후 병실을 빠져 나왔다.
　그러나 가족다운 따뜻한 온기(溫氣)는 찾을 수가 없었다.
　그러던 어느 날, 덕수는 심심해서 들른 영화관에서 이상한 것을 발견하게 되었다.
　그것은 아버지 동혁처럼 후두암 수술로 인해 성대를 잃어버린 사람들이 사용하는 휴대용 면도기처럼 생긴 인공(人工) 성대기였다.
　그리고 그 기계는 독일 퀼른에서 생산되고 있다는 정보를 얻고 덕수는 곧바로 독일행 비행기에 몸을 실었다.

　때마침 도착한 퀼른은 금요일 오후라서 꼼짝없이 삼일 동안 호텔에 발이 묶이고 말았다.
　호텔 창 밖으로 낙엽들이 떨어져 뒹굴고 있었다.
　마치 검은 옷을 입은 미망인들이 어찌할 바를 몰라 슬퍼하고 있는 그런 형상(形象)이었다.
　덕수는 퀼른 대성당에 들러 그래도 아버지 동혁의 쾌유(快癒)를 마음속으로 시종(始終) 빌고 있었다.

월요일 아침 쾰른 길가에 비에 젖은 낙엽들이 수북히 쌓여 있었다.

택시를 타고 들른 인공 성대기를 만드는 제조공장은 제법 규모가 컸다.

덕수는 자신의 처지를 상세히 설명하고 한대만 팔라고 요청했지만 공장 관계자는 난색(難色)을 표명하고 있었다.

곳곳에 의료기(醫療器) 판매상들이 있으니 그곳에 가서 구입하라는 공장 관계자의 조언이 덕수가 팔라고 떼를 쓰면 쓸수록 반복해서 이어지고 있었다.

마침내 덕수의 세시간 동안의 끈질긴 설득 끝에 공장 관계자는 공장이 생긴 유사 이래 처음 이라며 덕수에게 인공 성대기를 판매했다.

'이제 이 의료기라도 사다드리면 그동안 불편했던 아버지와의 크게 벌어졌던 거리를 조금이라도 좁힐 수 있겠구나…'

덕수는 내심(內心) 편안해 졌다.

서둘러 귀국한 덕수는 부모님 댁으로 발걸음을 옮겨 놓고 있었다.

그러나 아버지 동혁의 태도는 의외였다.

어렵사리 그것도 며칠을 고생해가며 덕수가 독일 쾰른까지 가서 사 가지고 온 의료기를 아버지 동혁은 마루바닥에 내동댕이치고 있었다.

덕수는 서글펐다.

'인지상정(人之常情)이라 하였거늘, 해도해도 너무 하는 군.'

하물며 가족 그 누구 하나 큰아들인 덕수에게 관심을 갖는 이는 아무도 없었다.

'아, 이게 무슨 꼴이람 가지고 있던 비상금을 톡톡 털어서 사 가지고 왔건만… 내가 나를 마치 벼랑 끝으로 내몰고 있는 꼴이 되었군.'

흘러가는 뜬구름처럼 넋 놓고 지내던 덕수에게 어느 날 스쳐 지나가던 가을 바람이 가만히 다가와 귓속말을 해 주고 있었다.

'그저 가만있지 말고 무엇이던지 해보라고, 계란(鷄卵)도 깨트려야 요리를 할 수 있다고, 힘내라고' 넌지시 귀뜸을 해 주고 스쳐 지나가고 있었다.

덕수는 궁리 끝에 영업용 택시라도 몰아볼 결심을 하고, 인근에 있는 택시회사에 취업하여 택시 핸들을 잡았다.

큰 벌이는 안 되었어도 덕수 혼자의 몸뚱이는 간수할 수 있었다.

그러나 덕수의 약한 시력 때문에 야간 운전을 할 때마다 극심한 피로감이 몰려와 결국 6개월만에 영업용 택시의 핸들을 놓아야만 했다.

그때 또다시 잠잠하던 역마(役馬)의 직성이 덕수의 내면으로부터 어디론가 멀리 떠나자며 졸라대기 시작했다.

그동안 그토록 셋방을 빼려고 해도 안 되더니 결국 덕수는 같은 택시회사에 다니던 동료에게 셋방을 넘겨주었다.

그리고 집주인에게 연탄 대신 기름보일러를 놓아주어야 한다는, 한때 같이 일했던 동료에 대한 따뜻한 마음속 배려를 잊지 않고 있었다.

살다보니 처음엔 단출하던 홀아비 덕수의 이삿짐도 자연스럽게 늘어나 있었다.

덕수는 자신의 이삿짐을 부모님 집 지하 차고에 쌓아놓고 아버지 동혁에게 큰절을 올리고 나서 미국 뉴욕을 향해 떠났다.

지난번에 묵었던 하숙집에 여장을 푼 덕수는 이곳 저곳 일자리를

알아보았으나 실패를 하고, 마지막으로 케빈 코스트너의 〈늑대와
춤을〉이란 영화를 재미있게 보았다. 그런 후 대신 한국으로 돌아가
조그만 화장품회사의 무역 일을 도와주기로 하고 결국 2주만에 귀
국을 위해 또다시 풀어놓았던 가방을 싸기 시작했다.

 '덕수의 가방이라, 너희들도 참 고생이 많구나 주인 잘못 만나
서….'

 덕수는 가방을 정리하면서 한밤중에 푸념을 길게 엿가락처럼 늘
여 놓고 있었다.

 그때 문득 떠오른 푸쉬킨의 '삶'이라는 시구가 떠올랐다

 '삶이 그대를 속일 지라도 슬퍼하거나 노하지 말라….'

 자리잡지 못하고 떠다니는 방랑자(放浪者) 덕수를 위로라도 하
려는 듯 밤사이 뉴욕엔 폭설이 내렸다.

 4시간여의 제설 작업 끝에 덕수가 탄 비행기는 힘차게 뉴욕 상공
을 날아 올랐다.

 14시간의 비행 끝에 귀국한 덕수는 자신의 가방을 부모님 댁에
놓고 곧바로 무역 일을 봐주기로 한 화장품회사로 달려갔다.

 "박형, 잘 왔어요."

 화장품회사 젊은 사장이 덕수를 반기고 있었다.

 덕수는 그곳에서 립스틱을 담는 양은(洋銀) 용기 제조업체로부
터 뜻하지 않게 무역 일을 부탁 받았다.

 덕수는 졸지(猝地)에 두 회사의 무역 일을 떠맡게 되었다.

 그렇지만 워낙 영세한 기업이라 수입은 큰 편이 못되었다.

 그래도 귀국해서 곧바로 자신에게 일자리가 생긴 것에 대하여 만

족감을 갖고 덕수는 정성을 다해 두 회사의 무역 일을 봐주기 시작했다.

그렇게 두 곳의 무역 일을 봐주기 시작한지 5개월이 지나갈 즈음, 어머니 순덕은 어느 날 "덕수야, 아마도 네 아버지 오래 못 사실 것 같구나. 미리 마음의 준비부터 하고 있어라"라고 말씀하셨다.

실로 오랜만에 이루어진 어머니 순덕과의 대화였다.

"그게 무슨 말씀이세요…?"

순간, 덕수는 당황하고 있었다.

"음, 죽음의 꽃인 검버섯이 네 아버지 발끝에서부터 새까맣게 숯처럼 타오르고 있단다. 아마도 하루, 이틀을 못 넘길 것 같아. 그러니 마음의 준비 단단히 하렴…"

12

회자정리(會者定離)

어머니 순덕의 마음의 준비를 하라는 그 말이 끝나고, 그날 저녁 아버지 동혁은 가족 모두를 천천히 쳐다보며 마지막 눈물 한 방울을 떨구며 82세의 파란만장(波瀾萬丈)했던 자신의 삶을 마감했다.

살아 생전 꼭 한번 가고 싶다던 이북 함흥을 끝내 못 밟아보고 실향민(失鄕民)의 아픔을 달래며 그렇게 세상과의 작별을 고하고 있었다.

덕수는 아버지 동혁의 삼일장(三日葬)을 치르는 동안 내내 상주(喪主)가 되어 조문객(弔問客)을 맞이했다.

덕수는 처음으로 옆에 없는 아내라는 존재가 가슴의 통증을 한층 더 유발시키고 있었다.

난생 처음으로 홀아비인 자신의 처지를 비통해 하고 있었던 것이다.

‘세상일 내 마음대로 되나 뭐, 받아들일 건 묵묵히 받아 드릴 수
밖에…. 그것도 사내라면 말이야.’
덕수는 가슴에 사무친 한을 털어 내고 있었다.

아버지 동혁의 죽음이 임박(臨迫)해 오기 전부터 동생들이 재산
을 서로 차지하려고 동물들처럼 각축을 벌이고 있었다.
아버지 동혁으로부터 심하게 미움을 받아 덕수가 빠져나간 빈자
리를 서로 차지하려고 동생들은 아귀(餓鬼)다툼을 심하게 벌이고
있었던 것이다.
엄연히 큰형인 덕수가 존재하고 있음에도 불구하고 동생들의 재
산권 싸움은 도를 넘고 있었다.
한마디로 개판오분 전이었다.
한 놈은 칼잡이를, 한 놈은 조폭을 부른다며 심하게 다투는 사이
어머니 순덕은 힘없이 쓰러지고 말았다.
덕수는 우황청심환 한 알을 씹어서 어머니 순덕의 입에 넣어 주
었다.
“야! 이 못된 놈의 새끼들, 만약 어머니 마저 잘못되면 그땐 정말
내가 너희들을 죽여 버리겠어. 알았어? 고생 한번 안 해본 놈들 주
제에 어디서 돈맛은 알아 가지고.”
덕수는 못된 동생들한테 분노의 욕설을 퍼붓고 있었다.
그러나 덕수의 동생들은, 오래 전부터 아버지 동혁이 철저히 큰
아들인 덕수를 동생들 보는 앞에서 짓밟아 놓아서인지 덕수의 심한
욕설에도 별로 반성하는 모습은 보이지 않았다.
마치 ‘너는 지껄여라, 우리는 우리들 잇속만 배불리 채우면 된다’

라는 식의 무리(無理)배들과 똑같은 파렴치(破廉恥)한 행동이 지속
되고 있었다.

무엇보다도 소중한 가족(家族)애, 형제(兄弟)애는 실종되고 없
었다.

'어느 집안이든지 큰아들 깔아뭉개는 집안 치고 잘되는 집안은
없는 법이지. 암, 그렇고 말고, 질서가 무너져 버리거든….'

덕수는 마음속으로 여러 번 독백처럼 외쳐댔지만 아버지 동혁은
이미 세상을 떠나고 없었다.

덕수는 슬펐다.

'아버지는 도대체 내게 왜 그랬을까.'

덕수는 도무지 힘든 수학공식처럼 아버지 동혁을 이해할 수가 없
었다.

덕수는 그렇게도 잡아 보고 싶었던 아버지 동혁의 손을 아버지가
세상을 떠난 후에야 비로소 마음 편히 잡아볼 수가 있었다.

어디 그뿐이랴. 덕수의 나이 39세인 지금 생각해 본다.

'지난 39년 동안 아버지와 나눈 대화의 시간이 고작해야 세시간
도 채 안 되는 구나….'

덕수는 아버지 동혁이 너무 무서워서 곁에 다가갈 수가 없었다.

그것이 이제 아픔으로 다가와 비수(匕首)가 되어 덕수의 뻥 뚫린
가슴을 사정없이 찔러대고 있었다.

덕수는 아버지 동혁의 시신을 염(殮)하는 사이사이에 여러 번 아
버지 이마에 대고 입맞춤을 했다.

그리고 염하는 할아버지를 졸라 덕수는 자신의 시집 네 권을 아
버지 관에 함께 넣었다.

‘결국엔 모두 다 한 평도 안 되는 칠성 판에 누워서 세상을 떠날 것을…’

덕수는 이때 처음으로 아버지 동혁의 주검을 보고 인생무상(人生無常)을 느낄 수가 있었다.

예전에 중동 사우디에서 노무 일을 맡고 있을 때 더러 노무자들의 시신을 포르말린(Formalin)으로 방부 처리하고 난 후 태극기를 덮고 비행기 냉동 칸에 넣어 본국으로 송환 할 때와는 전혀 다른 슬픔이 밀려 왔다.

‘그래서 피는 물보다 진하다고 하겠지…’

덕수는 아버지 관(棺)이 나가는 날, 이른 새벽녘 지하실에 내려가 잠시 눈을 붙이고 올라왔다.

그러나 무언지 모르게 집안의 공기는 몹시도 냉랭해져 있었다.

덕수는 자신이 잠시 지하실에서 눈을 붙이는 사이 무슨 일이 있었음을 직감할 수 있었다. 그러나 아무도 이야기해 주는 사람은 없었다.

냉랭한 기운이 한참을 흐르고 난 뒤 월남전에 출전했었던 사촌 형님이 무겁게 입을 열었다.

“덕수야, 이제 너희 집 오겠냐?”

“형님, 그게 무슨 말씀이세요.”

“무서워서 말이야…”

“무섭다니요. 그게 무슨…”

“나중에 알게 되겠지…”

사촌 형님은 결국 아버지 장례 행렬을 따라가지 않았다.

그리고 결국엔 공원묘지로 향하던 장례 버스 안에서 외사촌 형님의 입을 통해서 돈에 환장한 둘째 놈 덕호가 어머니 순덕을 죽이겠다며 삽질을 해댔다는 사실을 알았다.

도대체 있을 수도 없는 일이, 쓰러진다며 사촌형의 권유로 덕수가 잠시 눈을 붙이러 지하실에 내려간 틈을 타서 덕수 동생이 망동(妄動)을 벌였던 것이다.

덕수는 도저히 참을 수가 없었다.

"큰오빠, 우선 아버지부터 묻자."

여동생 덕순이의 그 말을 듣고 나서야 가까스로 덕수는 이성(理性)을 되찾을 수 있었다.

장의사(葬儀社)에서 일하는 외사촌 형님의 선창(先唱)과 함께 아버지 동혁의 묘는 단단히 다져지고 있었다.

"어허 달고 달고…. 어허 달고 달고…."

구슬픈 가락의 달구질이 지속되고 있었다.

아버지 동혁의 묘에 마지막 예(禮)를 마친 덕수가 정종 댓병을 댓바람에 마셔 대는 걸 본 동생 덕호는 무엇인가 눈치 챘는지 서둘러 산을 내려갔다.

이윽고 삼십여 분 후 숨쉴 겨를도 없이 덕수는 가파른 산길을 미친개처럼 맹렬(猛烈)히 뛰어 내려갔다.

아찔한 시간이 여백 없이 흘러가고 있었다.

만약에 넘어 졌다면 줄초상 날 뻔한 깎아지른 듯한 가파른 산길을 덕수는 사력(死力)을 다해 뛰어 내려가고 있었다.

공원묘지 휴게소엔 동생 덕호가 어음 '와리깡(할인)'을 하는 탓에 조문을 온 한 떼의 사람들이 희희낙락하고 있었다.

덕수는 큰소리로 동생 덕호를 불렀다.

그러나 동생 덕호는 다가오지 않고 대신 덕호 장인 되는 사람이 능글맞게 다가 왔다.

"자네, 왜 이러나 체통을 지켜야지…."

"뭐! 체통, 당신은 빠져…. 그래 당신의 사위가 제 어미를 죽이겠다고 삽질을 했는데도 가만히 있으라고…."

삽시간에 동생 덕호의 "여러분 갑시다"라는 선창과 함께 왁자지껄 떠들어대던 조문객들은 관광버스를 타고 떠나고 있었다.

덕수도 이에 뒤질세라 뛰쳐나가 떠나가는 관광버스 앞을 가로막았다. 내려오라는 형 덕수의 고함소리도 외면한 채 동생 덕호는 손가락으로 덕수를 가리키며 미쳤다고 자신의 머리에 대고 손가락으로 작은 원을 계속 그려대고 있었다.

덕수는 동생 덕호의 그 행동이 끝끝내 이해할 수 없는 인간 말종들이나 하는 그런 행동이라 생각했다.

"마늘종은 반찬이라도 해먹지만 인간 말종들은 아무 쪽에도 쓸모가 없는 쓰레기들이지."

덕수는 어이가 없어서 20여 분만에 가로막았던 관광버스를 보내 주었다.

아버지 동혁이 큰아들인 덕수를 오랜 세월 동안 철저히 내팽개치는 동안 덕수의 집안에서는 질서가 와르르 무너져 내려 이미 볼장 다 본 집안이 되어 버렸다.

덕수는 세상을 떠난 아버지 동혁의 살아 생전 행동에 대하여 도무지 갈피를 잡을 수가 없었다.

게다가 죽어 가는 그 순간까지 어머니 순덕을 호적에 안 올려놓은 것 또한 도저히 이해할 수가 없었다.

더구나 일본 유학까지 다녀왔다고 하는 학식 많은 아버지 동혁의
머릿속에는 무엇이 잠재하고 있었는지 도무지 알 수가 없었다.

'보통의 아버지라면 물질보다도 형제들간의 우애를 더 강조할텐
데…'

덕수의 뇌리 속으로 순간 야릇한 생각 하나가 유성처럼, 바람처
럼 급속도로 흘러 지나가고 있었다.

'혹시, 아버지가 전쟁통에 불가항력으로 두고 온 이북에 있는 가
족들만 인정하고, 생존을 위해 엉겁결에 생긴 남한의 가족들은 모
두 소멸(消滅)되기를 간절히 바라던 사람이 아니었을까… 그렇다
면 나는 뭐야, 어머니는…'

덕수는 혼자서 억지를 부리고 있었다.

생각이 자꾸만 꼬리에 꼬리를 물고 있었다.

덕수는 모두 떠나버린 아버지 동혁의 산소를 혼자서 힘겹게 또다
시 오르고 있었다.

"아버지, 정말 그런 겁니까? 조금 전에 제가 한 생각은 망상(妄
想)이겠죠. 어디 대답 좀 해보세요."

덕수는 어느새 정종 댓병을 꿀꺽꿀꺽 마셔대고 있었다.

얼마나 지났을까. 덕수의 통한(痛恨)에 지친 울음도 끝이 나고
덕수는 비틀거리며 힘없이 산소를 내려오고 있었다.

집으로 돌아온 덕수는 동생 덕호를 불렀다.

"너, 오늘 형한테 잘못했지?"

동생은 말이 없었다

"잘못했으니, 한대 맞아라."

덕수의 말이 떨어지기가 무섭게 동생 덕호는 비웃기라도 하려는 듯 제수(弟嫂)와 함께 쏜살같이 대문을 박차고 나가 버렸다.

"소인배 같은 놈, 어디서 돈맛은 알아 가지고."

덕수는 홧김에 죄 없는 담벼락을 내리쳐 덕수의 오른손은 피투성이가 되었다.

피곤에 지친 덕수는 지하실 방으로 내려가 뉴욕에서 돌아온 후 풀지 않은 가방들을 사이에 두고 깊은 잠에 빠져들었다.

덕수가 형제들을 모아 놓고 가족회의라는 것을 할 때쯤 동생들은 자기들끼리 재산을 분배해 놓고, 말 그대로 북 치고 장구 치고 한 뒷무렵이었다.

"큰형 몫은 여기 있어"하며 내민 누런 봉투 안에는 아직 도래(到來)하지 않은 어음이 수십 장 들어 있었다.

어이가 없었다.

큰형인 덕수를 제치고 동생들이 자기들 마음대로 재산을 나누었던 것이다.

덕수는 어리석게도 바보처럼 아무런 말이 없었다.

아니 동생들과 돈 문제로 티격태격 싸우기는 싫었다.

"이제 어머니 한 분 계신데, 어디 의견들 있으면 말해봐라…."

"큰형이니까 당연히 어머니 모셔야지."

냉혹했다. 아니 동생들이 비열했다.

부인 있는 동생들은 이구동성(異口同聲)으로 모른다고 했다.

자기네 몫을 넉넉히 챙긴 동생들은 뿔뿔이 흩어져 버렸다.

순간 덕수 자신도 어머니 순덕을 팽개치고 싶었다.

"너는 나하고 함께 살자, 어디 가지 말고."

순간 덕수는 어머니 순덕이 몹시도 미웠다.

'장남도 팽개치고, 장손도 팽개치더니, 이제 와서 같이 살자니….'

덕수는 어머니 순덕의 갑작스런 태도 변화를 이해할 수 없었다.

그 옛날 네 살짜리 아들을 데리고 어떻게 하냐며 당분간만이라도 맡아 달라는 덕수의 간곡한 부탁을 어머니 순덕이 매몰차게 거절했던 기억이 되살아났기 때문이었다.

그렇다고 덕수는 어머니 순덕을 내팽개칠 수는 없었다.

덕수는 어머니 순덕과 함께 꽤 평수가 넓은 이층 양옥집을 구해 이사를 했다.

덕수는 이것이 또 다른 불행의 시작이 될 줄은 까맣게 모르고 있었다.

견물생심(見物生心)인지, 아니면 어머니 순덕의 줏대 없는 태도 때문인지 정확히는 몰라도 덕수와 어머니가 큰집을 사서 이사했다는 것을 알아차린 동생 부부는 마각(馬脚)을 드러내고 있었다.

동생 덕호 내외는 마치 거머리처럼 끈질기게 달라붙어 덕수와 어머니 사이를 이간(離間)질 시켜 놓고 있었다.

그러던 어느 날, 덕수는 소고기 한 근을 사서 집으로 찾아온 동생 덕호의 처와 마주쳤다.

"야, 이 못된 년아! 시어머니 모른다고 팽개칠 때는 언제고 살살 또 무얼 넘보려고 들락거려. 우리도 소고기 사먹을 능력은 되니까 제발 들락거리지마, 재수 없으니까."

덕수는 간사(奸詐)하기 그지없는 제수(弟嫂)한테 쌍스러운 욕을 퍼부어 댔다.

그러나 어머니 순덕의 줏대 없는 행동이 언제나 화를 부르고 있었다.

"네놈이 뭔데 내 며느리가 나를 보러 온다는데 못 오게 해, 차라리 네놈이 나가라."

사악한 동생 내외는 언제나 덕수 없을 때만 찾아와 어머니 순덕에게 알랑방귀를 뀌어대며 양동작전(陽動作戰)을 펴고 있었다.

아내가 없는 덕수로서는 도저히 당해낼 재간이 없었다.

설상가상, 어머니 순덕은 박씨 집안의 줏대잡이로서의 역할을 수행하지 못하고 있었다.

매일 매일 덕수의 가슴속에는 스트레스가 팍팍 성처럼 쌓이고 있었다.

동생 덕호 내외의 간교한 농간에 어머니 순덕은 큰아들 덕수에 대하여 날마다 불신의 벽을 높게 쌓고 있었다.

산 너머 산이라고 전혀 예상하지 못했던 상황들이 벌어지고 있었다.

그러던 어느 날, 덕수는 출판사 사람들과의 과다한 술자리를 마치고 집으로 귀가했다가 언제나 간교한 동생 내외 편을 들고 있는 어머니 순덕과의 심한 말다툼 끝에, 자살을 하려고 한강으로 차를 몰고 나갔다가 그만 경찰에게 붙잡히고 말았다.

"착하게 생기신 분이 왜 그랬어요?"

차분히 묻는 담당 형사의 말에 덕수는 말없이 고개를 떨구고 있었다.

다음날 경찰서 문을 나온 덕수는 자신의 차를 집 앞에 주차시켜

놓고 간단히 여행 가방을 챙겨 가지고 울릉도로 여행을 떠났다.

덕수는 울릉도에 일주일 동안 머물면서 여러 가지 생각에 잠기고 있었다.

생각에 생각을 거듭한 끝에 어머니와 심하게 싸운다는 것이 결코 자신에게 생산적이지 못하다는 걸 깨우친 덕수는 서울로 돌아와 큰 가방을 챙겨서 자신의 쓰디쓴 애한(哀恨)이 듬뿍 담겨있는 뉴욕으로 가기로 작정하고 뉴욕행 비행기에 몸을 실었다.

뉴욕에 도착한 덕수는 한때 영주권 없이 막노동하던 자신을 깔보았던 소인배, 졸장부(拙丈夫) 교포 사업가들한테 본때라도 보여 주려는 것처럼 대학에 등록하여 자신이 좋아하는 문학공부와 영어공부를 병행(竝行)하고 있었다.

그리고 야간에는 철학 학교에 나가 도무지 이해할 수 없는 인간들의 속마음을 알아내려고 무척이나 노력하고 있었다.

또한 세계적으로 유명한 줄리아드 음대 평생 교육원에 등록하고 음악에 대한 이해의 폭을 넓혀 가고 있었다.

문자 그대로 덕수의 뉴욕 생활은 보아란듯이 24시간 풀 가동되고 있었다.

'무작정 떠나오길 무척 잘했구나.'

덕수는 자기 자신에게 박수 갈채를 보내고 있었다.

그러던 어느 날, 언감생심 자신의 시(詩)를 번역하여 뉴욕에서 영문 시집을 발간하기로 하고 몇몇 전문 번역가를 찾아갔으나, 번번이 실패하고 말았다.

덕수는 포기 하기는 싫었다. 몇 날의 고민 끝에 오직 길은 하나 자신이 직접 자기의 시를 번역하기로 하고 덕수는 최선을 다해 번

역해 나갔다.

영어와의 삼 개월 사투(死鬪) 끝에 마침내 덕수는 《가난한 어부 (A POOR FISHERMAN)》라는 타이틀로 영문 시집을 출판했다.

역시 '뜻이 있는 곳에 길은 있다'라는 덕수가 가장 좋아하는 진리가 여실히 살아 있음을 증명해 주고 있었다.

그리고 한달 후 뉴욕 42번가 공공 도서관으로부터 《가난한 어부》를 영구 보전하겠다는 서신을 받고 덕수는 뛸 듯이 기뻤다.

'그래 나도 마음먹고 하니까 되는구나.'

덕수는 실로 오랜만에 자신감(自信感)으로 생기가 넘쳐 나고 있었다.

어느덧 체류비자 기간이 끝나 가고 있었다.

'고국을 떠나올 때는 여름이었는데 어느새 겨울 한 복판이라…'

덕수는 새삼 세월이 무척이나 빠른 속도로 항해(航海)하고 있다는 것을 실감하고 있었다.

크리스마스 이브, 덕수는 혼자서 촛불을 커놓고 루즈벨트 아베뉴 79번가에 있는 자신의 셋방에서 '그동안 애썼다'며 자신을 위로하고 있었다.

어느새 올려놓은 커피포트에서 모락모락 물이 끓어오르고 커놓은 라디오에서는 사라사테(Sarasate)의 '찌고이네르바이젠'이 정겹게 흐르고 있었다.

덕수는 무척이나 행복했다.

'비록 가난 하지만 이 한밤중 뉴욕이라는 매머드 도시 속에 나보다 더 행복한 사내가 있으면 나오라고, 나와보라고.'

덕수는 마음속으로 커다랗게 외치고 있었다.

덕수는 '찌고이네르바이젠'이 흐르던 약 8분 35초 동안 뉴욕의 행복을 모두 다 훔친 도둑놈이었다.

창밖에는 새하얀 함박눈이 이방인(異邦人)인 덕수를 축하라도 해주려는 듯 소리 없이 쏟아지고 있었다.

'오늘은 모든 세상일 판단 중지 에포케(epoche), 에포케, 에포케.'

덕수는 순간 너무나 행복해서 마음속으로 끝없이 외쳐 대고 있었다.

다음날 덕수는 서점에 들러 읽어서 마음이 편하게 와 닿는 책들을 몇 권 사들고 그동안 바빠서 가보지 못한 자유의 여신상(Statue of Liberty)을 보기 위해 지하철 1번을 타고 사우스 훼리(South Ferry)로 향하고 있었다.

이윽고 갈아탄 유람선은 바람을 가르며 천천히 자유롭게 덕수의 호기심을 풀어 주려고 점잖게 자유의 여신상이 있는 곳으로 세월처럼 흘러가고 있었다.

덕수는 3시간여의 관광을 끝내고 돌아오는 길에 극장에 들러 〈영국인 환자(English patient)〉라는 영화를 보고 무척이나 깊은 감명을 받은 나머지 언젠가 자신도 깊은 사랑을 한번 해보겠노라며 마음속으로 부드럽게 환상곡(幻想曲)을 끝없이 연주하고 있었다.

그리고 삼일 후 덕수는 뉴욕 42번가에 있는 공공도서관에 자신의 분신인 영문 시집 《가난한 어부》를 남겨놓고 모처럼 의기양양(意氣揚揚)한 모습을 하고 뉴욕을 떠나오고 있었다.

13

회오리바람

약 6개월만에 고국으로 돌아온 덕수는 어머니 순덕의 태도로 보아 전혀 변함이 없다는 걸 느낌으로 알 수 있었다.

덕수가 뉴욕에서 바쁘게 생활하는 동안 동생 덕호 내외는 뻔질나게 들락거리면서 어머니 순덕을 구워삶고 있었다.

어머니 순덕에 대하여 일종의 공산당(共産黨)식 세뇌(洗腦)가 진행되고 있었다.

"어머니, 아주버님에게 모든 걸 맡기시면 큰일나세요."

"엄마, 큰형한테 모든 걸 맡기면 결국 그 인간 집 말아먹을 겁니다."

동생 내외는 쌍으로 간교(奸巧)하게 지속적으로 어머니 순덕을 시종일관(始終一貫) 세뇌시키고 있었다.

고국으로 돌아온지 한달 만에 덕수는 돌아 온 것을 후회하고 있었다.

‘이럴 줄 알았으면 그냥 뉴욕에 눌러 앉아 있을걸…’

덕수는 매일 매일 술을 마시면서 자신의 스트레스를 풀려고 고역(苦役)을 치르고 있었다.

한집에 살면서 전전긍긍 두 사람은 서로 서로 눈치만 살펴보고 있었다.

이것은 곧이어 닥칠 모자(母子)지간의 불행의 전주곡(前奏曲)이었다.

이미 오래 전부터 깨져 버린 세상의 도의(道義)처럼 덕수 가족들 간의 화합(和合)은 파도처럼 철저히 부서지고 있었다.

덕수와 어머니 순덕의 불협화음(不協和音)은 날이 갈수록 심각해져 마치 폭풍전야처럼 고요했으며, 풍전등화(風前燈火)처럼 위험했다.

그러던 어느 날, 실의(失意)에 빠져 술로 자신을 달래고 있던 덕수의 욱하는 성질이 폭발하고 말았다.

“생활비 대주며 같이 사는 큰자식 말은 안 들어 주고, 간신(奸臣) 같은 쓰레기들만 옳다고 편들어주니…. 같이들 어울리면서, 초록은 동색(同色)이라며 희희낙락(喜喜樂樂) 오래 오래 사시오.”

결국 덕수는 자살할 생각으로 평소 취미 삼아 유화(油畵)를 그릴 때 사용하던 석유를 온몸에 붓고 말았다.

덕수는 완전히 이성을 잃고 있었다.

안 나간다고 하는 어머니 순덕을 번쩍 들어서 대문 밖에 내려놓고 덕수는 대문을 닫았다.

일촉즉발(一觸卽發), 덕수는 성냥 통을 만지작거리고 있었다.

그때 밖에서 여러 대의 경찰 백차의 요란한 사이렌 소리가 덕수의 고막(鼓膜)을 세차게 찢고 있었다.

"박덕수, 문 열어라. 안 열면 부수고 들어간다."

"이놈들아, 여기는 사유재산(私有財産) 내 집이다. 말아먹던 지져먹던 너희들은 상관하지 마라."

덕수와 여러 명의 경찰관들 사이에 팽팽한 신경전(神經戰)이 벌어지고 있었다.

"박덕수, 마지막 경고다. 어서 문 열어라."

"만약 문을 부수면 난 내 몸에 성냥불을 그어대겠다."

팽팽한 긴장감이 흐르고 몇 번의 깊은숨을 내쉬던 덕수는 갑자기 뉴욕 철학 학교에 다닐 때 자주 했었던 명상(瞑想)이 떠올랐다.

동시다발(同時多發)로 켜놓은 전축에서 덕수가 가장 좋아하는 '베토벤 심포니 No.5 C Minor'가 힘차게 흘러나오고 있었다.

보이지 않는 신(神)의 선물이었다.

'그래 모든 것 다 줘버리자 몽땅 가져가라고….'

그때서야 덕수는 마음의 평화를 찾고 경찰관들한테 문을 열어 주었다.

"박덕수 씨, 소위 글 쓰신다는 분이 이게 무슨 소동입니까?"

"글쎄, 제 입장이 되어서 한번 생각해 보세요. 울화(鬱火)가 치밀어 오르는지, 안 오르는지…."

"그래도 자제를 하셔야죠. 한번 또 그러시면 붙잡아 가겠습니다."

"바쁘신 데 죄송합니다."

대여섯 명의 경찰관들은 잠시 후 집을 나서고 있었다.

상황으로 보아 어머니 순덕이 112에 신고한 것 같았다.

덕수는 더 이상 어머니 순덕의 얼굴을 쳐다보는 것조차 싫었다.

다음날 이른 새벽녘 덕수는 자신의 차를 몰고 영동고속도로를 내달리고 있었다.

강원도 외딴곳에 차를 주차시킨 덕수는 갑자기 화장실 거울에 비친 자신의 모습이 싫어 졌다.

답답한 내면(內面)에 대고 시위라도 하려는 듯 덕수는 바닷가 근방의 작은 이발소로 들어서고 있었다.

"손님 어떻게 깎아 드릴까요?"

"예, 아저씨 시원하게 빡빡 깎아 주세요."

연로한 이발소 아저씨는 복잡한 덕수의 심중(心中)을 눈치 챘는지 조심스럽게 말문을 열었다.

"삭발이라. 군에 가실 나이는 지난 것 같고, 마음을 잡고 싶으시다면 그까짓 머리카락의 길고 짧고가 뭐 그리 대수겠소. 먼 곳에서 오신 것 같으니 내 다방 커피 한잔시켜 주리다. 드시고 난 후 그래도 삭발을 원하신다면 소원대로 시원스레 빡빡 깎아 드리지요."

마치 뉴욕 철학 학교에서 덕수를 가르쳤던 인자(仁者)한 철학 교수님 같은, 인생의 달관자인 멋있는 이발사 아저씨한테 덕수는 인생에 대하여 한 수 배우고 있었다.

"다방 커피 맛 어때요?"

"아저씨가 시켜 주시니 굉장히 맛있네요."

"어때요. 마음이 바뀌었어요?"

"왠지, 그냥 한번 학창시절처럼 시원하게 깎아 보고 싶네요."

"정 그러시다면 깎아 드리지요."

노년의 이발사 아저씨는 정성을 다해 바리캉으로 덕수의 머리를 밀었다.

"아저씨, 고맙습니다…. 좋은 말씀 가슴에 잘 간직할게요."

"웬걸요. 이제 어디로 가시려우?"

"예, 저 앞산 너머에 돌아가신 아버지 천도(遷度)제 지내 드렸던 작은 암자(庵子)에서 며칠 묵어 가려구요. 그럼 안녕히 계세요."

"그럼 잘 다녀가시구료. 세상 살아가는 이치는 논어(論語)에 모두 다 나와 있지요. 인자무적(仁者無敵), 인자요산(仁者樂山), 명심하세요."

노년의 이발사 아저씨는 꼭 예전에 안양 관악산 자락에 있던 작은 암자의 인자하시던 노스님 같았다.

앞산을 넘는 사이 분홍빛 노을이 붉게 물들어 친구처럼 다정스레 덕수를 포근히 감싸주고 있었다.

"스님, 잘 계셨는지요?"

"오래간만에 오셨네요."

암자의 주지스님이 반갑게 덕수를 맞이해 주었다.

"며칠 좀 묵어 가려구요."

"그렇게 하시지요. 하지만 이곳은 한겨울에 워낙 눈이 많이 오는 곳이라 혹시라도 폭설에 발이라도 묶이실까봐."

"그러면 더 좋지요. 인자하신 스님과 대화 많이 하구요."

"어서 들어가시구료. 방에 금방 군불 지펴놔서 따뜻할 겁니다."

"고맙습니다."

"그건 그렇고 왜 삭발까지 하시게 되었나요?"

"그동안 힘든 일이 참 많았어요."

"모두 다 자신의 업보(業報)라고 생각하시고 자비(慈悲)를 베푸시면 자연스럽게 마음이 화평(和平)해 지지요."

"스님, 며칠 지내는 동안 덕담(德談) 많이 들려주세요."

주지스님의 예상대로 밤사이 많은 눈이 내려 설원(雪原)에 쌓인 산사(山寺)는 마치 엄마 품에서 잠들고 있는 예쁜 아기처럼 한없이 순수하고 아름다웠다.

"박선생, 뒤쪽에 가면 만들어 놓은 설피가 있으니 그걸 신으시고 한번 설원에 푹 빠져 보세요. 그리고 세상 모든 번뇌(煩惱)를 그곳에 묻어놓으시고 가실 때는 홀가분히 빈 몸으로 가세요."

"예, 스님. 한번 노력해 볼게요."

"박선생, 한마디만 더하지요. 이제 더 이상 홀왕홀래하지 마시고, 즉 다시 말해 걸핏하면 떠나가고 걸핏하면 돌아오고 하는 일 접어버리시고 이제 한곳에 정착하세요."

"아무래도 제 몸에 역마살이 아주 많이 붙었나 봐요. 그것 또한 노력해 볼게요. 나중에 혹시라도 스님 찾아오면 행자 승(僧)이라도 좋으니 받아 주세요."

"지금 그걸 어떻게 장담할 수가 있나요."

덕수는 깨끗한 설원에 파묻혀 어린아이처럼 방긋 방긋 웃고 있었다.

일주일간의 산사(山寺)생활을 마치고 덕수는 주지스님께 작별을 고(告)하고 있었다.

"스님, 성불(成佛)하세요. 잘 지내고 갑니다."

"박선생, 마음에 묶여진 모든 번뇌를 버리세요."

"예, 노력해 볼게요."

열어놓은 차창 사이로 겨울답지 않은 따스한 해풍(海風)이 펑펑 쏟아져 들어오고 있었다.

마음의 안정을 찾고 돌아온 덕수에게 예상하지 못했던 일들이 다이너마이트(dynamite)처럼 뻥뻥 터지고 있었다.

어머니 순덕의 괴이(怪異)한 행동, 공동명의로 된 집을 덕수가 일주일간 집을 비운 사이 팔아치운 것이었다.

덕수는 너무 화가 치밀어 올라 산사(山寺)에서 가졌었던 순화(純化)된 마음에 짱돌을 던지고 있었다.

복덕방에 찾아 들어간 덕수는 거세게 항의하고 있었다.

"아니, 어떻게 공동명의로 된 집인데 내 도장도 없이 팔 수가 있죠?"

덕수의 얼굴이 붉으락푸르락 사색(死色)이 되어가고 있었다.

"이 양반아, 당신 자당(慈堂)께서 우리 큰아들은 있으나 마나한 존재니까 그냥 막도장 하나 파서 찍으라 했어. 뭘 제대로 알고 난리(亂離)를 쳐도 쳐야할 거 아니야."

"아니 그럴 수가…. 적반하장(賊反荷杖)도 유분수지."

충격이었다.

인자무적(仁者無敵)이 아니라 덕수한테는 항상 인자유적이었다.

"그렇다고 모자(母子)지간에 돈 문제로 법적인 소송(訴訟)을 야기(惹起)시킬 수도 없고 하여튼 진퇴양난이구나."

덕수는 어머니 순덕의 갑작스런 행동에 당연지사(當然之事) 분통을 터트리고 있었다.

"어머니, 어떻게 그럴 수가 있나요?"

"네가 이 집 살 때 들어간 돈주면 될 거 아니냐."

덕수는 너무나 서러웠다.

"내가 이 말은 안 하려고 그랬는데…. 죽은 니 애비가 너는 한푼도 주지 말라고 했다는데 불쌍해서 니 동생들이 그래도 돈을 챙겨준 걸 고맙게 생각하기는커녕 오히려 욕을 해. 야, 이 못된 놈아."

"뭐라구요. 돌아가신 아버지 욕 먹이지 마세요. 엄연히 제 권리가 있는데…."

갑자기 덕수의 뒷골이 땅기고 있었다.

"야, 이놈아. 그리고 또 있다. 지난번에 네놈이 온몸에 석유를 뿌리고 개지랄할 때 내가 왜 경찰에 신고한지 알기나 해. 네놈 불타 죽는 건 상관없어. 내가 깔고 자는 요 밑에 5억 짜리 어음이 불에 탈까봐 경찰에 신고했다. 제대로 알고 있어라. 이 못된 놈아."

어머니 순덕의 말에 덕수는 경악(驚愕)을 금치 못하고 있었다.

바로 그 순간 덕수는 앞에 서 있는 순덕이 어머니가 아니라 포악(暴惡)한 마귀할멈이 틀림없다고 자인(自認)하고 있었다.

마치 전쟁터에서 사람을 죽여 놓고 확인(確因)사살까지 하는 바로 그런 형국(形局)이었다.

"아무튼 이 집 팔았으니, 일주일 내로 집 비워라."

"아뿔싸, 착한 사람은 집안에서나 집밖에서나 언제나 짓밟히는구나. 이건 분명히 사람 사는 세상의 질서가 아니고 악마(惡魔)들이 들끓는 지옥의 질서 바로 그 자체로구나. 보이지 않는 신(神)들은 있는지 없는지 아니면 매일 낮잠만 자고 있는지 정말 간절히 물어보고 싶구나."

덕수는 자신의 거처가 있는 2층으로 올라가 세면대(洗面臺)에

물을 세차게 틀어 놓고 너무도 서러워서 엉엉 소리내어 울었다.

"라트리스태자 댈라비다(La tristeza de la vida, 인생은 슬픈 것), 라트리스태자 댈라비다."

덕수의 내면(內面)으로부터 비통(悲痛)한 라틴어가 독백처럼 흘러나오고 있었다.

"차라리 그때 불을 확 싸질러 버리는 건데 잘못했어, 잘못했다구…."

덕수는 통한(痛恨)의 눈물을 흘리며 때늦은 후회를 하고 있었다.

그리고 삼일 후 어머니 순덕은 어디로 간다는 일언반구(一言半句) 한마디 말도 없이 가증(可憎)스런 덕호 내외의 승용차를 타고 오리무중(五里霧中) 안개 속으로 사라져 버렸다.

"그때 4년 전에 모른다고 팽개치는 건데, 장손(長孫)인 네 살짜리 준영이를 냉혹하게 팽개친 것처럼 나도 울 엄니를 팽개치는 건데, 모른다고 그랬으면 지난 4년 동안 극심한 마음 고생은 안 했을 텐데. 결국 이렇게 끝이 날줄 까맣게 모르고…."

덕수는 일주일 후 결국 이삿짐센터에 연락을 하여 보관이사를 하기로 하고 자신의 이삿짐을 맡겼다.

덕수는 모든 것을 잊기라도 하려는 듯 목욕탕에 들려 때를 빡빡 밀고 있었다.

또다시 갈 곳이 없었다.

덕수는 자신의 승용차에서 새우잠을 자며 근 45일 동안 전국을 돌아다니면서 이사갈 곳을 물색하고 있었다.

여러 곳에서 어수룩한 덕수를 벗겨 먹으려고 서로서로 오라 했지만 믿음이 가지 않았다. 결국 덕수는 고등학교 동창생이 살고 있는 인천으로 이사 가기로 작정하고, 인천시 외곽(外廓)에 있는 작은 아파트를 구입하여 혼자서 헤맨지 두 달만에 새로운 보금자리를 장만하여 자신만의 둥지를 틀었다.

덕수가 인천으로 이사 가서 제일 신바람이 난 사람들은 아이러니하게도 동창생네 가족들이었다.

약간의 정신분열(精神分裂)이 있는 동창생 남수를 덕수가 지극 정성을 다해 챙겨 주었기 때문이었다.

깜빡 깜빡 들어 왔다 나갔다 하는 전등처럼 동창생 남수의 정신은 하루에도 서너 번씩 외딴섬의 등대처럼 깜빡이고 있었다.

덕수는 정신이 온전치 못한 동창생 남수가 자신보다도 잇속에 너무 밝다는 것을 처음으로 알았다.

"이제 여자만 있으면 되겠네."

한 살림 들여놓은 덕수를 보고 친구 어머니는 너스레를 떨고 있었다.

덕수가 집들이를 거창하게 하던 날, 동창생 친구 부모님은 집에서 키우는 강아지까지 데리고 와서 연신 음식을 먹였다. 이걸 목격한 덕수는 왠지 모르게 진실한 크리스천이라던 친구 부모님으로부터 거부감을 느끼고 있었다.

친구 부모님이 시켜서인지 몰라도 덕수와 동창생과 나눈 모든 대화는 강물이 바다로 스며드는 것처럼 자연스레 동창생의 부모님에게 전달되었다. 모든 걸 눈치 챈 친구의 부모님은 자꾸만 돈을 빌려 달라며 교묘히 덕수한테로 수작을 걸어오고 있었다.

덕수는 친구 부모님과 돈 거래를 하기 싫어서 단호하게 거절했다.

'인간들하고는 틈만 보이면 헤집고 들어오려고 악을 쓰는 구나.'

덕수는 믿음이 갔던 동창생을 통해 또 한번의 실망감을 맛봐야
했다.

덕수의 남에게 베푸는 온정(溫情) 깊은 따스한 성품으로 인해 비
록 친구 부모님에게 돈은 안 빌려 주었어도 실로 많은 선물들이 친
구를 통하여 전달되고 있었다.

그럼에도 불구하고 친구의 공짜 근성은 더더욱 기승을 부리고 있
었다.

어느 날, 우연히 친구의 집에 들렀다가 식사를 하고 있는 동창생
네 가족들을 보면서 덕수는 아연실색(啞然失色), 그만 깜짝 놀라고
말았다. 며칠 전 친구를 통하여 전달된 그저 빨간 고춧가루만 뿌려
진 김치와 동창생네 가족들이 먹고 있는 김치가 너무나도 판이하게
달랐기 때문이었다.

마치 돈을 안 빌려 주어서 앙갚음을 당하고 있는 형국(形局)이
었다.

'내가 언제 김치 담가 달라고 부탁드린 적도 없는데…'

덕수는 꼭 소태를 씹은 것처럼 뒷맛이 무척이나 씁쓸했다.

'아니 어쩌면 저럴 수가. 나 같으면 홀아비인 아들 친구에게 더
맛있는 김치를 보내주련만… 열길 물길 속은 알아도 한길 사람 속
은 모른다고 하더니 그 말이 딱 정답이구나.'

덕수는 지지리도 없는 자신의 인복(人福)을 개탄(慨歎)하고 있
었다.

'아마도 내가 전생(前生)에 죄를 많이 지었나 보군.'

그럴 즈음 덕수는 슬슬 돈에 대하여 증오심을 가지게 되었다.

'우선 쓰고 보자. 우선 놀고 보자'는 식으로.

"박군, 돈이란 있을 때 아껴야 한다네. 돈이란 돌고 도는 것이어서 한번 주인의 품안을 떠나면 다시 돌아오는 법이 없거든 명심하게나."

그 옛날 정치판에 뛰어들었다가 몇 십억을 날려 버렸다는 건설회사 양부사장의 뜻깊은 충고를 까맣게 잊고 있었다.

그동안 돈 때문에 겪었던 그 많은 수모(受侮)와 모욕(侮辱), 자괴(自塊)감, 고통 등은 까맣게 잃어버린 채 덕수는 도움을 청하는 사람들에게 가리지 않고 적선(積善)을 베풀고 있었다.

그렇다고 해도 돈에 환장(換腸)한 사람들은 예외(例外)로 했다.

덕수는 삼사십 평 규모의 서점을 하려고 모아 두었던 큰돈을 동창생 남수와 함께 제법 규모가 큰 술집에 다니면서 매일 밤 주색(酒色)잡기에 열정을 쏟아 붓고 있었다.

뱀이 허물을 벗듯 덕수는 서서히 돈에 대하여 복수전(復讐戰)을 치르느라 무단히 애를 쓰고 있었다.

그 옛날 오래 전에 어느 철학자 말 그대로 '남자는 혼자 살아가려면 종교에 귀의(歸依)하던지, 아니면 악마(惡魔)가 되던지 이 둘 중에 한가지를 선택하지 않는 한, 그 남자는 반드시 망가지게 되어 있다'라는 말 그대로 덕수는 하루하루 망가져 가고 있었다.

그 무렵 어렵사리 연락이 닿은 도봉산 밑에서 '길손'이라는 여관을 운영하던 초등학교 동창생 돌석이는 어느 날 김빠진 맥주처럼 풀죽은 모습으로 덕수와 생맥주 집에서 오랜만에 해후(邂逅), 지친 모습으로 상봉하고 있었다.

"야, 돌석아. 그동안 왜 연락 한번 없었냐?"

"그냥 이렇게 비참하게 되었어."

"비참하게 되었다니, 그게 무슨 말이냐?"

"응, 경마(競馬)에 잘못 손대 가지고, 우리 어릴 때 있었던 와우 아파트처럼 한순간에 와르르 무너지고 말았어."

"야 , 어쩌다가…."

"어쩌기는 일확천금(一攫千金)을 노리다가 그렇게 되었지."

"뭐, 뭐라고. 너 안 그랬잖아?"

"다 사람 잘못 만난 탓이지 뭐 누굴 탓해. 그건 그렇고 돈 가진 거 좀 있니?"

"가만있어 보자."

덕수는 지갑에 있던 삼백 만원을 모두 털어 주었다.

"다음에 또 와라. 오늘은 이것만 가져가고. 이제 경마 그런 거 하지 마라."

"덕수야, 눈감으면 자꾸만 본전 생각이 나서 미치겠어."

"그래도 이겨내야지. 참, 고생이 많았겠구나. 집사람은?"

"음, 강제 이혼 당했지 뭐."

"덕수야, 고맙다."

사라지는 돌석의 뒷모습에서 아련하게 옛 생각이 꿈틀대고 있었다.

덕수와 돌석의 대화를 지켜보던 단골집인 생맥주 가게 사장이 한마디했다.

"박씨, 그렇다고 지갑을 전부 다 털어 주는 사람이 어디 있어요."

"어디 있기는요, 여기 있지요. 저도 그 친구한테 신세 많이 졌는걸요. 어설픈 말 한마디의 동정(同情)보다 지금 그 친구에게 필요한 것은 제 지갑을 전부 털어서 주는 것이 도움이 되지요. 목마른 사람한테는 무엇보다도 시원한 물 한잔이 제일이듯이. 안 그래요? 사장님!”

“그래도 그게 실행에 옮기기가 쉽나요.”

돌석이는 그 후에도 예닐곱 번 덕수를 찾아와 총 이천만 원에 가까운 돈을 얻어 갔다.

그리고 그 후 돌석은 돌연 모든 연락을 끊어 버렸다.

덕수는 서운했다.

‘자식, 저한테 돈 돌려 받을 생각 전혀 없는데….’

덕수는 술집 사람들로부터 돈 잘 쓰는 ‘밤의 황제’로 불리면서 하루에도 여러 곳의 술집을 옮겨 다니며 돈을 물 쓰듯이 펑펑 써대고 있었다.

진실 없는 술집 아가씨들과의 허섭쓰레기 같은 대화 속에서 덕수의 돈은 날개 달린 새처럼 훨훨 위력을 발휘하며 이리 저리로 날아다니고 있었다.

술집에서는 마치 악어와 악어새처럼 아가씨들과 양아치들이 ‘기둥서방’이라는 허울좋은 가식(假飾)의 모래성을 쌓고 끼리끼리 공존하고 있었다.

진실 없는 꽃뱀들과의 유희(遊戱) 속에서 결국 덕수는 ‘같이 살아주겠다’는 감언이설(甘言利說)에 속아 물심양면(物心兩面)으로 가슴에 엄청난 상처를 남겨 놓고 있었다.

오직 돈밖에 모르는 야밤의 불여우들 역시 진실은 없었다.

오히려 진실을 찾았던 덕수가 여러 번 바보 취급을 당해야만 했다.

14

늦게 찾아온 사랑

덕수는 차츰차츰 사회 생활에 대하여 일종의 염증(厭症)을 심하게 느끼고 있었다.

마치 산다는 것이 인간 도축(屠畜)장 같은 약육강식의 철저한 힘의 논리에 의하여 지배되어 돌아가는 듯한 착각 속에 빠져들고 있었다.

선을 권(勸)하고 악을 응징(膺懲)해야 마땅한 세상살이의 질서인 권선징악(勸善懲惡)은 실종되고 없었다.

오로지 잔머리와 권모술수(權謀術數)가 서로 짝꿍이 되어 이중 모음(母音)으로 노래하고 춤추고 있는 듯한 사회상, 그런 작태는 가장 견실(堅實)해야 할 가족이란 테두리 안에서조차도 적용되고 있다는 사실에 덕수는 치를 떨고 있었다.

어찌 보면 인간들은 태어나 서로 물어뜯고 상처 내고, 할퀴고, 산다는 명목(名目) 하에 무한궤도(無限軌道)의 탱크에 올라타고 돌진하는 것 같은 인간 모습들이 싫어졌다.

아무리 인간은 사회적 동물이라지만, 덕수는 백치(白痴)처럼 통 이해할 수가 없었다.

"사람들은 어디서 다 그런 걸 배운다지. 분명히 학교에선 그런 걸 안 가르칠텐데…. 그렇다고 미련한 내가 세상을 떠날 수는 없고…."

덕수의 역마살이 또 한번 기계처럼 서서히 작동되기 시작했다.

'순수하고 아름다운 사랑 한번 해보았으면 좋으련만….'

덕수는 누군가 집에서 백열전등을 켜놓고 자신을 기다려 주는 가족 한 사람만이라도 있으면 참 좋겠다며 자신과는 아랑곳없는 헛된 망상(妄想) 속에 질펀히 빠져들고 있었다.

덕수는 서쪽으로 기우는 해를 보고 외국 속담 하나가 문득 떠올랐다.

'East, West, home's best(동쪽, 서쪽, 어디를 둘러보아도 내 집이 최고야).'

틀림없이 맞는 말이다.

이 세상 어디에 집처럼 편한 곳이 또 있을까. 덕수는 자신의 집에 아무도 없다는 사실에 무척이나 화가 났다.

덕수는 한때 같이 살아 준다며 돈을 탐내고 덤벼들었던 꽃뱀들한테 입은 지울 수 없는 심한 화상(火傷)을 말끔히 지워 버리기로 했다.

'뿌린 대로 거둔다고, 언젠가는 지네들도 죄 값을 달게 받겠지… 어차피 인생사 사필귀정(事必歸正)아니던가. 둥근 해도 동에서 떠서 서(西)로 너머 가듯이, 다 그렇고 뭐 그런 거지. 생로병사, 희로애

락(喜怒哀樂), 그 말이 정답이네.'

덕수는 그제야 마음의 위안을 찾았다.

덕수는 그전부터 꼭 한번 가보고 싶었었던 백두산(白頭山)을 가기로 결심하고 중국행 비행기에 몸을 실었다.

덕수는 중국 대련에서 연길로 향하는 비행기를 또다시 갈아탔다.

유월의 신록이 잔뜩 우거진 연길의 산과 들은 몹시도 싱그러워 덕수를 보고 싱긋 벙긋 웃고 있었다.

D호텔에 여장을 푼 덕수는 다음날 단체관광객들과 함께 버스를 타고 중국에서는 장백산이라고 하는 우리 민족의 영산(靈山)인 꿈에도 그리웠던 백두산을 향하고 있었다.

여명이 밝아오기 전, 아직은 캄캄한 새벽을 헤치며 버스는 백두산을 향해 비포장 길을 마치 술이 덜 깨인 취객처럼 비틀거리면서 내달리고 있었다.

서서히 어둠이 걷히고 소박하게 드러난 중국의 시골 모습은 덕수가 어릴 적에 보았던 우리나라의 60년대를 그대로 판박이처럼 닮아 있었다.

갑자기 어릴 적 향수(鄕愁)가 한 떼로 몰려와 덕수를 즐겁게 해 주고 있었다.

갑자기 뼈마디가 시큰해져 가면서 소식을 끊고 살고 있는 어머니 순덕 생각에 덕수는 남몰래 눈시울을 적시고 있었다.

"여러분! 오늘 점심은 소탕입니다."

현지 가이드의 안내방송이 흘러나오고 있었다.

"점심 먹으러 안 가고 누구를 붙잡으러 갑니까?"

"아, 여기서는 소고기 국을 문자 그대로 소탕이라고 부른 답니다."

여기저기서 재미있다고 폭소가 터지고 있었다.

"그리고 여기서는 여자들 다리 각선미를 문자 그대로 '다리미'라고 부른 답니다."

또 한번 폭소가 연속적으로 터졌다.

백두산 가는 길목 입구에 장중히 서 있는 미인송 나무들이 신선한 아침 공기를 진하게 '잘 찾아 왔다'며 풍요롭게 전해 주고 있었다.

울울(鬱鬱)창창 큰 나무들이 아름답고 푸르게 가족처럼 군락(群落)을 이루고 있었다.

이윽고 펼쳐진 백두산 천지의 장엄하고 아름다운 비경(秘境)이 파노라마처럼 펼쳐져 덕수를 끌어들이고 있었다.

신비롭고 아름다운 그 비경 속으로 덕수는 자신도 모르게 그냥 양팔을 크게 벌리고 뛰어 내리고 싶었다.

덕수는 자신과 성이 같은 현지 가이드에게 무척이나 친근감이 갔다.

"왜, 혼자 오셨어요?"

"혼자 오면 안 되나요. 인생은 결국 혼자 하는 일종의 모노드라마 같은 것 아닌가요?"

"말씀하시는 게 깊은 철학이 담겨 있는 것 같네요."

"큰 뜻 없어요. 그냥 해본 말이예요."

그날 저녁 현지 가이드와 함께 한 술자리에서 덕수는 자연스럽게 자신에 대하여 털어놓고 있었다.

특히 철사에 끼워진 양고기 꿰은 그 맛이 가히 일품이었다.

독한 배갈과 함께 먹은 양고기 맛은 그 옛날 중동 사우디에서 맛

본 양고기와는 색다른 맛이 있었다.

"사람들의 개성처럼 요리법이 다르니까, 역시 맛도 다르군…."

덕수는 그토록 보고 싶었던 백두산을 보아서인지 몰라도 낯선 곳 연길에서 바람처럼 남이 되지 않고, 오히려 호연지기(浩然之氣)를 한층 더 크게 키우고 있었다.

"이런 것이 바로 여행의 참 맛이요. 매력이 아닐까."

그날 밤, 막내 동생뻘 되는 현지 가이드와 함께 술을 많이 마셨다.

다음날 오후 현지 가이드는 덕수에게 두만강을 구경 가자며 '개산툰'이라는 작은 마을로 덕수를 데리고 갔다.

덕수는 그곳에서 현지 가이드 홍민의 작은 누나네 가족들을 만날 수 있었다.

비록 힘들고 가난하지만 오붓이 살아가고 있는 그들의 장한 모습에서 덕수는 갑자기 초라해지기 시작했다.

덕수는 두만강 건너편에서 앳된 모습으로 보초를 서고 있는 북한 경비병들을 볼 수 있었다.

현지 가이드 홍민의 권유로 덕수는 두만강가에서 낚시를 했다.

"어이! 어이!"

오라고 손짓해대는 앳된 북한 경비병을 보고 덕수는 현지에서 배운 함경도 사투리 "어째"로 답을 해주면서 웃고 있었다.

"고약한 놈들, 어이! 어이! 라니. 지들 집에는 큰형님들도 없나."

어느새 해는 서산으로 기울고 덕수는 그날 밤 가이드 홍민의 작은 누나 식구들과 담소를 하면서 새로운 인연을 만들고 있었다.

덕수는 두만강 여울소리를 뒤로 한 채 아쉬운 여운을 남기며 밤 하늘의 고고한 달빛을 벗삼아 연길 시내로 돌아오고 있었다.

그때 밤하늘엔 전설 속의 월하노인(月下老人)이 나타나 빙그레 웃고 있었다.

덕수는 청명한 달빛을 벗삼아 택시를 타고 내달리는 자신이 마치 한 마리 백마(白馬)처럼 생각되어 지나온 세월에 대한 옛 그림자가 되살아나 이루 헤아릴 수 없는 무수한 만감(萬感)이 희비쌍곡선(喜悲雙曲線)으로 나뉘어 달려들고 있었다.

일순(一巡)의 침묵이 흐르고 택시 안에서 애조 띤 음조의 슬픈 중국 노래가 흘러나오고 있었다.

"박형, 저 노래 제목이 뭐지요?"

"굳이 한국말로 번역한다면 늦게 찾아온 사랑, 중국말로는 '츠라이 더 아이(遲來的愛)'라고 하지요."

"아, 그래요. 나한테도 그런 사랑 한번 찾아 왔으면 좋겠네요."

"아니, 왜 결혼 안 하셨어요?"

"예전에 했다가 실패했어요."

"제가 괜한 말을…."

"아, 일없어요."

"괜찮다고 하는 그 말은 또 언제 배웠어요?"

"이곳 분들한테 물어 봤지요."

"박형, 우리 어디 가서 술 한잔 더합시다."

덕수는 자신도 모르게 그냥 술에 젖고 싶었다.

한적한 골목길에 두 개의 식당이 나란히 있었다.

"귀빈식당하고, 행복식당 중에서 어디로 가실래요?"

가이드 홍민이 빙그레 웃으며 물어 오고 있었다.

"나는 한번도 행복하게 못살아 보았으니 이왕이면 다홍치마라고 행복식당으로 들어갑시다.”

홍민은 예상이나 한 것처럼 껄걸 웃으며 “형님, 행복식당은 사람들이 장례(葬禮)를 치르고 나서 죽은 사람을 기리며 조용히 술을 마시는 곳이예요.”

어느새 덕수한테 친근감을 느낀 가이드 홍민이, 덕수를 형님으로 부르고 있었다.

“아, 그래요. 그러면 귀빈식당으로 갑시다.”

“형님, 말씀 놓으세요.”

두 사람은 귀빈식당으로 들어섰다.

약간은 늦은 시간 두 사람은 간단히 술 한잔하고 돌아가겠다면서 양해를 구했다.

“일 없어요. 우리 모두 여기서 기거하니까 일없습니다.”

순간 덕수는 그곳에서 일하는 한복을 곱게 차려 입은 아가씨와 눈길이 마주쳤다.

“형님, 우리 오늘 의형제(義兄弟) 맺었으니 형님과 저는 도원결의(桃園結義)한 사이입니다.”

“암, 그렇고 말고. 좋구먼 동생. 건배!”

덕수의 목소리가 호쾌(豪快)하게 흘러나오고 있었다.

그 순간, 덕수 자신도 깜짝 놀라고 있었다.

그도 그럴 것이 타국에서 낮선 이방인의 신분으로 기분이 좋아 호쾌하게 웃게 될 줄은 전혀 예상치 못한 일이었기 때문이다.

“동생, 이곳에선 뭐라고 불러야 할지. 아가씨라고 부르기도 좀 그렇고.”

“이곳에선 복무원이라고 부르시면 됩니다.”

"아가씨라고 부르는 것보다 약간 딱딱한 느낌이 드는군, 복무원
이라."

나가 버린 줄 알았던 아까 입구에서 눈을 마주친 아가씨가 뒤쪽
에 다소곳이 앉아서 정성스럽게 시중을 들어 주고 있었다.

너무도 곱고 아름다웠다. 게다가 한복을 곱게 차려 입고 있으니,
한번쯤 갖고 싶었던 아내에 대한 그리움이 봇물처럼 터져 나오고
있었다.

"동생, 저 아가씨 참 아름답구먼. 만약 결혼 안 했다면 한국으로
데려가서 같이 살고 싶구먼….”

"덕수 형님, 손벽도 마주쳐야 소리가 납니다.”

"그야 그렇지. 중늙은이 내가 주책이지, 동생."

"참, 형님도…. 사랑은 국경도 넘는다고 하잖아요."

"아가씨, 이리 좀 와봐요. 나는 한국에서 온 박덕수라고 합니다.
아가씨 이름은?"

"김순옥입니다."

"낭랑한 목소리 또한 너무 좋군요."

싫은 기색이 전혀 없는 해맑은 미소와 함께 낭랑한 목소리가 덕
수의 애타는 가슴속으로 흘러 들어가고 있었다.

"형님, 낭랑에도 두 가지 뜻이 있지요."

"그래 처음 듣는 말이군…."

"형님, 첫 번째 낭랑(娘娘)은 왕비나 귀족의 아내에 대한 높임을
나타내구요. 두 번째 낭랑(琅琅)은 옥(屋)이 부딪쳐서 울리는 소리
라는 뜻으로, 조금 전에 이미 말씀하셨구요. 형님은 귀족처럼 생기
셨으니 두 분이 잘되어서 제가 첫 번째 낭랑(娘娘)으로 부르게 되었

으면 참 좋겠네요.”

“오늘 내가 여러 가지 참 많이 배우는구먼, 역시 도원결의(桃園結義)한 동생이 최고야 최고.”

덕수와 현지 가이드 홍민은 박장대소(拍掌大笑)하고 있었다.

덕수는 오랜만에 실로 기분이 좋았다.

‘내가 꿈꾸듯 그리운 저 여인을 아내로 맞이할 수만 있다면….’

온밤 내내 덕수의 가슴은 불타 오르고 있었다.

그때 또다시 라디오에서 늦게 찾아온 사랑 ‘츠 라이 더 아이’가 흘러나오고 있었다.

말이 씨 된다고 하더니 말 그대로 덕수에게 사랑이 찾아들고 있었다.

“저 노래 좋아하세요?”

덕수 마음에 담아 두었던 ‘김순옥’ 이라는 귀빈식당 복무원이 낭랑한 목소리로 물어 오고 있었다.

“예, 오늘 벌써 두 번째 듣네요.”

“실은 저도 무척이나 좋아하는 노래랍니다.”

살짝 쳐다본 얼굴이 너무도 예뻤다.

“참…. 주소 좀 적어 주세요.”

“뭐 하시게요?”

김순옥은 얼굴이 빨개지고 있었다.

“편지하려구요.”

그날 밤, 덕수는 통 잠을 청할 수가 없었다.

이미 귀빈식당에서 김순옥을 처음 본 순간부터 큐피드의 화살이 쿵하고 덕수의 가슴에 꽂혔기 때문이었다.

덕수의 맹목적인 사랑(blind love)이 시작되고 있었다.

'이것이 나의 운명이라면 나는 모든 것을 걸리라. 아낌없이…'

거리엔 벌써 한 떼의 사람들이 중국 특유의 교통수단인 자전거를 타고 이른 아침에 자신들의 일터로 가기 위해 열심히 페달을 밟고 있었다.

아침 산책길에 들른 호텔 근처의 공원에는 많은 사람들이 나와 중국 특유의 아침 운동을 부드럽게 동적(動的)으로 표현하고 있었다.

알 수 없는 덕수의 미래를 대변이라도 하듯 공원 숲 속에선 이슬비 속에 하얀 운무(雲霧)가 꽃처럼 피어올랐다.

"하여간 나는 중국 사람들하고 인연이 꽤 깊은가 보군. 어렸을 때 내 소꿉놀이 친구가 '낀나'라는 중국 여자아이였던 것을 보더라도 그렇고, 떼를 쓰는 나를 보고 아버지가 중국 '떼놈'을 닮았다며 몹시 핀잔을 준 것도 그렇고…"

덕수는 어느새 어릴 적 기억들을 소소히 기억해 내면서 김순옥과의 연분을 엿장수처럼 정당화(正當化)시키고 있었다.

호텔에서 아침을 먹은 후 덕수는 간밤에 의형제를 맺었던 홍민과 만나기 위해 공원 다리 옆에 있는 약속다방으로 들어서고 있었다.

"형님, 잘 주무셨습니까?"

"간운보월(看雲步月)이라고 달밤에 구름을 쳐다보며 거닌다고 온통 어젯밤엔 귀빈식당에서 만났던 김순옥이 생각뿐이었네. 이젠 한국 인천에 있는 집 생각은 별로 안 나고 온통 순옥이 생각만 난다네…"

188

“형님, 큰일났습니다…. 그러나 손뼉도 마주쳐야 소리가 납니다. 남자답게 밀어붙이세요.”

“중년(中年)인 내가 자격이 있을까?”

“형님, 용기 있는 자만이 미인을 얻는다고 하잖아요.”

“빈말이라도 고맙네. 내게 용기를 주어서….”

“형님하고 저는 이미 도원결의(桃園結義)한 의형제 아닙니까.”

그때 또다시 약속다방에서 중국 노래 ‘츠라이 더 아이(늦게 찾아온 사랑)’라는 노래가 흘러나오고 있었다.

덕수는 음조를 익히려고 나지막이 따라하고 있었다.

“형님, 저 노래 슬픈 노래입니다. 너무 좋아하지 마세요.”

“그래도 그냥 마음에 와 닿는 것이….”

“오늘 저녁엔 혼자 가세요. 귀빈식당에….”

“왜, 동생도 함께 가지 않고.”

“형님, 내일 떠나신다면서요.”

“동생 조금 후에 점심 식사하고 나하고 보석상(寶石商)에 잠시 들르세.”

“뭐 사실 것 있으세요?”

“음, 순옥 씨 반지 하나 사려고.”

덕수는 보석상에 들러 작은 금반지에 자신의 이름을 새겨 넣은 반지를 손에 들고 뛸 듯이 기뻤다.

“동생은 남자니까 각(角)이 진 큰 반지가 어울리겠군.”

덕수는 닷 돈의 금반지를 의형제를 맺은 홍민에게 사주었다.

그날 저녁 덕수는 호텔에 들려서 산뜻한 옷으로 갈아입고 공원 다리를 지나 아침나절에 재차(再次) 확인해 두었던 귀빈식당을 향하여 발걸음을 옮겨 놓고 있었다.

'내가 살아 있길 잘했구먼. 냄새나는 개똥밭에 굴러도 저승보다는 이승이 낫다고 하더니…. 그것도 타국에서 내 가슴이 꽝꽝 뛰는 그런 사람을 만날 줄이야, 꿈에도 생각 못했지.'

"어서 오세요, 한국 아저씨. 오늘은 이른 시간에 오셨네요."

식당 주인이 얼굴을 기억하고 덕수를 반갑게 맞아 주고 있었다.

덕수는 일순간 식당 안을 둘러보았다.

그러나 꿈에도 그리운 순옥의 모습은 어디에도 없었다.

덕수는 엊저녁 앉았던 지하실 구석방으로 내려가 자리를 잡고 순간 밀려오는 가슴을 쓸어 내는 듯한 쏴한 허전함을 뜨거운 중국 차(茶)를 마시며 달래고 있었다.

"주문하세요."

순옥이 보다 나이가 많은 듯한 복무원이 메뉴판을 가지고 들어와 옆에 앉았다.

"예, 돼지고기하고 파를 넣고 볶은 '충빠로우'하고, 새우튀김 '완자샤런'하고 김치찌개 주세요. 빼주도 한두 병 주고요."

"고맙습니다. 곧 갖다드릴게요."

"쉐, 쉐."

덕수는 중국말로 고마움을 표현했다.

복무원은 괜찮다는 뜻의 중국말 "부커치"로 응답하고 있었다.

덕수는 마음속으로 간절하게 김순옥이 지금 어디 있냐고 물어 보고 싶었지만 체면상 말문을 열지 못하고 있었다.

덕수의 내면은 마치 벙어리 냉가슴 앓듯 그런 형국이었다.

덕수는 시켜놓은 안주는 드는 둥 마는 둥, 온통 빈 가슴에 독한 배갈만 빼곡히 퍼부어 넣고 있었다.

"그러시면 속 다 버리세요. 안주하고 같이 드세요. 제가 찌개 다시 데워다 드릴게요."

어느 순간에 오매불망 애타게 기다리던 순옥이 얇은 화장을 한 채로 덕수 곁으로 다가섰다.

'이 사람아, 어디 갔다가 이제야 와. 내가 얼마나 기다렸다고….'

이렇게 말하고 싶었지만 덕수는 차마 입을 열 수가 없었다.

그때 갑자기 덕수의 등줄기를 타고 식은땀이 흘러 내렸다.

"언제 떠나세요?"

"내일 오후 비행기예요. 벌써 정들자 이별이네요."

"저는 어려서 그런 말 몰라요. 그리고 이거 받으세요. 아까 시장 통에 들렀다가 아저씨가 이 노래 좋아하는 것 같아 드리려고 하나 샀어요."

"고마워요. 츠라이 더 아이, 늦게 찾아온 사랑."

"나도 줄 것이…. 이거 받아요."

덕수는 품에 넣어두었던 작은 금반지를 불쑥 내 놓았다.

"저는 이런 거 못 받아요."

순옥은 돌연 난색을 표하고 있었다.

"별다른 뜻은 없구요. 제 시중 잘 들어 주어서 단지 고마움의 표시로…."

"그럼 고맙게 받겠습니다."

그때 자연스레 두 사람의 체온이 주고받는 손길 속에서 아름답게 교차되고 있었다.

"워 아이 니, 워 아이 니."

덕수는 독한 배갈 탓인지 중국말로, 마음속으로 때 이른 사랑 고백을 하고 있었다.

"Love is an unfolding beautiful Ocean′s mystery."

"그게, 무슨 뜻이예요?"

"사랑이란 접을 수 없는 아름다운 바다의 신비."

"누가 한 말이예요?"

순옥이 호기심 가득한 눈빛으로 물어 오고 있었다.

"내가 지금 지어낸 말입니다."

"참 좋으네요."

"참, 여기서 노래 부르면 안 되죠?"

덕수는 순간 내일이면 헤어져야 한다는 사실 앞에 잠깐의 기쁨도 멀리한 채로 서글픈 마음을 노래로서 달래고 싶었다.

"제가 가서 노반(露盤)한테 여쭈어 보고 올게요."

"노반이라뇨?"

"이곳에선 주인을 그렇게 부르지요."

잠시 후 순옥은 괜찮다며 노래 불러도 된다는 소리를 전해 주고 또다시 어디론가 사라져 버렸다.

덕수는 먼길 떠날 때 부르는 자신의 애창곡 가곡 '떠나가는 배'를 일어나서 애조 띤 음색으로 우렁차게 부르고 있었다.

"저 푸른 물결 외치는 거센 바다로 떠나는 배 내 영원히 잊지 못할…."

다음날 오후 덕수는 연길공항에서 동생 홍민의 배웅을 받고 있었다.

"형님, 그럼 안녕히. 짜이찌엔…. 또 언제쯤이나 뵐 수 있을는지."

"내 사랑이 여기에 있으니 곧…"

　한국으로 돌아온 덕수는 온통 중국에 있는 순옥이 생각으로 마음속은 고무풍선처럼 부풀어올라 있었다.

　떨어져 있던 삼 개월 동안 두 사람은 서로의 솔직한 감정을 담은 편지를 주고 또 받았다.

　그러나 역시 두 사람 사이의 걸림돌은 언제나 덕수의 많은 나이가 허물 수 없는 장벽처럼 놓여져 덕수를 애타게 했다.

　덕수의 나이가, 어려서 돌아가신 순옥의 아버지와 엇비슷하여 순옥은 아버지의 정을 느끼게 해 달라며 언제나 편지 머리말에 '아버님 전상서'라고 크게 쓴 후에야 순옥 자신의 근황(近況)에 대하여 세세하게 알려 주고 있었다.

　여름의 맹렬한 더위가 한풀 꺾이고 서서히 찬바람이 불기 시작할 무렵 덕수는 연길에 두고 온 순옥이 너무 보고 싶어 간단히 여행가방을 챙겨서 중국행 비행기에 몸을 실었다.

　중국 연길공항에는 한복을 곱게 차려 입은 순옥이 꽃다발을 들고 마중 나와 있었다.

　순간 덕수는 너무나 황홀한 나머지 그만 넋을 놓고 말았다.

　덕수는 순옥의 검지에 지난번 건네주었던 작은 금반지가 끼어있는 것을 확인하고 뛸 듯이 기뻤다.

　시내로 향하는 택시 안에서 어느새 덕수는 순옥의 왼손을 꼭 잡고 있었다. 시내로 들어가는 길목에는 밥을 짓기 위함인지 정확히는 몰라도 석탄을 피워대는 특유의 냄새로 인해 약간은 검은 연기와 어우러져 색다른 정취(情趣)를 느낄 수 있었다.

"아빠, 그동안 안녕 하셨어요?"

덕수는 그 소리가 자격지심으로 들려와 몹시 듣기 싫었지만 아무 말 없이 고개만 끄덕이고 있었다.

"참, 잊을 뻔했군. 이거 선물이야."

덕수는 하얀 곰 인형과 보랏빛 바바리 코트를 순옥에게 전해 주고 있었다.

"고맙습니다."

"그리고 이건, 남동생 선물."

덕수는 또 다른 선물 꾸러미를 건네주고 있었다.

"고마워요, 아빠. 제 동생까지 챙겨 주셔서."

"고맙긴. 언제 한번 남동생도 만나 봤으면 좋겠는걸."

"그렇게 하세요."

순옥이 해맑게 웃고 있었다.

"어디로 가실 거예요?"

"지난번 묵었던 D호텔로 가지."

"그럼 있다가 식당에서 뵐게요."

"그럼, 그렇게 해요."

호텔에 도착한 덕수는 서둘러 여장을 풀고 난 후 지난번 의형제를 맺었던 동생 홍민에게 전화를 걸어 저녁에 귀빈식당에서 만나기로 약속을 했다. 식당으로 향하는 공원 다리 위에는 이슬처럼 힘없는 낙엽들이 날아들어 쓸쓸함을 더해 주고 있었다.

'아까 택시 안에서 곁에 있을 땐 순옥의 따스한 체온이 무한정 좋더니만 잠시 떨어져 있는 지금 이 순간은 무한(無限) 지옥이 따로 없구나. 내가 진정으로 순옥을 사랑하고 있다면 그 애의 앞날도 생

각해줘야 할 터인데. 이룰 수 없는 사랑이라….'

이룰 수 없는 순옥에 대한 연정이 공허감으로 변하여 언젠가 낙엽을 타고 강물 속으로 사라져 버릴 것만 같은 불길한 예감이 억수로 밀려들고 있었다.

"이제 중국에 자주 오시네요."

귀빈식당 여자 주인이 지난번처럼 반갑게 맞아 주고 있었다.

"그동안 안녕하셨어요?"

"우리야 늘 그렇죠. 참 동생 분 먼저 와서 기다리고 있어요."

"형님, 이게 얼마 만입니까. 반갑습니다."

덕수와 홍민은 반가움에 외국 스타일로 와락 서로를 끌어안고 있었다.

"많이 말랐구먼, 어디 아파?"

"아니요. 요즘 관광업계가 불황이라, 좀 신경을 썼더니 그만…."

"자, 힘내. 내가 힘닿는데 까지 도와줄게."

"고맙습니다, 형님."

"동생 이번에는 장백폭포 쪽으로 해서 백두산 천지의 물맛을 한 번 맛보고 싶구먼."

"형님, 그렇게 하시죠. 제가 정성을 다해 모시겠습니다."

"고맙네, 이번에는 혼자가 아니라 둘이라네."

어느새 덕수의 호연지기가 꿈틀대기 시작했다.

동생 홍민과 오고 간 술잔 속에 새록새록 정이 생겨나고 있었다.

사흘 후 덕수와 순옥 그리고 홍민 셋이서 택시를 대절해 늦가을 정취를 만끽하며 아침 일찍 서둘러 백두산을 향해 내달리고 있었다.

택시를 타고 달리는 네시간 남짓 순옥은 아무런 말이 없었다.

단지 살짝 기대오는 순옥의 어깨를 타고 따뜻한 순옥의 체온이 속절없이 덕수의 가슴속을 무한정 파고들었다.

그대로 모든 것이 멈춰버렸으면 하는 덕수의 애달픈 심정, 덕수는 자신의 나이조차도 까맣게 잊고 있었다.

덕수와 순옥은 가이드 홍민을 앞세운 채 장대비처럼 시원스레 떨어지는 장백폭포를 뒤로하고 백두산 천지로 향하는 길목에 끝없이 놓여진 가파른 층층계단을 서로의 손을 꼭 잡은 채 힘차게 오르고 있었다.

"아빠, 잘 걸으시네요."

미소 가득한 순옥의 그 말 한마디에 덕수는 더한층 순옥을 힘있게 잡아당기고 있었다.

이윽고 잠시 후 덕수와 순옥, 두 사람 눈앞에 펼쳐진 백두산 천지의 광대하고 장엄한 파노라마 그것은 한편의 우리 백의민족(白衣民族) 불굴(不屈)의 기상(氣象)이요, 한편의 대 서사시(敍事詩)였다.

덕수는 우선 낮은 물가로 가서 천지 물을 한 모금 마셨다.

너무나 시원하고 달콤했다.

곧이어 손짓으로 부른 순옥에게 덕수는 자신의 양손으로 천지 물을 떠서 순옥의 입가에 넌지시 가져다 주었다.

"천지 물맛이 참 좋네요. 저도 백두산에 꼭 한번 와보고 싶었는데, 오늘 이렇게 아빠랑 함께 오니 너무 좋아요."

덕수와 순옥, 두 사람은 누가 먼저라 할 것도 없이 나란히 신발을 벗어놓고 백두산 천지에 발을 담그고 있었다.

일순간 모든 피로가 사라지고 마음 또한 해탈(解脫)을 한 듯 무척이나 가벼워져 덕수는 마치 번뇌의 속박을 벗어나 자유로운 경지에 도달한 노스님이 되어 있었다.

덕수는 아무런 망설임 없이 순옥의 두 발을 자신의 양손으로 천천히 씻어 주고 있었다.

행복했다.

가이드 홍민의 도움으로 서너 차례 사진을 찍고 난 후 덕수는 천지 기슭에 남아 있는 잔설에 순옥과 자신의 이름을 나란히 적어놓고 천지신명(天地神明)께 두 사람의 사랑을 맺게 해 달라며 간절히 빌었다.

워낙 높은 곳이어서 그런지 갑작스럽게 천둥번개가 치더니 진눈깨비가 쏟아지고 있었다.

"형님, 원래 이곳은 기상이변이 잦은 곳이랍니다."

세 사람은 서둘러 백두산을 내려오고 있었다.

"오늘, 이 등반은 어쩐지 평생 잊지 못할 것 같구먼."

"그렇게 좋으셨어요?"

"암, 백문(百聞)이 불여일견(不如一見)이라고, 말하여 뭣하나."

"형님, 그 말씀이 정답이네요."

가이드 홍민이 몹시 흐뭇하게 웃고 있었다.

세 사람은 백두산 천지 방문을 가슴속에 고이 기리며 하산 길에 들른 간이주점에서 시원한 맥주를 마시고 난 후, 저녁에 또 일해야 하는 순옥을 위하여 서둘러 연길 시내로 돌아오고 있었다.

다섯시간의 비포장 길을 서둘러 빠져 나온 택시는 "고생하셨습니다"라는 홍민의 소리와 함께 처음 같이 출발했던 호텔에 닻을 내리고 있었다.

촉촉이 젖은 순옥의 땀이 배어 있는 오른손을 덕수는 순간 떼어
놓기가 마냥 싫었다.

어느새 연길 시내엔 어둠이 서서히 밤안개처럼 스며들고 있었다.

"아빠, 고마워요. 오늘 좋은 구경 많이 시켜 주셔서."

"뭘, 앞으로도 이곳 저곳 틈나는 대로 구경 많이 시켜줄게."

"정말요?"

순옥은 좋은 듯이 너무도 아름답게 웃고 있었다.

"아빠, 오늘은 제가 한턱낼게요."

순옥은 공원 다리 근처에 있는 작은 양고기 뀀 집으로 덕수와 가
이드 홍민을 안내하고 있었다.

"오늘 일해야 되잖아?"

"주인 아주머니한테 허락 받았어요."

서너 잔의 술잔이 오고 간 후 가이드 홍민은 약속이 있다며 먼저
일어났다.

"아빠, 제가 존경의 뜻으로 한잔 따라 드릴 테니 받으세요."

순옥은 정성스레 덕수에게 술을 따라 주었다.

"아빠, 제가 좋으세요?"

"암, 좋고 말고…."

"얼마만큼 좋으세요?"

"그걸 어떻게 말로 표현 할 수가…. 하여튼 하늘만큼 땅만큼."

"아빠는 거짓말쟁이."

"진심이라니까."

"양고기 다 타겠어요. 어서 많이 드세요. 저는 아빠가 음식 맛있
게 드실 때가 제일 좋더라…."

어느새 숯불의 열기에 타오른 양고기 꿰미가 덕수의 애달픈 마음을 대변해 주고 있었다.

"이번에는 또 언제 귀국하세요?"

"그건 또 왜 묻지? 알려주면 지난번처럼 꼭꼭 숨어버릴려고…."

"그렇게 저를 못 믿으세요?"

"아니, 그저 한번 아무런 뜻 없이 해본 말이야."

"어서 드세요."

"순옥아, 지난번에 처음 보던 날 내가 편지 써놓은 게 있는데 한번 읽어볼래?"

"예, 어서 주세요. 읽어보게요."

덕수는 땀으로 가득 배인 품안에서 편지를 순옥에게 건네주었다.

그리고 덕수의 편지는 다음과 같이 적혀 있었다.

순옥에게

어느 산 속에 들꽃처럼 피어 웃고 있다가
내게 들켜버린
너는 순수한 꽃 한 송이
죽도록 끝까지
내 창가에 두고두고
이야기하며 살고 싶은
너는 정말 귀하고 고운 꽃 한 송이
네가 있는 한

나는 살 수 있고
나는 꿈꿀 수 있는 자유인
너는 진정
나의 희망
나의 사랑.

어느새 순옥의 눈가에 이슬이 대롱대롱 맺히고 있었다.

"참, 잘 쓰셨네요."

"음, 그러니. 그 누구도 내게 칭찬해 주는 이가 없었는데… 순옥이 네가 처음이구나."

순간 덕수의 눈시울이 붉어지고 있었다.

"아빠 우세요? 사내 대장부가….."

"아무리 사내 대장부라도 울고 싶으면 우는 거지 뭐. 솔직한 내 감정을 숨길 필요가 어디 있어."

"아빠, 그럼 실컷 우세요."

"됐어. 이제 그만…. 순옥아! 참 행복하구나. 한번 안아봐도 되겠니?"

순간 순옥은 아무런 말없이 고개를 숙이고 있었다.

덕수는 살며시 순옥을 끌어안았다.

바로 그 순간 숯불은 숯불대로 고기를 구워 내느라 붉으락푸르락, 덕수는 덕수대로 내면을 표현하느라 붉으락푸르락 각자의 향기를 깊이 간직하고 있었다.

"순옥아, 언제나 내 내면의 목마른 영혼의 외침만 즐비하게 늘어

놓고 있구나.”

“그게 무슨 말씀이세요?”

“아니야, 아무것도….”

덕수는 서둘러 연신 술잔을 털어 넣고 있었다.

헤어지는 길목, 순옥은 조용히 말문을 열었다.

“저기요. 떠나시기 전에 제가 일하는 가게로 한번 들르세요. 드릴 것이 있어서….”

덕수는 그날 밤도 첫 만남이 있었던 예전처럼 통 잠을 이룰 수가 없었다.

이틀 후 덕수는 저녁 노을이 분홍빛으로 짙게 깔리던 무렵 천천히 순옥이 일하고 있는 귀빈식당으로 향하고 있었다.

“안녕하셨어요. 중국에 자주 오시네요. 여하튼 반갑습니다.”

식당 주인의 친절한 인사를 받고 난 후 덕수는 습관처럼 주위를 살펴보았으나 지난번처럼 순옥의 향기 어린 고운 자태는 어디에도 없었다.

순간 하마터면 덕수 입에서 ‘아뿔싸, 나는 어떡하라구’하는 푸념 섞인 외마디가 터져 나올 뻔했었다.

숨죽인 납덩이처럼 덕수는 말없이 무거운 발걸음을 풀어놓으며 지난번 혼자서 술을 마시던 지하실 구석진 방으로 향하고 있었다.

그리고 방문을 여는 순간 순옥은 분홍색 한복을 곱게 차려 입고 다소곳이 수줍은 새색시처럼 앉아 있었다.

“어휴…. 십년감수(十年減壽)했다.”

“무슨 말씀이세요?”

“식당 입구에서 순옥이 네가 안보이길래….”

“오늘도 약주 드실 거죠?”

“술 마시는 사람이 술을 빼놓고는 뭐 할 일이 있나.”

약간은 덕수의 말투가 빗나가고 있었다.

“이제부턴 약주 조금씩 드세요. 건강을 생각하셔야죠.”

덕수는 순옥의 눈빛에서 전에 볼 수 없었던 애정 어린 시선을 감지할 수가 있었다.

“그럴 게…. 그리구 나 이제부턴 한순간이라도 순옥이 없이는 안 되겠어.”

순옥의 두 눈이 휘둥그레지고 있었다.

“무슨 말씀이세요? 안들은 걸로 할게요.”

순옥은 안주와 술을 가져온다며 황급히 방문을 닫고 나가 버렸다.

삼십여 분 후 순옥은 술과 덕수가 좋아하는 안주를 가지고 돌아왔다.

“일각이 여삼추(如三秋)라고 기다리다 죽을 뻔했네….”

“아빠, 그건 또 무슨 말씀이세요?”

“무슨 말이긴 많이 기다렸다는 뜻이지.”

“하여간, 오늘 이상한 말씀 참 많이 하시네요.”

잠시 침묵이 무겁게 흐르고 난 후 순옥은 물끄러미 덕수를 바라보며 예쁘게 포장된 선물 하나를 불쑥 내놓았다.

“아빠 선물이예요. 펴 보세요.”

“어이구, 이런 고마울 때가….”

포장을 뜯어내자 작은 나무상자 안에 만년필 두 개가 가지런히 놓여 있었다.

“마음에 드세요?”

“암, 들고 말고 누가 준 선물인데. 죽을 때까지 고이 간직할게.”

“귀국하시면 그 만년필로 제게 좋은 편지 많이 보내 주세요.”

“꼭 그렇게 할게. 이제 그만 얼굴 펴고 웃어, 순옥이는 웃을 때가 가장 예쁘더라….”

“그럼 맛있게 드세요.”

“어딜 가려고?”

“옆방에 남동생이 와 있어서요.”

“그것참 잘되었군. 그러지 않아도 한번 만나 보고 싶었는데…. 이리 오라고 해.”

“그렇지만 이곳 규칙이….”

“괜찮아. 내가 주인 아주머니한테 양해 구할 테니, 아무 염려하지 말고 얼른 가서 데리고 와.”

“예, 그러면 그렇게 할게요.”

방문을 열고 나가는 순옥의 뒷모습이 너무나도 애처로웠다.

잠시 후 순옥은 나이 어린 남동생을 데리고 들어 왔다.

“어서 와요.”

덕수는 나이 어린 순옥의 남동생을 옆에 앉혔다.

“저, 아저씨는 누구세요?”

호기심 어린 눈빛으로 순옥의 나이 어린 남동생이 조심스럽게 말문을 열고 있었다.

“음, 한국에서 온 누나를 무척이나 사랑하는 사람이야.”

“참, 아빠도 애한테 별소리를 다하세요.”

순옥은 살며시 눈을 흘기고 있었다.

“내 장래에 처남 될 사람이라….”

덕수는 해맑게 너털웃음을 짓고 있었다.

“뭐 먹고 싶은 거 있으면 아저씨한테 전부다 말하렴….”

“저, 탕수육….”

“그래 사줄게 실컷 먹어.”

‘어린것이 얼마나 먹고 싶었으면….’

덕수의 마음속으로부터 측은지심 동정심이 샘처럼 솟아오르고 있었다.

“남을 동정하는 마음은 곧 어진 인(仁)의 출발이라면 출발이지. 암, 그렇고 말고.”

덕수는 흐뭇한 마음으로 혼자서 중얼거리고 있었다.

순옥이 동생을 위해 탕수육을 가지러간 사이 덕수는 순옥의 어린 남동생 손을 쓰다듬고 있었다.

“참 순옥 씨, 탕수육을 이곳 중국에선 뭐라고 부릅니까?”

“예, ‘꿔부러’라고 합니다.”

“뭐, 돈을 꿔달라고?”

순간 덕수의 입에서도 순옥의 입가에서도 박장대소가 터져 나왔다.

“야, 순철아 누나 이제야 웃었다. 하, 하, 하, 하.”

“그렇게 좋으세요.”

“암, 좋고 말고.이렇게 인연의 실타래가 풀려 순옥 씨 어린 남동생도 만나보고 나니 여하튼 기분이 굉장히 좋군….”

“순철아, 네가 좋아하는 탕수육 실컷 먹어.”

덕수는 자신 앞에 있던 탕수육 그릇을 어린 순철을 위해 바짝 당겨 주었다.

"순철아, 어디 가보고 싶은 데라도 있니? 말해봐 괜찮아."

"저, 바다 구경 한번하고 싶어요."

"아니 재가… 너 이따 누나한테 혼날 줄 알아…."

"그럼 만리장성은 가보았니?"

"아니요."

어느새 순옥의 어린 남동생은 덕수에게 친근감을 느끼고 마음의 문을 활짝 열어 놓고 있었다.

"아빠, 이해하세요. 재가 유복자(遺腹子)로 태어나서 그런지 아버지 정이 유난히도 그리웠었나 봐요."

어느새 순옥의 어깨가 조금씩 흔들리고 있었다.

"순옥 씨, 울지 마요. 잘되었네요. 실은 나도 만리장성엔 못 가보았으니 우리 함께 가보기로 해요."

그리고 이틀 후 식당 주인 아주머니의 양해를 얻고 난 후 덕수와 순옥, 나이 어린 순철 셋은 연길에 있는 기차역에서 기차를 타고 북경으로 향하고 있었다.

칙칙폭폭 증기 기관차는 무거운 몸뚱이를 이끌고 북경을 향하여 내달리고 있었다.

"순옥 씨, 대략 얼마나 길려요?"

"한 29시간 내지 30시간은 족히 걸릴 거예요."

"그렇게나 많이요?"

"지루하세요?"

"아뇨, 너무 좋아서…. 오래도록 같이 있게 되어서."

칙칙폭폭 증기 기관차는 증기 터빈(turbine)을 힘차게 돌리면서 내달리고 있었다.

역시 대륙(大陸)은 대륙이었다.

감히 땅의 넓이로서는 견줄 수 없는 광활한 땅 중국 대륙, 그 땅을 지금 셋이서 '각반'이라 불리는 도시락을 사먹어 가면서 덕수와 순옥, 순철은 미지의 세계에 발을 내딛고 있었다.

어느새 얻은 한 칸의 객실에는 세 사람의 호흡이 섞이고 있었다.

덕수는 순간 행복했었다. 마치 한가족이 된 것처럼 한동안 잊고 살았던 가족이라는 소중한 의미를 되새기고 있었다.

역마다 타고 내리는 기차 승객들은 마치 피난민 행렬을 연상시키듯이 유난히도 짐 보따리들이 많았다.

마침내 서른시간의 대 장정(長征)의 기나긴 여정도 끝이 나면서 커다란 증기 기관차는 마침내 북경역에서 안도의 깊은숨을 내쉬고 있었다.

시간은 어느새 정오, 북경역에는 또 어디론가 떠나가는 사람들로 인하여 북새통을 이루고 있었다.

"순철아, 피곤하지 않니?"

덕수는 어느새 다정한 아버지가 되어 있었다.

"재미있었어요."

북경역 근처에서 덕수와 순옥, 순철 셋은 온면(溫麵)으로 허기를 달래고 난 후 만리장성으로 향하는 버스를 탔다.

동서로 길게 뻗은 성벽으로 이루어진 유적지는 대륙의 힘을 느끼게 해주는 길이 약 2천 4백km로서 장대하고 웅장했다.

실로 불가사의(不可思議) 그 자체였다.

만 하루동안의 짧은 여정을 끝내고 덕수와 순옥, 순철은 다시 북경으로 돌아와 바다를 구경하기 위해 칭따오로 가기로 하고 서둘러 공항으로 이동하고 있었다.

"아저씨, 저 오늘 비행기 처음 타봐요."

10살배기 순철이는 무척이나 들떠 있었다.

한시간 반 남짓 비행 끝에 셋은 칭따오공항에 무사히 안착을 한 후, 덕수는 예전에 무역업을 하던 시절 자주 들렀던 한국식 중국집 '경복궁'에 들러 순철에게 자장면을 사주었다.

"아저씨, 이렇게 생긴 자장면은 처음 먹어봐요."

"그래, 맛이 어떠니?"

"맛있어요."

동생을 지극 정성으로 돌봐주는 덕수의 모습을 보고 순옥의 눈가엔 때때로 이슬이 맺혔다가 사라지곤 하였다.

점심 식사를 한 후 덕수 일행은 바다를 보기 위해서 택시를 타고 두시간 여를 달려야만 했었다.

"순철아, 바다에 와보니까 기분이 어때?"

"시원하고, 푸른 바다가 너무나 좋아요."

덕수는 순철에게 바다 구경 기념으로 커다란 소라 껍질을 사준 후에 셋이서 바다를 배경 삼아 기념 촬영을 했다.

어느새 덕수는 피곤에 지친 순철을 등에 업고 조용히 순옥과 칭따오 바닷가를 거닐고 있었다.

남쪽이라 그런지 따스한 해풍이 밀려오고 있었다.

"아빠, 고마워요."

어느 사이 순옥의 눈길은 따뜻한 사랑의 눈길로 변하여 덕수의 두 눈을 응시하고 있었다.

"오늘 저녁에는 바닷가에 왔으니 맛있는 해물요리 실컷 먹어 보자, 우리 셋이서…."

갑자기 순옥의 눈시울이 뜨거워지더니 양 볼을 타고 눈물이 하염없이 흘러내리고 있었다.

"아빠, 사랑해요. 영원토록…."

"순옥아, 지금 이 순간 죽을 만큼 행복하단다."

어느새 덕수의 눈시울도 젖어 들고 있었다.

그토록 갈망하던 소리 하나가 분홍빛 노을을 타고 덕수의 가슴속으로 아름답게 스며들고 있었다.

"아저씨, 이게 뭐예요?"

"음, 그거 바닷가재. 그리고 그건 바다 왕새우…."

덕수는 순철에게 친절히 설명을 해 주고 있었다.

저녁 식사를 마치고 덕수 일행은 노래방으로 향했다.

그리고 덕수는 '늦게 찾아온 사랑'이라는 중국 노래를 부르고 있었다.

덕수의 노래를 묵묵히 듣고 있던 순옥은 눈물을 글썽이고 있었다.

"아빠, 이젠 그 노래 부르지 마세요."

"순옥 씨 왜요?"

"맺어지지 못하는 연인들의 슬픈 노래잖아요."

한시간 후 바닷가 근처에 있는 칭따오호텔에 방을 하나 잡아서 덕수와 순옥, 순철은 마지막 작별의 밤을 보내고 있었다.

"아저씨, 또 중국에 오실 거죠?"

"그럼, 한국에 갔다가 금방 또 올게."

다음날 아침 셋은 호텔에서 간단한 식사를 마치고 공항으로 이동하고 있었다.

먼저 덕수는 국내선으로 향하여 순옥과 순철을 위해 북경행 비행기표를 끊어 준 후 북경에서 비행기를 갈아타라며 순옥에게 여유 돈을 충분히 주었다.

헤어지는 순간 덕수는 순옥과 순철이를 번갈아 끌어안으며 뜨거운 눈시울을 적시고 있었다.

"아빠, 울지 마세요."

어느새 덕수의 눈물이 순옥의 양 볼에 떨어져 흘러내리고 있었다.

덕수는 순옥과 순철을 태워 보낸 후 서둘러 귀국을 위해 국제선으로 이동했다.

저녁 여섯시 한국 인천에 도착한 덕수는 우선 수화기부터 집어들었다. 순옥과 나이 어린 순철이 연길에 무사히 잘 도착했는지 알아보기 위해서. 그러나 아직 도착하지 않았다는 귀빈식당 주인 아주머니의 말을 듣고 걱정이 되어 덕수의 뇌리 속엔 만감(萬感)이 교차하고 있었다.

만 하루가 지나고 난 후 저녁 무렵 순옥이한테 잘 도착했다는 국제 전화를 받고 나서야 덕수는 마음에 걸려 있었던 빗장을 풀 수 있었다.

돈을 아끼기 위해 북경에서 비행기를 안 타고 기차를 타고 돌아왔다는 것이었다.

'얼마나 고생이 많았을까… 어림잡아 30시간은 걸렸을 텐데.'

덕수의 내면은 안타까움으로 시커멓게 타오르고 있었다.

덕수는 순옥의 사랑을 확인하고 난 후부터 하루바삐 한국으로 데리고 와서 같이 둘이 오붓이 살고 싶은 간절한 희망으로 나날을 보내고 있었다.

그동안 마치 깊은 늪 속에 빠져 있는 듯한 자신의 못난 뒷그림자를 말끔히 지워 버리기로 하고 덕수는 바쁘게 동분서주(東奔西走)하고 있었다.

그동안 바쁘다는 핑계로 미루어왔었던 K출판사 영문 번역 일을 스스로 자청하고 나선 덕수에게 K출판사 사장은 이상하다며 "박형, 내일은 해가 서쪽에서 뜨겠네"라고 잔뜩 호기심 가득한 눈빛으로 바라보고 있었다.

귀국하고 난 후부터 갑작스레 동분서주하던 덕수 앞으로 하루가 멀다 하고 중국에 있는 순옥으로부터 편지가 날아들고 있었다.

어느새 편지 서두도 '아버님 전상서'에서 '사랑하는 선생님'으로 탈바꿈되어 있었다.

덕수는 마냥 즐거웠고 행복했다.

나쁜 일만 떼거지로 오는 게 아니라 살다보면 좋은 일도 한꺼번에 온다고 하시던 옛 어른들의 말씀 그대로 전혀 예상치 못한 낭보(朗報)가 덕수에게로 날아들었다.

'이제야 운명의 여신이 나를 도와 주려나.'

덕수는 즐거운 비명을 지르고 있었다.

지방에 있는 대학으로부터 문학 강좌를 맡아 달라는 제의를 받고 흔쾌히 가을 학기부터 출강하기로 했다.

오매불망(寤寐不忘) 사랑하는 순옥을 못 본지 6개월이 지나고 있을 무렵, 출강하기로 한 가을 학기까지 시간이 넉넉히 남게 되자 덕수는 서둘러 번역 일을 마무리지어 K출판사에 넘겼다. 그리고 순옥을 위한 여러 가지 선물을 챙겨 가지고 중국행 비행기에 올라 또다시 설렘을 가득 안고, 마치 오랜 세월 떨어져 있던 아내를 만나러 가는 남편의 심정으로 날아가고 있었다.

연길공항에는 예전처럼 순옥이 아름다운 한복을 차려 입고 덕수를 마중 나와 있었다.

못 보는 사이 어느새 순옥은 성숙한 여인으로 변해 있었다.

"순옥아, 보고 싶었다."

"저두요, 많이 보고 싶었어요. 오늘은 우선 제가 근무하는 식당으로 먼저 가세요. 오시면 드리려고 제가 손수 손 만두를 빚어 놨어요."

두 사람은 택시 안에서 연인처럼 손을 꼭 부여잡은 채 귀빈식당으로 향하고 있었다.

"어서 오세요. 한국 손님."

여느 때처럼 주인 아주머니가 반갑게 덕수를 맞이해 주고 있었다.

"아주머니, 지난번에 감사했어요. 여행 떠나게 해주셔서⋯. 이거 약소하지만 제 마음의 표시입니다."

덕수는 한국에서 준비해온 인삼차를 주인 아주머니에게 주었다.

"웬 이런 걸. 감사히 받겠습니다. 어서 내려가세요. 순옥이가 하루종일 오시면 드린다고 손 만두를 빚어 놨답니다."

실로 오랜만에 덕수는 그토록 보고팠던 순옥이와 기쁘게 재회(再會)를 만끽하고 있었다.

"순옥 씨, 만두 빚는 솜씨가 보통이 아니네요. 이렇게 맛있는 만둣국은 난생처음 먹어봐요."

“정말이예요. 그렇게 말씀 해주시니 행복하네요.”

어느새 순옥이 아름답게 특유(特有)의 미소를 짓고 있었다.

꿀처럼 달콤한 시간들이 강물처럼 흘러가고 있었다.

두시간여의 즐거운 해후(邂逅)가 끝났다.

“이제 그만 가셔야죠.”

“순옥 씨, 나는 그 말이 제일 싫더라. 언제나 영원히 같이 있으려나…”

“선생님은 중국에만 오시면 어린애가 되시더라. 그것도 떼쓰는 어린애가, 어서 일어나세요. 오늘은 제가 호텔까지 모셔다 드릴게요.”

덕수는 순옥과 같이 앉았던 지하실 그 구석진 방을 아쉬움을 남겨둔 채로 일어서서 나오고 있었다.

“이 작은 방은 그래도 우리의 첫정이 가득 배인 그런 방인데…”

덕수는 신발 끈을 묶으면서 나지막이 아쉬움을 또 한번 토하고 있었다.

택시를 탄 덕수는 당연히 지난번 묵었던 호텔로 가는 줄만 알았다.

그러나 이상하게도 택시가 달리고 있는 방향은 낯선 곳이었다.

이윽고 어둠이 짙게 깔린 어느 시골 공동 주택 앞에서 택시는 멈춰 섰다.

“순옥 씨, 여기가 어디죠?”

“들어가보시면 알아요. 제가 세 들어 혼자 사는 집이예요.”

방안에는 몇 가지 가재도구와 함께 앙증맞은 순옥의 옷으로 보이는 옷가지들이 가지런히 정돈되어 놓여 있었다.

초록빛 스탠드가 켜지고 “음악 켜드릴게요”하면서 작은 전축에서 폴 모리아(Paul Maurat) 악단의 ‘이사도라’가 흘러나오고 있었다.

잠시 후 순옥은 수줍은 새색시처럼 이부자릴 폈다.

그리고 요 위에 '나의 영원한 사랑, 박덕수'라고 수놓아진 하얀 광목을 겹쳐 깔고 있었다.

덕수는 놀라고 있었다.

"선생님, 저 잊으시면 안 돼요."

순옥의 이 말과 함께 작은 방에 불이 꺼지고 덕수와 순옥은 아름답게 사랑의 불씨를 활활 태웠다.

한치의 후회도 남겨 놓지 않고 전부 육신의 불꽃을 태워 버렸다.

'사랑이여, 영원하여라.'

덕수는 마음속으로 끝없이 외쳐대고 있었다.

다음날 아침, 순옥은 정성 들여 끓인 콩나물국과 생선 이면수가 가지런히 놓여진 밥상을 들고 덕수 곁으로 와 두 사람은 다정히 아침을 먹었다.

창밖에는 세찬 빗줄기가 퍼붓고 있었다.

"선생님, 이 집은 지난번에 칭따오에서 비행기 타고 가라며 주신 돈을 아껴서 얻은 거예요. 중국에 오시면 이제부턴 이 집에 머무세요. 제가 빨래도 해드리고 밥도 차려 드리고 싶어서…."

수줍은 듯 고개를 떨구는 순옥의 모습은 천사(天使)가 되어 시시각각 덕수의 뇌리 속으로 영원히 각인되고 있었다.

조건 없는 순수한 사랑이 열매를 맺고 있었다.

"순옥 씨, 용정에 사시는 어머님 한번 뵈러가요. 인사 한번 제대로 못 드렸는데…."

"이따가 비 그치면 저하고 가세요."

“선생님, 그리고 이거 잘 간직하세요.”

간밤에 깔았던 순옥이 건네준 하얀 광목에는 숫처녀의 혈흔이 다소곳이 묻어 있었다.

덕수는 그날부터 그 하얀 광목을 몸에 지니고 다녔다.

오후가 되자 비구름이 서서히 걷히고 덕수와 순옥은 용정으로 순옥의 엄마를 만나기 위해 길을 떠나고 있었다.

덕수는 내심(內心) 세상을 다 얻은 그런 느낌이었다.

택시를 타고 한 두시간 달렸을까, 순옥의 엄마가 반갑게 두 사람을 맞이하고 있었다.

동네 어귀에서 친구들과 놀던 순철이도 어느새 뛰어 들어와 두 사람 곁에 나란히 앉았다.

“아저씨, 안녕하셨어요?”

“음, 순철이 잘 있었어.”

“참, 지난번에 애들한테 비행기도 태워 주시고 바다 구경도 시켜 주어서 너무 고마워요. 여기 중국에선 비행기 한번 타는 게 여간 힘이 들어야 말이지. 워낙 비싸서 말이야….”

어느새 순옥은 덕수의 여인이 되어 살며시 덕수의 손을 잡고 있었다.

“저, 어머님. 순옥 씨와 결혼시켜 주세요.”

“하지만 두 사람이 워낙 나이 차이가 많이 나서 말이야…. 하여튼 내년에 추수 때 가을걷이가 끝나고 봄세….”

“고맙습니다.”

“두 사람이 서로 진실로 사랑한다면 나로서는 가로막을 아무런 이유가 없지….”

순옥 어머니는 말은 그렇게 하였어도 얼굴에 섭섭한 기운이 잔뜩 구름처럼 드리워져 있었다.

"그나저나 한국에선 자네 뭘 하누…."

"예, 외국서적 번역 일하면서 가을부터 대학에 문학 강좌 맡아서 강의하기로 했습니다."

"아, 그래. 그러면 자네도 혹시 용정초등학교에 시비(詩碑)가 서 있는 윤동주 시인 같은 시인 선생인가?"

"하지만 저는 아직 그렇게 많이 알려지지 않아서…."

"너무 서두르지 말게. 이곳 중국에서는 시인은 관 뚜껑이 닫힌 후에야 비로소 그 시인에 대한 진정한 평가가 나온다고 하지…. 아무튼 시인은 가난하고 어려운 법이야. 어쩌다가 그 길로 들어섰는지 몰라도…. 이왕 먼 곳까지 왔으니 한 며칠 편하게 쉬었다 가게나."

"고맙습니다, 어머님."

어스름 비가 개인 하늘 밑으로 하루를 마감하는 노란 황혼이 평화롭게 찾아들고 있었다.

"살아있었다면 재덜 아비가 무척 좋아했을 텐데…. 그러니까 애들 아버지보다는 한 7살 연하일세 그려…."

"예, 그렇게 되나 봅니다."

나이 이야기만 나오면 어느새 덕수는 자격지심(自激之心)으로 몸살을 앓고 있었다.

저녁을 먹은 후 덕수와 순옥은 나란히 뚝방 길을 걷고 있었다.

"선생님, 그러니까 정확히 저하고 17년 나이 차가 나네요."

순옥이 빙그레 웃고 있었다.

"순옥 씨, 그놈의 나이 얘기 이제 그만 해요."

뒤 따라 오던 순철이도 은근히 덕수가 좋았던지 한마디 거들었다.

"누나, 누나 하지마…. 그런 말하지마."

어느새 나이 어린 순철이가 같은 남자라고 덕수 편을 들어 주고 있었다.

덕수는 다음날 아침을 먹고 난 후 순옥과 순철을 데리고 뚝방 아래로 흐르는 냇가로 갔다.

덕수는 순철과 서툰 솜씨로 물고기를 잡아서 라면과 함께 큰 냄비에 넣고 어죽을 끓여 셋이서 맛있게 먹었다.

이제는 책임져야 할 가족이 생겼다는 그 하나의 의미가 덕수를 무척이나 행복하게 만들어 주었다.

이틀을 순옥 어머니 댁에서 보낸 후 덕수와 순옥은 지난번 첫날밤을 지냈었던 순옥의 셋집으로 돌아왔다.

순옥의 작은 셋집에서 두 사람은 어느새 한 쌍의 원앙이 되어 신혼부부처럼 생활하고 있었다.

"결혼식도 안 올리고 이렇게 둘이 있는걸 아시면 어머니한테 심하게 욕먹을 텐데…."

"선생님, 전 그런 거 하나도 무섭지 않아요."

어느새 순옥은 철들은 덕수의 아내가 되어 있었다.

"요새 식당에 안 나가도 괜찮아?"

"선생님, 중국에 계시는 동안 잠시 쉬기로 했어요."

"그래, 참 잘되었다."

매일 매일이 달콤한 꿈속의 나날이었다.

어느새 여름이 또 다른 계절, 가을을 부르고 있을 즈음 덕수는 약속한 지방대학의 문학 강좌를 하기 위해 서둘러 귀국을 서두르고 있었다.

귀국을 이틀 앞두고 덕수는 순옥과 함께 시내로 나가 사진관에서 사진을 찍고 조촐하게 둘이서 보석상에서 구입한 반지를 서로에게 끼워준 후 둘만의 약혼식을 올렸다.

"순옥 씨, 이 다음에 와서는 어머님 모시고 결혼식 올리자."

"그렇게 하세요."

덕수의 귀국 날이 하루 앞으로 다가오자 순옥은 덕수 모르게 눈시울을 뜨겁게 적시고 있었다.

"여보!"

그렇게도 불러 보고 싶었던 덕수의 간절한 소망이 마침내 이루어졌다.

"순옥 씨도 나를 한번 그렇게 불러 봐요."

잠시 머뭇거리던 순옥은 수줍은 듯 '여보'라는 말을 못하고 나지막이 꺼져 가는 목소리로 "여기 보세요"라고 말하고 있었다.

헤어지는 길목 연길공항에서 순옥은 숨죽이며 나지막이 울고 있었다.

"순옥 씨, 사랑해요. 그럼 다시 만날 때까지 안녕히…. 짜이 찌엔."

"선생님 몸조심하시고, 식사 꼭 챙겨 드시고, 사랑해요. 영원히…. 짜이 찌엔."

그렇게 덕수는 순옥과 부부의 연을 맺고 석별의 정을 나누며 중국을 떠나오고 있었다.

인천으로 돌아온 덕수는 순옥이 미치도록 보고 싶어서 매일 밤을 뜬눈으로 지새우고 있었다.

그나마 사진관에서 같이 찍은 약혼 사진과 어디를 가나 항상 품에 넣고 다니는 하얀 광목이 덕수의 마음을 달래 주고 있었다.

어느새 세월은 흘러 4개월 후 덕수의 서툰 문학 강좌도 서서히 끝나갈 무렵 순옥으로부터 너무 보고 싶다는 전화를 받고 겨울을 대비한 두툼한 옷을 준비해서 덕수는 또다시 중국행 비행기에 몸을 실었다.

중국 연길공항에서 4개월만에 만난 순옥은 얼굴이 몹시 야위어 있었다.

"순옥 씨, 어디 아파요?"

잠시 머뭇거리던 순옥은 어렵게 입을 열었다.

"선생님, 저 몸이 이상해서 진찰 받아 보았더니 아기 가졌대요. 임신 4개월 째 접어들고 있대요."

"뭐, 뭐라고?"

덕수는 너무도 좋아서 껑충 껑충 뛰고 있었다.

"선생님, 그렇게 좋으세요?"

"암, 좋고 말고. 세상에 이처럼 좋은 일이 또 어디 있으려구."

덕수는 주위의 시선도 아랑곳없이 순옥을 꼭 끌어안고 있었다.

"선생님, 사람들이 쳐다봐요."

"볼 테면 보라지. 내가 내 사람 꼬옥 안아 주는데 누가 뭐래…."

"선생님, 우리 집으로 가요."

"그러지. 참, 용정 어머니는 이 사실을 알고 계셔?"

"놀라실 까봐 아직 말 안 드렸어요."

"그래, 내일쯤 나하고 같이 가서 말씀드리자."

"그렇게 해요…. 참, 학생들 가르치는 일은 어땠어요?"

　“처음에는 서툴러서 실수도 많이 했는데, 나중에는 익숙해져서 가을학기 마칠 무렵 학과장님으로부터 내년부턴 두 과목 더 맡아 달라는 제의를 받았지 뭐야.”

　“그것참, 잘되었네요.”

　“그리고 학생들이 당신 빨리 한국으로 데리고 오라고 성화가 이만 저만이 아니야. 아름다운 러브스토리라나 뭐라나, 중년의 로맨스라나 뭐라나. 하여튼 내 강의를 듣는 학생들이 더욱 난리라니까…”

　“순옥 씨, 나 내일 당장 자전거 한대 사야겠다.”

　“자전거는 어디에 쓰려구요?”

　“당신 먹고 싶은 거 있으면 다 사다 주려고.”

　“고마워요, 선생님.”

　“아직도 선생님이야…”

　“그럼 ‘여기 보세요’로 할래요.”

　“그럼 출산 일은?”

　“예, 내년 오월 말쯤.”

　“내일 어머님 뵙고 서둘러 결혼식 올려야겠어.”

　“그렇게 하세요. 저도 이젠 선생님하고 떨어져서는 못살 것 같아요.”

　그리고 삼 주 후 서둘러 순옥 어머니가 사시는 용정에서 덕수와 순옥은 화촉(華燭)을 밝히고 정식으로 부부가 되었다.

　“오늘밤, 나는 화촉동방을 환히 밝히고 내 님을 꼬옥 끌어안고 잠을 자려니 감개(感慨)가 무량하구나. 내 오래 전부터 이런 날이 오기를 손꼽아 기다렸으니 천지신명이시어 보살펴 주소서…”

"아이 참, 화촉동방을 환히 밝히고 첫날밤을 보내는 신랑 신부가 어디 있어요."

"여보, 우리 결혼식 비용 많이 아껴 놓았으니 이 다음에 순철이 학비에 보태 쓰시라고 어머님께 전부 드리자."

"여보, 고마워요."

순옥의 눈시울이 뜨거워지고 있었다.

"신부가 첫날밤부터 우는 사람이 어디 있어요."

덕수는 손수건으로 순옥의 눈물을 닦아주고 있었다.

"여보, 우리 나중에 어머님이랑 순철이 한국으로 데리고 가서 함께 살자."

"그렇게 해주시면 저는 더할 나위 없이 고맙지요."

순옥의 두 눈에선 또다시 눈물이 주르르 흐르고 있었다.

다음날 덕수와 순옥은 택시를 전세 내어 어머니와 순철이를 용정 근교에 있는 유명 유적지를 둘러보는 것으로 신혼 여행을 대신하고 있었다.

일주일 후 덕수는 체류 비자 때문에 또다시 중국을 떠나올 수밖에 없었다.

"웬 돈을 이렇게 많이 주고 가세요?"

"당신 결혼 서류 준비하려면 북경에 있는 한국 대사관에 수시로 들려야 하고 또 병원에도 가끔씩 들려야 하잖아."

"참, 당신 자전거 어떻게 해요. 두 번밖에 안 탔잖아요?"

"어떡하긴 순철이 타라고 주면 되지. 그래도 두 번 만두하고 순대를 사러 한밤중에 내달렸던 그 밤길을 나는 영원히 못 잊을 거야. 그리고 넘어져서 무릎이 깨진 나를 울면서 약을 발라주던 당신의 세

심한 마음의 손길까지, 죽는 그 순간까지 못 잊을 거야…. 여보, 사
랑해요."

"선생님, 저도 영원히 사랑해요."

"다음에 와서 당신하고 우리 아기 꼭 데리고 갈게. 안녕히. 짜이
찌엔."

그러나 두 사람은 그것이 생의 마지막 이별이 될 줄은 까맣게 모
르고 있었다.

호사다마(好事多魔)라고, 좋은 일엔 꼭 마가 낀다고 하더니 운명
의 여신은 결국 두 사람의 지고지순한 사랑을 시기라도 한 듯 둘을
갈라놓고야 말았다.

귀국해서 새학기를 맞이하여 열심히 지방대학으로 강의를 하러
다니던 덕수는 3월 봄비가 유난히도 촉촉이 마른 대지를 적시던 어
느 비 오는 날 저녁에 집으로 돌아오다가 그만 교통 사고를 심하게
당해 혼수 상태에 빠지고 말았다.

그리고 덕수는 혼수 상태에서 나흘 만에야 비로소 깨어날 수 있
었다.

"박덕수 씨, 처음엔 우리도 무척이나 당황했어요. 나흘 동안이나
깨어나지 못했거든요. 게다가 가족 분들도 연락이 두절된 상태였
고…. 가까스로 박선생님 동료 강사님들과 연락이 닿아 뇌수술을
할 수가 있었어요."

"여하튼 살려주셔서 고맙습니다."

"참, 순옥이라는 분이 누구세요? 무의식 상태에서도 계속 그분
이름만 부르시더군요. 그분이 아마 박선생님 생명 끈이었나 봐요."

“제, 아내입니다.”

“아, 그래요. 그럼 어서 오시라고 하지 않고…”

“타국에 살고 있거든요. 아직 서류가 덜 끝나서 올 수가 없어요…”

덕수는 결국 엉엉 소리내어 울 수밖에 없었다.

그리고 한시간 후 덕수가 깨어났다는 소식을 전해들은 동료 강사들이 문병 차 덕수의 병실로 속속 들어서고 있었다.

잠시 후 덕수는 동료 강사의 핸드폰을 빌려서 중국으로 국제 전화를 걸었다.

“선생님, 무슨 일 있으세요? 통 전화 연락이 안 돼서요”

그동안 일어났던 사고 소식을 전해들은 순옥은 마침내 엉엉 울고 말았다.

순옥의 애절한 울음 섞인 목소리가 또렷이 전화기를 타고 끝없이 흘러나오고 있었다.

“이 사람아, 진정해. 이제 아무 일 없으니까.”

순간 또다시 덕수의 두 눈에서 안도의 깊은숨과 함께 눈물이 펑펑 쏟아져 내리고 있었다.

“두 사람 다 울보구먼. 어이 박교수 울보라는 제목으로 시 한편 지어보면 어떻겠나?”

곧이어 동료 교수들의 박장대소가 터지고 완쾌되는 대로 중국으로 달려가겠다는 약속을 끝으로 아내 순옥과의 전화 통화는 끝이 났다.

그리고 덕수는 삼 개월여의 긴 물리치료를 끝내고 서둘러 순옥이 살고 있는 중국 연길을 향해 먼 길을 떠나고 있었다.

공항에는 뜻밖에 순옥 어머님과 나이 어린 순철이 마중 나와 있었다.

"이 무정한 사람아, 왜 이제야 오나?"

"장모님, 그게 무슨 말씀이세요?"

"자네 집사람 닷새 전에 결국 애 낳다가 세상을 떠났다네."

성하지 못한 다리로 억지로 버티고 섰던 덕수는 그만 시멘트 바닥에 쓰러지고 말았다.

덕수의 통한의 눈물이 어느새 공항 대합실 시멘트 바닥을 흥건히 적시자 지나가던 많은 사람들이 눈시울을 적시고 있었다.

"매형, 울지 마세요."

덕수는 순철을 와락 끌어안으며 또다시 세차게 울고 말았다.

"흐, 흐, 흐, 흐, 흐…."

"이제 가세나…. 아마도 자네가 교통사고를 크게 당했다는 소식에 쇼크를 크게 받았는지 여러 번 크게 하혈을 하더니 그만 조산(早産)을 했네. 그리고 피를 너무 많이 흘려서 의사가 애를 포기하라는 권유도 뿌리친 채 꼭 낳아야 한다며…. 결국 자기 생명과 맞바꾼 셈이지. 우리 집안은 왜 이다지도 명줄이 짧은지…."

"그럼, 지금 애기는…."

"병원 인큐베이터(incubator) 안에 있다네."

잠시 후 도착한 순옥의 묘에는 아직도 슬픈 눈물이 흘러서인지 촉촉이 젖어 있었다.

"이 사람아, 그렇게 허망하게 먼저 가는 사람이 어디 있나. 이 사람아…."

덕수는 순옥의 묘 앞에서 다시 한번 대성통곡을 하다가 그만 힘없이 쓰러지고 말았다.

어느새 연락을 받고 의형제를 맺었던 홍민이 쏜살같이 달려 왔다.

"형님, 정신차리세요."

"동생, 이제 나는 무슨 낙으로 살지?"

"형님, 따님을 위해서라도 정신 바짝 차리세요."

"고맙네. 젊은이 내 사위를 위로해 주어서."

"여보게 힘내게. 이제 갓 태어난 딸아이를 생각해서라도…."

순옥 어머니는 덕수의 등을 두드려 주고 있었다.

"장모님, 제가 나쁜 놈입니다."

"그게 어디 인력(人力)으로 마음대로 되나. 너무 자책하지 말게나. 참, 그리고 이거 순옥이가 죽기 전에 자네한테 전해 달라며 써놓은 편지라네."

순옥 어머님은 편지 한 통을 덕수에게 전해 주고 있었다.

그리고 편지에는 다음과 같이 적혀 있었다.

사랑하는 사람에게

나의 육체는 이제 머지 않아
당신의 존재 앞에 스스로 눈물 뗄궈도
스스럼없이 솟아나는 나의 넋은
언제나 당신 곁에 한 아름 꽃다발이 되어 날아가오
험한 산도 넘고

거친 파도도 넘고
헬 수 없는 장벽을 넘어
오늘
깨끗한 내 마음을 연연히 포장하여
한 아름 꽃다발이 되어
당신에게 날아가오
여보, 짧았지만 행복했어요
부디 우리 딸아이 당신 손으로 곱게 키워 주시고
'순미'라는 이름 붙여서 당신 품안에서
영원히 행복하게 잘 자라게 지켜주세요
여보, 짧았지만 무척 행복했어요.

당신의 아내 김순옥 올림

편지를 다 읽은 덕수의 얼굴은 또다시 눈물로 흠뻑 젖어 있었다.
"자네, 어디로 가려고?"
"예, 전에 순옥이와 같이 살던 셋집에 가보려 구요."
"그럼, 그렇게 하게나. 그리고 자네가 처음으로 사주었다는 작은 금반지는 순옥이가 빼지 말고 같이 묻어 달라고 해서 그냥 그 애 원대로 해 주었네."
"잘하셨어요. 어머님 그럼 내일 뵙겠습니다."
순옥이 살던 집에는 전에 약혼기념으로 찍었던 사진이 크게 확대되어 걸려 있었다.

덕수가 입었던 옷가지들도 깨끗이 세탁되어 순옥의 옷과 함께 옷장에 가지런히 정돈되어 놓여 있었다. 그리고 덕수는 서랍장 안에서 부치지 못한 여러 장의 편지를 발견하고 또 한번 오열하고 말았다.

순옥의 부치지 못한 편지 속에는 덕수의 두 번째 방문 때 몹시도 시린 덕수의 뒷모습을 보고 감싸줘야겠다는 생각과 함께 사랑의 감정을 느끼게 되었다고 작은 글씨로 빼곡히 적혀 있었다.

그 후 덕수는 여러 번 자살을 하려고 하였으나 그럴 때마다 순옥이 꿈속에 나타나 울면서 딸아이 순미를 지켜 달라고 하소연하는 바람에 결국 마음을 고쳐먹고 말았다.

'그래, 살자. 살아보자구. 이제부턴 내 딸아이 순미를 위해서….'

덕수는 순옥이 살던 셋집을 구입해서 명의를 순옥의 어머니 앞으로 이전해 놓았다.

그리고 덕수는 한달 후 모든 수속을 마치고 아내 순옥과의 약속을 지키기 위해 딸아이 순미를 등에 업은 채 그렇게 연길공항을 떠나오고 있었다.

"그럼 장모님, 안녕히 계세요. 그리고 순철이 수속 끝나는 대로 곧 데리러 올게요."

"고맙네, 여러 가지로…. 그럼, 잘 가게나."

"형님, 그럼 안녕히…."

동생 홍민이 눈시울을 적시고 있었다.

"매형, 잘 가세요."

마지막으로 나이 어린 순철이가 손을 이리 저리 애틋이 흔들어 주고 있었다.

15
인연의 뿌리

덕수는 자신의 분신인 핏덩이 순미를 품에 안고 한국으로 돌아오는 내내 비애(悲哀)감에 깊게 빠져 있었다.

자신이 그토록 사랑하던 순옥을 데려와 한번 행복하게 살아 보리라던 그 꿈은 어디론지 사라지고 우선 자신 앞에 놓여진 두꺼운 현실의 벽을 무너트려야만 했다.

핏덩이 아기를 키운다는 것이 쉽지 않다는 것을 익히 알고는 있었지만 직접 부딪쳐보니 여간 힘든 게 아니었다.

'이럴 때 어머니만 곁에 있었더라도…'

덕수는 부질없이 집을 팔고 어디론가 사라져 버린 어머니 순덕을 생각하고 있었다.

'살다보면 한번은 만나겠지. 언젠가는…'

덕수는 핏덩이 어린 딸 순미의 옷을 갈아 입히려고 배냇저고리를 벗기면서 또 한번 왕방울 같은 통한의 눈물을 흘리고 있었다.

새 옷으로 갈아 입힌 순미는 덕수를 쳐다보며 방긋 방긋 웃고 있었다.

"어쩌면 그리도 순옥을 쏘옥 빼 닮았는지 씨도둑은 못한다고 하더니만 그 말이 틀림이 없구먼…"

잠시 후 덕수는 자신의 품안에서 순옥의 혈흔이 묻어있는 하얀 광목을 꺼냈다. 그리고 자신의 팔목을 망설임 없이 그었다.

순옥의 혈흔이 묻어있는 그 위로 덕수의 핏방울이 연이어 떨어지고 있었다.

"이 사람 안까이, 나그네가 보고 싶지도 않은가. 나는 당신이 이렇게 미치도록 보고 싶은데…"

신랑 신부의 함경도 사투리가 튀어나오고 있었다.

약간은 어지러운 현기증을 사이에 두고 순옥의 얼굴이 새하얀 광목 위에 나타났다가 이내 사라졌다.

"순옥아, 어떠한 일이 있어도 우리 딸 순미 내가 꼭 지킬게. 이제부턴 내 딸 순미와 살아도 같이 살고, 죽어도 같이 죽는다. 영원히."

덕수는 하얀 광목 위에 순미의 배냇저고리와 순옥의 마지막 편지를 함께 넣어 잘 접어서 장롱 깊은 곳에 잘 간직하기로 하였다.

집안 구석구석 새로 장만한 가재도구들이 안주인을 만나 보지도 못한 채 오후 늦게 찾아온 햇빛 속에서 창백한 미소를 짓고 있었다.

일주일에 세 번 나가는 지방대학의 강의를 위해 덕수는 핏덩이 순미를 돌봐줄 아주머니를 고용하고 강의에 최선을 다하고 있었다.

어느덧 세월은 흘러 봄, 여름, 가을, 겨울 사계(四季)가 세 번을 막

지나가고 덕수는 순옥의 기일(忌日)에 맞추어 이제 막 아장아장 발걸음을 떼기 시작하는 순미를 데리고 중국행 비행기에 몸을 실었다.

"아빠, 우리 어데 가는 거야?"

"음, 엄마 만나러 가는 거야."

몇 년 전 울며 떠나오던 귀국길이 주마등(走馬燈)처럼 스쳐지나가고 있었다.

비행기를 처음 타는 네 살배기 어린 딸 순미는 귀가 아프다며 약간 칭얼대었지만 덕수는 사탕을 주면서 천천히 먹으라고 타이르고 있었다. 그 옛날 덕수 자신이 비행기를 처음 타고 중동 사우디에 갈 때처럼 공항엔 반갑게도 장모님과 순철, 의형제를 맺었던 홍민이 마중 나와 있었다.

"장모님, 그동안 별고 없으셨어요?"

"순미야, 외할머님께 인사드려야지."

"할머니, 안녕하셨어요."

"어쩌면 지어미 어릴 때 모습을 그대로 똑같이 빼어 닮았누…. 가여운 것 같으니라구."

"형님, 잘 지내셨어요?"

"음, 나야 뭐 정신 없었지. 동생은?"

"조그맣게 사진관 하나 차렸어요."

"그것참, 잘되었네."

"매형, 안녕하셨어요?"

"야, 순철이도 이젠 많이 컸구나."

일행은 택시를 타고 용정으로 달려가고 있었다.

"장모님, 집사람 기일이 내일 저녁이죠?"

"자네 그동안 핏덩이 키우느라 얼마나 고생이 많았나. 여자도 애 키우기가 보통 어려운 게 아닌데 하물며 남자가…."

초여름 풀벌레 소리가 아름답게 타국의 밤을 수놓고 있었다.

졸음이 왔던지 순미가 칭얼대고 있었다.

덕수는 한쪽 편에 이불을 깔고 순미를 눕혔다.

"아빠 사랑 박순미 눈감고 고운 꿈꾸며 잔다, 실시!"

"실시!"

군대식으로 순미도 따라 하더니 이내 눈을 감고 스르르 잠이 들었다.

"씩씩하구먼."

"예, 좀 강하게 키우려구요."

"자네가 딸을 데리고 기일에 맞춰 이렇게 찾아주다니 너무나 고맙네. 순옥이도 무척이나 좋아 할거야…."

"참 장모님, 이번에 순철이를 한국으로 데려갈게요. 중학교부터 한국에서 가르치려구요."

"아니, 이렇게 고마울 데가 있나."

"의당(宜當) 제가 해야 할 일인데요, 뭘."

다음날 저녁 덕수는 순옥의 제사상에 잔을 올리면서 피눈물을 흘리고 있었다.

"이 사람아, 보고 싶어서 이렇게 나그네가 찾아왔다네…."

"순미야! 너도 엄마한테 절 해야지."

순미는 영문도 모른 채 나란히 덕수 옆에서 절을 하고 있었다.

"장모님, 집사람 세 들어 살던 그 집 아직도 그대로 잘 있죠?"

"암, 잘 있고 말고 내가 틈틈이 가서 잘 간수(看守)하고 있네."

"내일 그 사람 산소에 들렀다가 순미 데리고 그곳에서 지내다 가려구요."

"그렇게 하게나."

덕수는 그날 밤 통 잠을 이룰 수가 없었다.

이른 아침에 들른 순옥의 묘 위로 영롱한 아침 이슬이 초롱초롱 맺혀있었다.

"순미야, 엄마 묘야. 아빠와 함께 절하자."

덕수는 순옥의 묘에 예를 올리고 난 후 나이 어린 처남 순철과 함께 제사 음식을 음복(飮福)하고 있었다.

"순미야, 저기 아래 냇가 보이지. 저기서 아빠랑 엄마랑 물고기 잡으면서 뛰어 놀았단다. 내일 데리고 갈게…."

덕수가 가리킨 방향 쪽으로 세 살배기 딸 순미가 영민(英敏)하게 깡충깡충 뛰어 오르고 있었다.

덕수는 시시각각(時時刻刻) 변하는 세월의 모진 변수(變數) 속에서도 꿋꿋이 이겨낼 수 있도록 어린 딸 순미에게 어느 한곳에 몰두할 수 있는 열정과 순수(純粹)함 만은 꼭 심어 주고 싶었다.

오후 늦게 도착한 살아생전 순옥이 살던 그 집에는 그래도 순옥의 자취가 살아 남아 있었다.

방에 들어서자마자 순미가 방 한가운데 걸려 있는 순옥과 함께 찍었던 약혼사진을 작은 손으로 가리키고 있었다.

"저기, 엄마야?"

"음, 엄마야."

"아빠, 나 저 아줌마 여러 번 봤다."

"아줌마가 아니라 엄마야. 어디서 봤는데?"

"꿈에서, 꿈속에서. 정말이야, 아빠."

"아빠, 우리 저 사진 가지고 가자. 우리 집으로."

"응, 그러자. 아빠가 약속할게."

"이 사람아, 어린 아기들은 삼신 할머니가 지켜준다고 하더니…. 알고 봤더니 당신이 우리 딸 순미를 여태껏 지켜 주고 있었구료."

어느새 덕수의 눈시울이 뜨거워지고 있었다.

"아빠, 울어? 울면 바보."

덕수는 서둘러 눈시울을 훔치고 있었다.

그날 밤 덕수는 예전에 순옥과 같이 덮었던 이부자리를 폈다.

"아빠, 왜 베개가 세 개야?"

"하나는 엄마 거야. 오늘 하늘나라에서 내려오라고 놓아두는 거야."

덕수는 순미의 손을 꼭 잡으면서 '이게 현실이라면 얼마나 좋을까'라는 생각을 무한정하고 있었다.

"아빠, 내일 우리 물고기 잡으러갈 거야?"

"약속."

덕수는 어린 딸 순미와 새끼손가락을 마주 걸었다.

"저건 아빠 별, 저건 내 별 그리고 저건 엄마 별…"

순미는 새록새록 잠들고 있었다.

열어 놓은 창문을 통해 밤하늘의 뭇 별들이 쏟아져 들어오고 있었다.

덕수는 그날 밤 꿈속에서 순옥과 딸 순미와 함께 냇가에서 즐겁게 뛰어 노는 꿈을 꾸었다.

이른 아침 덕수는 두부장수가 울리는 딸랑딸랑 종소리를 듣고 달려나가 그 옛날 자신을 위해 아침밥을 지었던 순옥이 그랬던 것처럼 어린 딸 순미를 위하여 아침밥을 짓고 있었다.

"아빠, 이거 무슨 생선이야?"

"이면수라고 하는 생선이야."

"이건 계란국이네. 그리고 이건 된장찌개."

"천천히 많이 먹어…"

덕수는 이면수의 가시를 발라 연신 순미의 숟가락에 올려 주고 있었다.

"아빠, 나 어젯밤 꿈속에서 또 그 아줌마 봤다."

"아줌마가 아니고 엄마야. 아빠도 어제 엄마 꿈꾸었어."

"정말?"

덕수는 대충 설거지를 해놓고 동생 홍민이한테 전화를 걸어 오늘 고기 잡으러 같이 가자고 했다.

그리고 덕수는 옷장에서 순옥의 옷가지 옆에 가지런히 놓여진 자신의 옷 중에서 트레이닝복을 꺼내어 입었다.

순옥의 정성들인 손때가 묻어 있는 것 같아 덕수는 살며시 옛 추억을 회상하고 있었다.

그때 문득 라디오에서 뉴욕에서 자주 들었던 사라사테의 '찌고이네르바이젠' 바이올린 음악이 흘러나오고 있었다.

"아빠, 저 소리가 무슨 소리야?"

순미가 호기심 가득한 눈으로 물어 오고 있었다.

"바이올린 소리야."

"아빠, 나도 그거 하나 사줘."

의외였다. 통 뭐든지 사달라고 하지 않던 순미가 바이올린을 사
달라고 한 것은.

"뭐 하려고?"

"그냥 좋아서…."

한 사십여 분이 지났을까. 홍민이가 친구한테 빌렸다며 작은 트
럭 한대를 가지고 덕수를 찾아 왔다.

"저기, 저 사진 보이지."

"예, 약혼사진 찍으신 거 말씀하시는 거예요?"

"동생이 사진관을 한다니까, 저기 저 사진에다가 우리 딸 순미를
같이 집어넣을 수 있을까?"

"아! 그거요. 포토몽타주(photo montage)라고 합성사진으로 만들
면 가능해요."

"아! 그래. 그렇다면 동생 나한테 그 사진 하나 만들어 주게나. 한
국으로 가지고 가려구."

"그렇게 하세요. 제가 정성을 다해 만들어 드릴게요."

"고맙네. 자, 그리고 이거."

덕수는 두툼한 봉투 하나를 동생 홍민한테 내놓았다.

"형님, 이게 뭡니까?"

"별거 아니야. 사진관 차리느라고 돈 많이 들어갔을 텐데, 진작
한번 도와줬어야 했는데. 내가 그동안 경황이 없어서…, 어서 받게."

"형님, 그럼 고맙게 잘 받겠습니다. 형님, 그리고 저 다음달에 결
혼하기로 했어요."

"그것참 듣던 중 반가운 소리로구먼. 축하하네."

"형님, 오늘 저녁에 제가 칭커할게요."

"한턱낸다고…. 그럼 어디 오래간만에 허리춤 한번 풀어 볼까나."

"그렇게 하세요. 집사람 될 사람도 나오라고 했어요. 인사시켜 드
릴려고."

"그거 잘되었군. 제수씨도 만나게 되어서."

잠시 후 셋이 탄 작은 트럭은 냇가를 향해 내달리고 있었다.

이미 냇가엔 어린 처남 순철이가 장모님이 마련해 주신 어죽을
끓이는데 필요한 음식 재료를 가지고 나와 있었다.

얕은 냇가에서 외삼촌인 순철이와 딸 순미는 물장구를 치면서 재
미있게 놀고 있었다.

'지금 내 곁에 그 사람만 있다면 금상첨화(錦上添花)라고, 마치
비단에 수를 놓은 것 같은 아름다운 이 산천이 더없이 좋으련만….'

"형님, 또 형수님 생각하시죠? 중국에 오셨으니 왜 안 그러시겠어
요"

미꾸라지, 모래무지, 붕어를 비롯한 몇 종류의 민물고기와 국수
가 함께 어우러져 어죽이 맛있게 펄펄 끓고 있었다.

순미는 물고기를 건져낸 채 푹 삶아진 약간 매큼한 국수를 싫은
기색 없이 숟가락으로 어렵사리 먹고 있었다.

마치 애어른 같았다.

'지어미가 살았던 곳에 오니까 좋은 모양이구먼.'

덕수의 애한(哀恨)이 바람처럼 밀려 왔다 밀려가고 있었다.

어죽을 먹으면서 덕수와 홍민은 술잔을 부딪고 있었다.

하늘에선 짙은 뭉게구름이 왔다갔다 여름의 정취를 한껏 드러 내
놓고 있었다.

“쓰름, 쓰름….”

수놈 매미의 암놈을 부르는 고뇌에 찬 울음소리가 뙤약볕 아래에서 열변을 토하고 있었다.

“동생, 저렇게 매미처럼 부르면 찾아 온다면야 얼마나 좋겠나….”

“형님, 어서 잔 비우세요.”

어느덧 얼큰히 취한 홍민이 어렵게 말문을 열고 있었다.

“형님, 이제 재혼하셔야죠?”

“동생, 이제 애 엄마 죽은지 사 년밖에 안 지났어… 그런 말 하덜 말어.”

“형님, 외로우시잖아요.”

“외롭긴…. 내게는 나의 생명 끈인 순미가 있잖은가. 저 녀석 보아란듯이 잘 키우는 게 내 남아 있는 유일한 희망이자 나의 의무이지. 그리고 또 내게는 내가 좋아하는 문학(文學)이라는 것이 버팀목이 되어 떡 하니 내 내면 속에 장승처럼 버티고 있잖은가. 그러니 괜찮네.”

덕수는 어느새 무릎을 베고 잠들어 버린 어린 딸 순미의 머리카락을 쓰다듬고 있었다.

저쪽에서 헐레벌떡 나이 어린 처남 순철이가 뛰어 왔다.

“매형, 엄마가 콩국수 해놨다고 오셔서 잡수시래요.”

“그럴까.”

“형님, 보면 볼수록 순미가 형수님을 많이 닮았어요….”

“어디 닮았다 뿐인가 아주 판박이야… 착한 성품까지 그대로 닮았어. 그래도 욱하는 내 성질 안 닮은 게 여간 다행이라네.”

"어서 이리와 앉게나. 콩국수 다 불어터지겠네."

"장모님, 잘먹겠습니다."

"참, 내친김에 내 한가지 물어 보겠네. 그동안 순미한테 뭘 먹여 키웠나?"

"예, 우유와 밤을 삶아 가지고 번갈아 주었어요. 때로는 이유식(離乳食)도 먹이구요. 제가 이것저것 물어 보느라고 식품영양학과 교수들이 진땀을 좀 뺐었지요."

"하여튼 대견하이."

"별 말씀을… 콩국수 참 맛있네요, 한 그릇 더 주세요."

"오늘은 여기서 자고 가게나."

"오늘 저녁에 이 동생 안사람 될 사람 만나기로 했어요… 또 순미랑 지어미가 살았던 집에서 여러 날 묵고 싶어서요. 그동안 순미 꿈속에서 집사람이 종종 나타났었나 봐요. 글쎄 엊저녁에 순미가 지어미를 꿈속에서 여러 번 봤다고 해서 저도 실은 깜짝 놀랐어요. 아마 그동안 집사람이 비록 먼 곳에 있지만 순미를 보살펴 주었나 봐요, 장모님…"

어느새 덕수의 목구멍이 서글픔으로 메워지고 있었다.

"어서 먹게나. 그런 영특한 것이 있나 그래…"

한참 뜨거운 낮 볕이 먹구름 사이를 들락거리더니 이내 한바탕 시원스레 소낙비가 쏟아지기 시작했다.

"그것참, 시원하게 잘도 내린다."

빗소리 때문인지 순미가 부스스 눈을 비비며 잠에서 깨어나고 있었다.

"우리 공주님 잘 잤나? 할미가 시원하게 미숫가루 타줄게."

"아빠, 미숫가루가 뭐예요?"

"찹쌀로 만든 건데 아주 맛있어."

목이 말랐던지 순미는 미숫가루 한 그릇을 말끔히 비워 냈다.

"음, 내 새끼 먹는 것도 어릴 적 지 에미를 쏘옥 빼 닮았구면…."

순미 외할머니는 순미의 머리를 쓰다듬고 있었다.

노란 저녁 노을을 뒤로 한 채 덕수는 딸 순미를 데리고 홍민이와 함께 크고 작은 고개 서너 개를 넘은 연후에 연길 시내로 돌아오고 있었다.

"아빠, 저 노란 하늘 참 예쁘다. 꼭 우리 엄마처럼 생겼다."

피는 땅긴다고 하더니 어리고 어린것이 제 엄마 사진을 보고 난 후부터 순미는 까맣게 모르고 있었던 엄마 생각을 하고 있는 듯 했다.

"동생, 이왕이면 다홍치마라고 예전에 집사람을 처음 만났었던 귀빈식당으로 가세나."

"형님, 그곳에 가시면 또 형수님 생각하시고 눈시울을 적시려구요."

오랜만에 찾아간 귀빈식당 주인 아주머니는 덕수 일행을 반가이 마중하고 있었다.

"그동안 별고 없으셨지요?"

"그럼, 저 애가…."

"예, 맞아요. 우리 딸 순미에요."

"한눈에도 알아볼 수 있겠네요. 순옥이 하고 너무 닮아서…. 어서 방으로 들어가세요. 오늘은 제가 대접할게요."

"그럴 수야 있나요."

덕수 일행은 지하실 구석진 방으로 들어갔다.

한 이십여 분 지났을까, 홍민의 아내 될 사람이 방으로 들어 왔다.

"제수씨, 어서 오세요. 반갑습니다."

"저도 이 사람을 통해 말 많이 들었습니다."

"순미야, 인사드려야지."

"안녕하세요…."

"예쁘게 생겼네. 몇 살이야?"

순미는 작은 손가락 네 개를 구부리고 있었다.

"똑똑하기도 해라."

화기애애(和氣靄靄)한 가운데 홍민의 아내 될 사람과의 담소가 즐겁게 이어지고 있었다.

미역국에 밥을 말아서 조금 먹은 후에 순미는 피곤했던지 또 아빠 덕수 무릎을 베고 잠이 들었다.

얼큰하게 술에 취한 덕수는 인생 선배로서 따뜻하게 덕담을 해 주고 있었다.

"무엇보다도 서로 감싸주시고, 서로 양보하시고, 하여튼 가화만사성(家和萬事成) 그 글자 다섯 가지를 항상 가슴속 깊이 간직하고 살아가세요."

"명심할게요, 형님."

"그럼 이만 일어나지…."

덕수는 잠든 순미를 업고 귀빈식당 계산대로 가서 홍민의 만류에도 불구하고 서둘러 계산을 하고 나올 무렵, 주인 아주머니는 순미 옷이라며 쇼핑백을 넌지시 덕수에게 건네주고 있었다.

"박선생, 힘내세요. 중국에 오시면 꼭 들리시구요. 그럼…."

"오늘 여러 가지로 고맙습니다. 가기 전에 장모님 모시고 한번 들릴게요."

"형님, 오늘 고맙습니다. 여러 가지로."

"고맙긴 우린 도원결의한 사이 아닌가. 하여튼 행복하게 살아야 하네."

"형님, 말씀 명심 또 명심하겠습니다. 내일 편한 시간에 사진관으로 나오세요. 합성사진 만들어드릴게요."

"고맙네, 그럼 내일 보세…."

덕수는 집으로 돌아오는 내내 자신의 친동생들의 인간성(人間性)이 홍민의 십분의 일이라도 닮았으면 좋겠다는 실현 불가능한 상상을 하고 있었다.

그때 문득 돌아가신 아버지 동혁과 자취를 감추고 어디선가 살고 있을 어머니 순덕, 동생들에 대하여 갑자기 적개심(敵愾心)을 느끼고 있었다.

덜컹 덜컹 비포장 밤길을 이십여 분 달린 작은 택시는 마침내 순옥이 살던 공동주택 앞에서 시동을 멈추었다.

"순미야, 집에 다 왔다. 어서 일어나야지."

덕수의 품에서 새근새근 잠들어 있던 어린 딸 순미가 그제야 피곤한 듯 어렵게 눈을 떴다.

"순미야, 오늘 재미있었어?"

"이만큼…."

순미는 앙증스럽게 두 팔을 펼쳐 보였다.

"아빠, 하늘만큼 땅만큼 사랑해요. 저기 우리 엄마가 웃고 있어요."

순미는 벽에 걸려 있는 사진 속에서 순옥을 뚜렷이 가리키고 있었다.

"아빠도 우리 딸 순미를 하늘만큼 땅만큼 사랑해요. 잘 자요."

덕수는 피곤에 지쳐 곧 잠들어 버린 순미에게 살포시 이불을 덮어 주고 있었다.

그날 밤, 순옥은 꿈에서 다시 한번 덕수에게 살아생전 고왔던 자태를 보여 주고 있었다.

그리고 닷새 후, 덕수는 나이 어린 처남 순철을 데리고 한국으로 돌아오고 있었다.

"장모님, 그럼 몸 건강히 안녕히 계세요."

"공부시킨다고 순철이까지 데리고 가주니, 이제 죽어도 여한이 없구먼. 고맙네. 내 자네 은혜 안 잊음세."

덕수는 공항 출국장 앞에서 장모님에게 큰절을 올리고 난 후에 순미와 순철을 데리고 평화롭게 출국장으로 들어서고 있었다.

16
세상 인심

비온 후에 땅이 더 단단히 굳어진다는 옛말처럼 덕수는 이제 웬만한 세상살이에서 오는 바람쯤은 버티고 서 있을 만큼이나 심신이 굳건히 단련되어 있었다.

어느덧 어린 딸 순미도 무럭무럭 나무처럼 반듯하게 자라나고 있었다.

중국에서 데려온 순철이도 학교에 적응을 잘 하고 있는 것 같아 내심 덕수의 마음은 조금씩 안정을 찾기 시작했다.

그래도 어린 딸 순미를 바라볼 때마다 가슴 한구석이 시려 오는 것까지는 완전히 떨쳐버릴 수는 없었다.

순미는 네 살 때 중국에 갔다온 후 사준 바이올린을 항상 곁에 끼고 살았다.

아무래도 음악에 탁월한 재능이 있는 것처럼 보였다.

세월은 어느덧 유수와 같이 빨리 흘러 코홀리개 순미가 초등학교 4학년에 진학하였고, 순철이도 중학교를 잘 마친 후에 자신의 바람대로 공업고등학교에 진학하여 열심히 기술을 익히고 있었다.

순철은 그래도 외삼촌이라고 틈틈이 어린 순미한테 중국어를 가르쳐 주어 순미의 중국어 실력은 대단했다.

덕수가 어렸을 때부터 가르쳤던 영어까지 합하면 순미는 어린 나이에 벌써 삼 개 국어를 하는 셈이었다.

특히 바이올린 켜는 것을 너무 좋아한 나머지 하루종일 바이올린을 갖고 노는 것이 일상처럼 되어 버렸다.

순미는 교내 행사 때마다 바이올린 켜는 실력을 유감 없이 발휘하여 학우들의 부러운 시선을 한 몸에 받고 있었다.

"순미야, 너는 바이올린 켤 때마다 엄마를 생각하면서 그리움을 바이올린 활과 줄에 가득 심거라. 아빠도 글을 쓸 때면 네 엄마 생각에 글 속에 그리움을 가득 심는단다. 알겠니?"

"예, 아빠!"

덕수는 생각 끝에 친하게 지내고 있는 음대의 신교수한테 특별히 부탁을 해서 일주일에 나흘씩 사사를 받게 해 주었다.

덕수의 예상은 적중하고 말았다.

어느 날 강의를 마치고 나오던 덕수를 음대의 신교수가 할말이 있다며 불러 세웠다.

"이 보게, 박교수. 자네 딸 순미 말일세. 바이올린을 켜는데 천부적인 재능이 있는 것 같네. 아무래도 보다 더 체계적인 학습이 필요할 것 같아. 독일에 내가 잘 알고 있는 덕망 높은 음악 학교가 있으니 그쪽으로 일찍 유학 보내는 게 어떻겠나?"

"하지만 내 형편도 그렇고…. 신교수도 알다시피 순미가 이제 겨우 열두 살 아닌가."

"아니야, 무언가 아주 특별해 바이올린을 켤 때 보면 꼭 신들린 아이 같단 말야. 자네도 알다시피 무엇이던지 한 분야에 재능을 보인다면 일찍 시작하면 할수록 미래를 보장받는 게 아니겠나. 아무튼 학비 문제도 그렇고 천천히 우리 한번 생각해 봄세."

"신교수, 여하튼 고마워 여러 가지로…. 지난번에 병원 일도 그렇고…."

"이 사람 별소릴 다하는군. 도울 수 있으면 서로 돕고 사는 게 인지상정(人之常情) 아니던가."

"어설픈 가족보다 가까이 있는 이웃사촌이 훨씬 낫다고 하더니 나를 두고 한 말이군…."

결국 순미를 동료 신교수의 각별한 도움으로 초등학교를 마치자마자 낯설고 물선 독일로 바이올린 연주자로서의 꿈을 펼치기 위해 유학을 보내기로 결정하였다. 그래서 덕수는 예전에 큰 도움을 주었던 속초에 사는 외사촌 형님을 만나러 갔다. 그러나 감탄고토(甘呑苦吐)라고 '달면 삼키고 쓰면 뱉는다'는 사자성어 그대로 도움을 받기는커녕 되레 말다툼 끝에 안경만 깨지는 불상사를 당하고 허탈하게 인천 집으로 돌아올 수밖에 없었다.

결국 덕수는 살고 있는 집을 은행에 저당 잡히기로 하고 딸 순미를 유학 보내기 위한 수순을 하나, 둘 밟아가고 있었다.

2월 중순, 덕수는 순미의 짐을 꾸려서 순미와 함께 독일행 비행기에 몸을 실었다.

근 열두시간만에 비행기는 프랑크푸르트 국제 공항에 사뿐히 내려앉았다.

덕수는 딸 순미에게 이틀동안 독일의 이곳 저곳을 구경시켜준 후 삼일 째 되던 날 순미를 음악학교에 데려다 주었다.

다행히 그곳 음악 학교엔 음악에 재능이 있는 순미 또래의 아이들이 세계 곳곳으로부터 유학을 와 기숙사 생활을 함께 하고 있어서 덕수는 다소 마음을 놓을 수 있었다.

"순미야, 잘할 수 있지? 아빠는 너를 믿는다. 항상 지도하시는 교수님 말씀 잘 듣고 항상 바이올린을 켤 때면 활과 줄에 너의 혼을 불어넣으렴. 시작이 반이라고 5년이라는 기간도 금새 지나갈 거야."

"예, 아빠. 너무 염려 마세요. 항상 사진 속의 엄마 생각하면서 바이올린 활을 당길게요."

"참, 순미야. 옛말에 일념통천(一念通天)이라고, 한가지 일을 열심히 하면 하늘도 감동하여 그 뜻을 이루도록 도와 준다는 말이 있단다."

"아! 그래요. 아빠 열심히 할게요. 약주 조금만 드시고 식사 꼭꼭 챙겨 드시고 건강 조심하세요."

어느새 코흘리개였던 순미가 성장하여 제법 의젓하게 어른 같은 말을 하고 있었다.

"순미야, 뜻이 있는 곳에 반드시 길은 있단다. 무척 힘들겠지만 꾹 참고 이겨내거라. 아빠가 방학 때 들르마."

그 말을 끝으로 덕수는 오후 비행기를 타고 한국으로 돌아 왔다.

덕수는 덕수대로 새학기가 시작되자마자 바빠지기 시작했다.

일주일에 서너 번 강의하는 시간강사 박봉(薄俸)으로는 경제적인 어려움을 메울 수 없어 덕수는 틈틈이 출판사로부터 번역 일을 가져다가 경제적인 어려움을 메워갈 수 있었다.

　'이럴 줄 알았으면 그 많았던 돈을 조금이라도 아껴놓았을 것인데.'

　덕수는 각주구검(刻舟求劍)이라고 자신의 판단력이 둔하여 세상일에 어둡고 어리석은 자신에 대하여 때늦은 후회를 하고 있었다.

　'그래도 남에게 못된 일은 안하고 살아 왔으니까… 선한 끝은 반드시 있다고 하니까 기다려 봐야지.'

　그러던 어느 날, 동료들과 술자리를 끝내고 인천 집으로 가기 위하여 지하철 있는 곳으로 발걸음을 옮겨 놓다가 그만 10여 년 만에 길거리에서 어머니 순덕과 비슷하게 생긴 할머니를 발견하고 덕수는 천천히 그 할머니의 뒤를 쫓아가고 있었다.

　걷는 몸 동작하고 여지없이 10여 년 전에 헤어졌던 어머니 순덕이 틀림없었다.

　호의호식(好衣好食)하고 동생 내외와 함께 잘살 줄 알았던 어머니 순덕의 모습은 너무나도 초라하기 그지없었다.

　하물며 달동네로 소문난 봉천동 고갯길을 힘겹게 오르는 어머니 뒷모습은 고달픈 삶의 때가 덕지덕지 붙어서 그동안 몹시도 힘들었을 어머니의 지나온 삶을 충분히 대변(代辨)해 주고도 남음이 있었다.

　어머니 순덕이 들어가는 작은 집 대문을 확인한 덕수는 밝은 날에 다시 찾아오기로 다짐하고 서둘러 봉천동 가파른 고갯길을 내려오고 있었다.

순간 별별 생각으로 만감(萬感)이 교차하기 시작했다.

다음날 서둘러 강의를 마치고 덕수는 전날에 확인해 두었던 어머니 순덕의 거처로 발걸음을 바쁘게 옮겨 놓고 있었다.

대문을 빼꼼히 연 순간 어머니 순덕의 특유한 목소리가 낮은 담을 훌쩍 타넘고 있었다.

"거 누구요?"

"어머니, 덕수에요."

어머니 순덕은 가는귀까지 먹어 있었다.

"형 만한 아우 없다고 하더니. 그때 네 말을 듣는 것인데…."

어머니 순덕은 눈물을 펑펑 쏟으며 때늦은 후회를 하고 있었다.

어렵게 전후 사정을 다 듣고 난 덕수는 결국 어머니 돈을 다 빼앗고 길가에 내팽개쳐버린 간악(奸惡)하기 짝이 없는 친동생 덕호 내외를 무작정 혼내 주기로 작정하고 그날부터 이를 갈고 있었다.

"어머니, 저희 집으로 옮기세요."

"내가 이제 와서 무슨 염치로 너희 집으로 옮겨. 그렇게는 못혀…."

"괜찮아요, 어머니. 이제 저도 오십 줄이 훌쩍 넘었는걸요."

덕수는 일 톤 화물 트럭을 불러서 어머니 순덕의 초라하기 그지없는 가재도구를 싣고 있었다.

'못된 년놈들 같으니라구. 어떻게 사람의 인두겁을 쓰고 그럴 수가. 하물며 저를 낳아준 친어머니한테, 미친개한테는 몽둥이가 약이라고 어디 두고 보자….'

덕수는 오직 돈밖에 모르는 동생 덕호 내외에게 분노의 적개심을 극심하게 품기 시작했다.

다소 거동이 불편한 어머니 순덕을 깨끗이 씻겨 드린 연후에 덕수는 시장에서 사온 새 옷으로 어머니를 새롭고 정갈한 옛 모습으로 돌려놓고 있었다.

"애야, 저기 벽에 걸려 있는 사람들이 다 누구냐?"

어머니 순덕의 의혹(疑惑)에 가득 찬 눈초리가 못처럼 단단히 사진이 걸려 있는 벽 쪽으로 고정되고 있었다.

"예, 딸아이 순미하고 집사람입니다."

"그러면, 나하고 헤어지고 난 후 다시 재혼했단 말이냐?"

"예, 그렇게 됐어요."

"그런데, 네 각시는 어디 있는지 통 안 보이는 구나."

"저기, 딸아이 낳다가 그만 세상을 떠났어요."

"어이 박복(薄福)한 놈 같으니라구…."

어머니 순덕은 더 이상 말문을 잇지 못하고 회한(悔恨)의 눈물을 흘리고 있었다.

"그러면 사진 속의 저 딸아이는?"

"예, 바이올린을 잘 켜서 올 봄에 독일로 유학 보냈어요. 아마 한 5년 걸리나 봐요."

"그렇게도 많이 걸려."

"그런 얘기는 차차 하시고 이제 마음 편안히 여기서 지내세요."

며칠을 벼르고 벼르던 덕수는 야구 방망이를 준비해 가지고, 돈의 노예로 전락해버린 파렴치(破廉恥)한 동생 덕호 내외를 때려잡기 위해 동생 집이 있는 서교동으로 행했다.

어둠 속에서 얼마나 기다렸을까. 희희낙락(喜喜樂樂)거리며 동생 내외는 외제차에서 내리고 있었다.

덕수는 모자를 깊이 눌러쓴 자신을 몰라보고 걷고 있는 동생 내외 곁으로 다가가 야구 방망이로 동생 내외의 다리통을 세차게 후려갈겼다.

어느새 땅바닥에 꼬꾸라진 동생 내외는 뱀처럼 둘둘 똬리를 틀고 있었다.

"이 개만도 못한 년놈들아! 어찌 인두겁을 덮어쓰고 어머니한테 그럴 수가 있어…. 그러구도 너희들이 사람이야?"

그제야 어둠 속에서 덕수의 실체를 알아보고 동생의 처가 먼저 살려 달라며 애원하고 있었다.

"아주버니, 살려주세요. 잘못 했습니다."

"이 못된 년. 뭘 잘못 했는데, 니가 박씨 집으로 시집와서 해 놓은 게 뭐가 있어? 형제들간에 이간질만 시키고, 그렇다고 박씨 집안 애를 낳았니…. 오로지 돈밖에 모르는 개쌍년 주제에. 뭐, 살려 달라고."

덕수의 분노가 극에 달하고 있었다.

간사(奸詐)하기 짝이 없는 동생 내외를 죽일 심사로 덕수가 야구 방망이를 높이 쳐든 순간, 독일로 유학 보낸 딸아이 순미의 얼굴이 풍전등화(風前燈火)의 바로 그 순간에 유성처럼 떠올랐다가 사라졌다. 그러자 덕수는 그만 제정신을 차리고 야구 방망이를 저만큼 던져 버렸다. 그런 후 덕수는 침을 뱉어 주고 골목길을 빠져 나오고 있었다.

"이 더러운 년놈들아! 잘먹고 잘살아라…. 바로 이런 것이 인과응보(因果應報)라는 것이다. 똑바로 알아라."

덕수는 딸 순미하고 담배를 끊겠다는 약속을 어기고 담배 한 대를 피워 물었다.

'나의 꿈나무 순미야. 네가 또 한번 이 못난 아빠를 살렸구나.'

덕수의 독백이 혼령이 되어 멀리 멀리 날아가고 있었다.

새삼 산다는 것이 뭐가 뭔지 통 갈피를 잡을 수가 없었다.

아무리 다다익선(多多益善)이라고 많이 가지면 가질수록 좋다고 하여도 사람이라는 탈을 쓰고 벌이는 인간들의 더러운 탐욕(貪慾)을 덕수는 통 이해할 수가 없었다.

덕수는 만물의 영장(靈長)이라는 진정한 인간들의 모습은 발견하지 못한 채 오히려 추하고 더러운 인간들의 오욕(五慾)에 대한 집요한 애착만 부지런히 엿본 것 같은 인간 만물상(萬物相)에 대하여 짙은 회의를 느꼈다. 전쟁에서 승리하지 못한 패잔병(敗殘兵)이 되어 두시간여 만에 덕수는 만취(滿醉)되어 인천 집으로 돌아왔다.

"어데 갔다가 이제야 오니? 유학 보냈다는 네 딸 순미를 생각해서 정신을 바짝 차려야지."

하루 동안 세찬 비바람 속의 난파선처럼 길을 못 찾고 있는 덕수에게 어머니 순덕의 목소리가 실로 오랜만에 그래도 망망대해(茫茫大海)에서 등대처럼 빛을 밝혀 주고 있었다.

"주무세요. 못된 년놈들 혼내 주고 왔어요."

다음날 늦은 오후 어머니 순덕과 덕수는 오랜만에 마주 앉아 커피를 마시면서 지나온 세월의 뒤안길에 대하여 솔직하게 촛불을 밝히고 있었다.

"어머니, 왜 나한테만 유독(惟獨) 심하게 하셨어요?"

"네가 그래도 내가 낳은 다섯 새끼 중에서 제일 착해…."

"어머니, 착하면 더 잘해 줘야 하는 거 아니에요?"

어머니 순덕은 묵묵부답(默默不答)이었다.

"얘, 덕수야. 염치없는 말이지만… 니 첫아이 준영인가 하던 그 아이 지금 어디 있니?"

"그건 왜 물으세요. 다 늦은 후에… 이제 와서."

"죽기 전에 한번 보고 싶구나."

"지금 대학생 되었어요… 며칠 있다가 저하고 만나러 가세요."

며칠 후 덕수는 첫아들 준영이가 다닌다는 K대학으로 어머니 순덕을 모시고 가서 실로 근 16년 만에 손자인 준영과 어머니 순덕의 숙명(宿命)적인 만남의 가교(假橋) 역할을 해 주고 있었다.

어머니 순덕은 약간은 어색한 채로, 그러나 마음속은 따뜻하게 끊을래야 끊을 수 없는 핏줄의 조우(遭遇)를 하고 있었다.

"이 할미가 너나 니 애비한테 못할 짓 참 많이 했다. 용서해라."

"어머니는 새삼 이제 와서 그런 말씀을…"

집으로 돌아가는 차안에서 어머니 순덕은 어렵게 말문을 열고 있었다.

"얘, 덕수야! 나도 한때는 호강을 듬뿍 받으며 살던 적도 있었단다. 비록 어수선한 시절에 만나 살았던 삼 개월여의 짧았었던 한 여름밤의 꿈같았던 시절이었지만… 그게 덕수야, 세상이 어디 그렇게 호락호락 자기 맘대로 되어야지…"

어느새 어머니 순덕의 눈시울이 뜨겁게 젖어들고 있었다.

순간 덕수는 어쩌면 어머니 순덕의 한 많은 삶과 자신의 삶이 밀접하게 닮았는지도 모른다고 아리송한 착각 속에 빠져들고 있었다.

　며칠 후 독일로 유학간 순미로부터 집으로 걸려온 국제전화를 통해 처음으로 어머니 순덕과 딸 순미와의 낯설고 서먹서먹한 대화가 이루어지고 있었다.

　"할머니, 안녕하셨어요?"

　"기특하기도 해라. 아가, 친할미다. 공부하느라 고생이 많구나. 바이올린 잘한다며 한번 들어 봤으면 좋으련만…."

　그것이 어머니 순덕과 딸 순미와의 처음이자 마지막 대화였다.

　그리고 어머니 순덕은 시름시름 앓더니만 아랫눈시울에 회한(悔恨) 짙은 눈물 한 방울을 남겨 놓고 조용히 눈을 감았다.

　85세의 파란만장한 삶을 마감하고 말았다.

　'세상사 공수래공수거(空手來空手去)라 하더니, 모두 다 이렇게 끝이 나는 것을 가지고….'

　덕수는 고심 끝에 돈이라는 썩은 고기만을 좋아하는 하이에나 같은 동생들과 누나한테 어머니 순덕의 죽음을 알리지 않았다. 그리고 독단으로 아버지 동혁의 묘가 있는 곳이 아닌 어머니 고향인 전라남도 순천으로 가기로 한 덕수는 결국 어머니 순덕의 첫사랑이었던 김민혁 경정 옆에 나란히 어머니 순덕의 묘를 만들어 주었다.

　때마침 그날은 견우와 직녀가 만난다는 칠월 칠석(七夕)이었다.

　"어머니, 부디 어머니를 그토록 사랑해 주셨던 그분과 만나서 못다한 사랑을 꼭 이루세요. 견우직녀(牽牛織女)처럼 꼭 해후(邂逅)하세요."

　덕수는 마음속으로 계속해서 간절하게 빌고 또 빌었다.

　어머니 순덕의 장례를 마치고 인천으로 돌아오면서 덕수는 깊은 허무감(虛無感)이라는 늪에 빠져 허우적거리고 있었다.

‘이제 하나, 둘 모두 떠나가는 구나. 어허 다음은 내 차례인가.’

일각이 여삼추(如三秋), 세월여류(歲月如流)라. 세월이 흐르는 물처럼 빨라, 어느새 계절은 또 다른 계절을 부르고 여름이라는 광기(狂氣)어린 옷으로 갈아입고 있었다.

덕수는 어머니 순덕의 죽음을 지켜보면서 결국 ‘이 세상에 산다는 것은 모두 공(空)인 것이다’라는 반야심경(般若心經)에 나오는 색즉시공(色卽是空)이라는 글귀가 어렴풋이 떠올랐다.

한편 어머니 순덕도 결국엔 수구초심(首丘初心), 그 뜻 그대로 두고 온 고향을 생각하면서 당신의 머리를 남쪽으로 향하게 한 후 눈을 감으셨다.

17
인생의 의미

　덕수는 어머니 순덕의 죽음에 심한 충격을 받고 며칠동안 방안에서 두문불출(杜門不出) 새삼스럽게 삶의 의미에 대하여 고뇌(苦惱)하기 시작했다.

　덕수의 내면에서 시시각각 파란(波瀾)이 일어나고 있었다.

　그렇지만 사방팔방(四方八方) 어디를 둘러보아도 잠시라도 기댈 데라곤 아무데도 없었다.

　마치 인생이라는 경마장에서 홀로 빈 바다에 고달픈 내면의 푯대를 세우고 쉼 없이 혼자서 수레바퀴를 돌리며 달려가야만 하는 것 같은, 몹시 재미없는 게임처럼 생각되었다.

　"그래, 어차피 인생이란 혼자서 끝없이 달려가야만 하는 42.195km의 마라톤 아니던가."

　그럴 즈음, 덕수는 딸아이가 무척이나 보고 싶었다.

‘그 어린것이 낯선 타국에서 얼마나 힘이 들까…’

눈물이 팽그르르 눈가에서 팽이처럼 맴돌았다.

이심전심(以心傳心) 통했을까. 꼭 무언가 알고 있는 아이처럼 멀리 떨어져 있는 딸아이 순미로부터 ‘아빠 힘내세요’라며 연일 편지가 당도하고 있었다.

‘그래 절망을 치료할 수 있는 유일한 약은 희망이라는 것밖에는 아무것도 없지. 암, 없고 말고…. 순미야, 네가 나의 유일한 희망이고 나의 존재(存在)의 이유란다.’

언제나 그랬듯이 힘들 때면 담배를 한대 피워 물고 허공에 날려버리곤 하는 덕수의 습관이 되살아나고 있었다.

그때 또 다른 생각이 꼬리에 꼬리를 물고 일어나고 있었다.

‘형제가 많은 어느 집안을 고루 둘러보아도 귀여움 많이 받고 사랑을 독차지하고 자란 아이들은 결국 제 부모를 팽개친 채 자신만의 행복만을 위해 잇속을 찾아 훌쩍 떠나버린다. 그리고 아이러니하게도 결국 부모 곁에 남는 아이들은 천대받고, 멸시받고 자란 아이들이 그래도 끝까지 남아 제 부모를 지킨다. 이는 어찌 보면 이율배반(二律背反)적인 논리 같은, 도무지 상식적으로는 이해할 수 없는 궤변이다.’

덕수 자신의 집안에서도 예외 없이 그런 상황들이 고스란히 일어나고야 말았다.

‘착하면 대접받는 세상이 아닌 오히려 짓밟히는 세상. 어찌 보면 온통 지옥의 질서 같은 혐오스런 세상의 작태(作態), 너희들도 언젠가는 작법(作法) 작폐(作弊)라고 혼쭐날 때가 있으리라…’

덕수는 어찌 보면 혼자 힘으로는 도무지 고칠 수 없는 이 세상의 고민을 철학자처럼 혼자서 끌어안고 있는 듯 했다.

며칠 뒤 잠시 복잡한 생각을 뒤로 한 채 덕수는 또 달려가야만 했다. 독일에 유학간 딸아이 순미의 가을 학기 등록기간이 임박해 오고 있었기 때문이다.

덕수는 방학기간을 이용해 딸아이도 볼 겸 겸사겸사 독일로 향했다.

순미가 공부하는 음악학교 교정에는 짙은 녹음(綠陰)이 어우러져 이루 형언할 수 없을 만큼이나 아름다웠다.

"순미야, 힘들지 않니?"

"아니, 괜찮아요."

"순미야, 네가 공부하는 교정이 무척 아름답구나."

"아빠, 친구들이 그러는데 가을이 되면 더 한층 아름답데요."

"음, 그래. 그럼 언제 한번 우리 딸 많이 보고 싶을 때 가을에 한번 와봐야겠구나."

"그렇게 하세요."

"고생이 되더라도 꾹 참아야지 고진감래(苦盡甘來)라고 나중에 네가 땀흘린 만큼 행복한 보람이 꼭 찾아 올 거라고 아빠는 굳게 믿는다."

덕수는 그 순간 언제나 자기 자신에게만 늘 찾아오는 것만 같은 고진감래의 반대의 뜻인 흥진비래(興盡悲來)란 말이 생각났었지만 그래도 딸아이한테는 좋은 말만 해 주고 싶었다.

"아참 아빠, 지난번에 전화 통화했던 할머니…"

"음, 아빠 친어머니인데 얼마 전에 돌아가셨어….."

착한 성품의 딸아이 눈시울이 스르르 젖어들고 있었다.

무엇인가 애틋하고 안타까움이 순미 눈가에 서려있었다.

"참 순미야, 그동안 배운 독일어 좀 해봐라."

"Ich bin Ich."

"뭐? 나는 나라고….."

"예, 그래요. 아빠 바이올린 공부 열심히 할게요."

백 마디 말보다 딸아이 그 말 한마디가 덕수한테는 커다란 위로가 되어 돌아오고 있었다.

"그렇다면…. 아빠는 Ich libe Dich다. 하, 하, 하, 하….."

오랜만에 덕수의 내면 속에 깊이 드리워져 있었던 먹구름이 일순간에 걷히고 있었다.

사흘이라는 짧은 일정을 마치고 덕수는 책방에 들러 자신의 문학 강좌에 도움이 될만한 책을 몇 권 고른 후에, 순미가 다니는 음악학교 근처의 작은 식당에서 저녁을 먹으면서 딸아이와 석별의 정을 나누고 있었다.

"아빠, 내년부터는 장학금 받을 수 있도록 노력해 볼게요."

"무엇인가 노력해 본다는 것은 좋은 일이지. 그렇다고 너무 학비에 신경 쓰지 말아라. 아빠가 다 알아서 할테니…. 여하튼 긍정적으로 생각하자꾸나. 음식 식겠다. 어서 먹으렴."

덕수는 볼수록 딸 순미가 대견스럽게 생각되었다.

"영락없이 죽은 순옥의 투명한 거울이구먼. 암, 그렇고 말고….."

"아빠, 무슨 말씀이세요?"

언젠가 순옥이 살아생전 자신을 부르던 모습이 덕수의 뇌리 속에

활동사진이 되어 돌아가고 있었다.

"아니다, 아무것도…. 참 순미야, 옛말에 순자가 이르기를 '반걸음을 쌓지 않으면 천리에 이르지 못하고, 작게 흐르는 물이 모이지 않으면 커다란 강하(江河)를 만들 수 없다'고 하셨다. 아빠는 열심히 노력하는 것만이 최고라고 생각한다. 순미야, 오늘 아빠가 말이 많구나…."

"좋은 말씀만 해 주고 계시잖아요."

덕수는 그렇게 딸아이 순미와 아쉬운 시간을 보내고 있었다.

짧은 여정을 끝내고 귀국한 덕수는 침묵의 아침 바다처럼 며칠간 누구와도 통 대화를 나누지 않고 있었다.

그때였다. 방문을 노크하고 순철이가 들어왔다.

바쁘다는 핑계로 온통 덕수 자신의 일과 딸아이 순미 일에만 매달려 나이 어린 처남 순철이한테 통 신경을 못써 주고 있던 시절이었다.

"매형, 바쁘세요?"

"아니, 왜? 무슨 할말이라도…."

"매형한테 고맙다는 말 드리려구요."

"처남, 그게 무슨 말이야. 새삼스럽게…."

"이제 2학기부터 현장 실습 나가요. 매형, 아마 그곳에서 먹고 자고 할 것 같아요."

"잘되었구나. 그동안 신경 많이 못써 주어서 미안해 처남…."

"무슨 그런 말씀을, 매형이 저한테 베풀어주신 은혜 잊지 않을게요."

생각해보니 중국에서 순철이를 데리고 온 것이 엊그제 같은데 벌써 6년이라는 세월이 빠르게 흘러 훌쩍 지나가고 있었다.

공업고등학교에 들어가 착실하게 기술을 배우고 있는 순철이가 덕수는 너무도 대견스러웠다.

"매형, 이 다음에 제가 돈 많이 벌면 매형이 저에게 은혜를 베풀어주셨듯이 저도 순미를 위해 뒷바라지할게요."

"처남, 빈말이라도 고마우이. 아무리 운명이라는 굴레에 덮여 쓰여진 소소곡절(小小曲折) 삶의 이야기라지만 이렇게 다를 수가 있단 말인가."

덕수는 그 순간에 자신의 가족들을 떠올리고 있었다.

덕수는 피붙이인 자신의 형제들을 생각하면서 탄식하고 있었다.

덕수는 이 모든 것이 결국 자신에게 따뜻한 말 한마디 안 해 주고 세상을 떠난 아버지 동혁의 탓으로 돌리고 있었다.

오래 전에 풍비박산 난 형제들간의 불협화음 또한 아버지 동혁 탓으로 돌리는 순간 또다시 아버지 동혁에 대한 씻어 버릴 수 없는 적개심이 되살아나 활활 불타오르고 있었다.

'내가 오죽했으면 어머니를 어머니 첫사랑 곁에 묻어줬을 라고.'

덕수의 독설이 마치 쇠를 녹이는 염산(鹽酸)처럼 들끓고 있었다.

살아생전 아전인수(我田引水)격으로 제논에 물대기식으로 자신의 편을 들어주던 누이와 동생들만 귀여워해 주던 아버지 동혁이 새삼 떠오르자, 덕수는 자신도 모르게 만대불변(萬代不變)의 혈연관계에 대하여 마치 떠올리기도 싫은 몸서리나는 전쟁 기억들만큼이나 세차게 몸서리치고 있었다.

'내가 그동안 미치지 않고 살아 온 것만 해도 불행 중 다행이지.

이제 와서 무슨 말을 한단 말인가.'

　서산으로 해가 기울고 있었다.
　마침내 덕수는 힘들 때 자신을 붙들어줄 수 있는 것은 자신이 좋아하는 일에 전력투구(全力投球)하는 수밖에 뾰족한 방도는 없다고 결론 내리고 그동안 미루어 왔던 시 창작에 심혈을 기울이기 시작했다.
　가을의 정취가 이루 형언할 수 없을 만큼이나 아름답다라는 딸아이 순미가 공부하고 있는 음악학교 가을 방문도 뒤로 한 채 덕수는 자신의 일에 빠져들고 있었다.
　'아빠, 이곳엔 벌써 첫눈이 내렸어요'라고 쓰여진 딸아이 순미의 편지를 받고 난 후 비로소 덕수는 계절이 바뀌고 있음을 실감하기 시작했다.
　어느새 덕수 자신의 머리에도 서서히 하얀 서릿발이 양 귓불을 타고 오르기 시작했다.
　'이제 나도 어느새 오십대 후반, 이제 몇 번의 독백을 남겨 놓고 있을까?'
　덕수는 성급하게 자신의 운명에 대하여 질문을 던지고 있었다.
　덕수는 겨울 방학을 이용하여 그동안 가보지 못한 중국 연길에 가보기로 하고 실로 오랜만에 중국행 비행기에 몸을 실었다.
　연길공항에는 그래도 변함 없이 예전에 의형제를 맺었던 홍민이 자신의 가족들을 데리고 나와 덕수를 반겨 주고 있었다.
　"형님, 오래간만입니다."
　"동생, 잘 있었는가?"

아들 하나를 두었다는 홍민의 가족들과 함께 덕수가 탄 택시는 눈길에 뒤덮인 연길 시내를 느린 속도로 달리고 있었다.

"형님, 귀빈식당으로 가실 거죠?"

"암, 당연하지."

"형님, 머리에도 어느새 세월의 흔적들이 하얗게 내려앉고 있네요."

"어디 세월 앞에 장사 있다고 하던가. 하, 하, 하, 하…."

덕수의 웃음소리는 무척이나 쓸쓸한 여운을 남기며 조용히 노을 진 거리를 퍼져 나가고 있었다.

"동생, 나는 일몰(日沒) 직전의 노을이 참 좋더라. 마치 이룰 수 없는 것에 대한 애틋한 연민(憐愍)이랄까. 그래서 그런지 너무도 은은한 것이, 소박한 아름다움을 지녔거든…."

"형님, 또 이곳에 오시니 형수님 생각이 나시나 보군요."

"암, 나다 뿐인가. 그래도 그 사람이 내게는 처음이자 마지막 사랑이었다네."

"그래서 예전에 그렇게도 '츠라이 더 아이(늦게 찾아온 사람)'란 노래를 좋아하셨군요."

"그랬었지… 어느 날 내 앞에 예고 없이 나타났던 그 사람이 무작정 좋았었지…. 그리고 한번은 그 노래를 부르다가 야단맞았다네. 슬픈 연인들의 노래라고 더 이상 부르지 말라고…."

어느새 또다시 덕수의 눈시울이 젖어 들고 있었다.

덕수 일행이 탄 택시는 마침내 귀빈식당 앞에 도착했다.

"어서 오세요. 박선생님."

변함 없이 귀빈식당 주인 아주머니가 덕수를 반갑게 마중해 주고 있었다.

"오늘은 왜 혼자세요? 순미인가 하는 따님 안 데려오시고…."

"아, 그 아이요. 독일로 음악 공부하러 떠나서 무척 바쁘답니다. 이 다음에 공부 다 마치면 한번 데려오겠습니다."

변함 없이 덕수는 그 옛날의 아려한 추억을 찾기라도 하려는 듯 지하실 구석진 방으로 들어서고 있었다.

"동생, 아들인가. 동생 닮아서 아주 잘 생겼구먼. 이름이…?"

"국진입니다, 박국진."

"음, 그래. 여하튼 씩씩하게 잘 키우게."

"아주버님, 제 술 한잔 받으세요."

홍민의 처가 술잔을 권하고 있었다.

"제수씨, 고맙습니다. 가화만사성(家和萬事成)이란 말 안 잊고 계시죠?"

"이 사람에게도 좀 주지시켜 주세요. 가끔 그 말을 잃어버린 듯 해서요."

"동생, 제수씨 말이 참말인가. 잊지 말고 명심하게나."

"제가 요즘 서너 곳에 분점을 내다보니까 그만 바빠서…."

"그것참 듣던 중 반가운 소리로구먼…."

"모든 게 다 형님 덕택입니다. 몇 해 전에 주시고 간 그 돈이 종자 돈이 되어서, 그때 사실 제가 무척이나 힘들었거든요."

"하여튼 잘되었네. 내 술 한잔 받게."

그렇게 밤은 음식처럼 맛있게 익어가고 있었다.

"형님, 이번에도 또 금방 떠나세요?"

"이번에는 좀 오래 있을 걸세. 순옥 씨와의 사랑이야기를 한번 단편소설로 써보려고…."

"잘되었네요. 앞으로 형님 얼굴 자주 뵙게 되어서…."

반가움에 역시 도원결의(桃園結義)한 의형제답게 덕수와 홍민의 술잔이 연신 부딪고 있었다.

시간이 얼마큼 지났을까. 어느새 홍민의 아들 국진이가 잠들자 홍민의 처가 아들을 깨워 다음에 뵙겠다며 먼저 자리를 일어나고 있었다.

"형님, 오늘은 저하고 노래방에 들러서 '늦게 찾아온 사랑' 이란 노래 한 곡하시죠?"

"그럴까…."

삼십여 분 후 덕수와 홍민은 자리를 옮겨서 시장 뒤쪽에 있는 노래방으로 향하고 있었다.

"형님, 이렇게 눈길에 형님하고 같이 걸으니 만감이 교차하네요."

"실은 나도 그렇다네. 자꾸만 그 사람이 생각나…."

"오늘 저희 집으로 가시죠?"

"아닐세. 그 사람이 살았던 집으로 갈 거야. 내가 그곳에 얼마나 가보고 싶었다구. 지난 세월 동안…."

"그럼, 그렇게 하세요."

아니나 다를까 덕수는 노래방에서 중국 노래 '츠라이 더 아이'를 부르면서 따뜻한 눈시울을 하염없이 적시고 있었다.

비몽사몽(非夢似夢)간에 얼마나 잠을 잤을까. 어느새 작은 창가에 낮 빛이 스며들고 켜놓은 전기장판이 한참 열을 내고 있을 무렵

낯이 익은 목소리 하나가 창문을 두드리고 있었다.

"자네 있는가?"

그 목소리의 주인공은 뜻밖에도 순옥의 어머님이었다.

"중국에 왔으면 우리 집으로 오지 않고 방에 불을 안 때서 몹시
추울 텐데…."

"오셨어요. 전기장판 켜고 자서 따뜻했어요…. 저는 이 방에만 들
어서면 그 사람 체취를 느낄 수 있어서 무척 좋아요, 장모님."

"이제 그만 잊게나. 벌써 십 수년 전 일 아닌가."

어느덧 칠순을 바라보는 순옥 어머님의 따사로운 마음의 배려가
겨울바람을 타고 덕수의 마음속으로 흘러들고 있었다.

"참, 그건 그렇고. 우리 순철이 잘 돌봐줘서 너무 고맙네. 지난번
편지 때 현장실습을 나가게 됐다며 무척 좋아하더군. 다 자네 덕이
네, 고맙네."

"원 별말씀도, 순철이 담임선생을 만나보니까 순철이가 유난히 손
재주가 있어서 자동차 정비를 참 잘 한데요. 장모님, 현장실습 나간
회사가 그래도 한국에선 큰 대기업이니까 제 밥벌이는 할 거예요."

"어서 가세, 우리 집으로. 내가 맛있는 밥 지어줄 테니…."

두 사람은 용정으로 향했다.

용정 순옥의 어머님 집에 도착한 덕수는 술 한 병을 사들고 순옥
이 잠들어 있는 뒷산으로 향하고 있었다.

덕수는 소담스럽게 덮인 아내 순옥의 묘를 어루만지고 있었다.

"이 사람아, 춥지 않은가. 세월이 많이 흘렀네…. 요새는 통 꿈에
서도 모습을 보여주지 않고 시리. 참 우리 딸 순미 잘 자라고 있다
네. 바이올린 켜는 솜씨가 제법이야. 내가 힘닿는 데까지 보살필 테

니 걱정하지 말고 잘 있게나. 한 달포 있을 테니 꿈속에서 자주 만나세, 우리…."

"자네, 또 뒷산에 가서 울고 내려 왔구먼…."

어느새 덕수의 눈은 간밤에 흘린 눈물과 더불어 두꺼비처럼 퉁퉁 부어있었다.

순옥 어머님은 어느새 허기진 덕수의 빈속을 위해 정성 가득한 따뜻한 밥상을 차려 주고 있었다.

"참 장모님, 제가 온걸 어떻게 아셨어요?"

"오늘 이른 아침나절에 자네하고 의형제 맺었다는 홍민인가 하는 사람이 집에 전화했더군. 자네, 어제 중국에 왔다고…. 어서 먹게, 시장하겠네. 자, 내 술도 한잔 받고…."

"고맙습니다, 장모님."

"고맙긴 사위는 백년손님 아니던가. 하물며 오매불망 세상 떠난 지 십 수년이 지나도록 내 여식을 아직도 못 잊고 있으니 내가 더 고마울 따름이지. 참 오늘 저녁에는 자네가 좋아하는 녹두 빈대떡 넉넉히 부쳐줄 테니, 자네 동생 홍민인가 하는 사람도 부르고…."

덕수는 친어머니 순덕한테 받아보지 못했던 따스한 모정(母情)을 멀리 타국에서 순옥 어머니를 통하여 늦게나마 흠뻑 받고 있었다.

취기처럼 스며든 분홍빛 노을이 순옥의 생가(生家)를 한층 더 정감 있게 만들어 주고 있었다.

잠시 후 찾아온 홍민 식구들과 덕수는 실로 오랜만에 맛있는 저녁을 먹고 있었다.

"장모님, 이렇게 맛있는 빈대떡은 난생 처음 먹어 봅니다."

술기운에 덕수가 너스레를 늘어놓고 있었다.

"장모님, 세상 살아보니까 뭐 별거 없대요. 그저 사랑하는 가족들 하고 오순도순 모여 앉아 서로 덕담 나누고, 서로 어려울 때 도와 주고 아끼면서 살아가면 되는데…. 왜 그리도 가화만사성(家和萬事成)이라는 단순한 진리를 사람들은 모르는지. 온통 그놈의 돈이라는 잡놈 앞에서는 가정이고 뭐고, 형제도 뭐고 없어요. 서로 많이 잡으려고 혈안(血眼)을 해 가지고 마치 아수라장 판에서 서로 서로 할퀴고 상처 내고 헐뜯고 모함하고…. 세상 사람들은 오직 돈이라는 잡놈을 잡으려고 사생결단(死生決斷)하기 위해 태어난 것 같아요….”

"자네, 오늘 많이 취했구먼. 생전 말이 없던 사람이…”

어느새 실컷 넋두리를 늘어 놓던 덕수는 그만 술상에 엎어져 잠이 들고 말았다.

"형님이 오늘 많이 취했나 봐요.”

홍민이 덕수를 요 위에 눕히고 있었다.

"왜 안 그렇겠나. 오매불망 순옥을 찾아와도 눈에 보이지 않고 오로지 저 사람 가슴속에서만 찾을 수 있으니. 그 서글픔, 그 그리움을 어찌 말로 다 표현할 수 있단 말인가. 가여운 사람 같으니라구…. 착해도 너무 착해 심성(心性)이 아마 비단보다 더 고울걸….”

새벽에 목이 말라 잠시 일어나 툇마루에 앉은 덕수 얼굴 위로 순옥의 얼굴인 것처럼 둥근 보름달이 환하게 웃고 있었다.

덕수는 순옥과의 사랑이야기를 단편소설로 쓰기 위해 종종 새벽 내내 원고지에 불을 지피는 동안 여러 차례 묵상(默想)에 빠져들곤 하였다.

한평생 덕수 자신과 아버지 동혁의 몹시 안 좋았던 관계를 그대로 대학생이 된 아들 준영이한테까지 대물림하고 싶지는 않았다.

비록 덕수가 아닌 다른 아빠하고 살고 있는 준영이라 할지라도 순미와는 서로 형제임을 일깨워 주기로 했다.

그래서 언젠가 기회가 온다면 준영과 순미가 비록 배다른 형제일지라도 서로 우애 있게 잘 지내라고 튼튼한 가교 역할을 해 주고 싶었다.

중국에 있는 이십여 일만에 비로소 덕수와 순옥의 사랑이야기는 한편의 단편소설로 완성 될 수 있었다.

그리고 이 소설이 출판된다면 순미의 엄마, 아빠 사랑이야기인 만큼 제일 먼저 독일에 있는 순미한테 보내 주기로 덕수는 마음먹고 있었다.

덕수가 단편소설을 마치고 떠나오던 날 예전처럼 함박눈이 소담스럽게 떨어지고 있었다.

"장모님, 다음 번엔 순미 데리고 같이 오겠습니다. 부디 몸 건강하시고…."

결국 덕수는 눈시울이 세차게 젖어들어 끝말을 이을 수가 없었다.

"잘 가게…. 내 걱정은 말고."

덕수 장모님도 결국 손수건을 꺼내어 연신 눈물을 훔치고 있었다.

"형님, 그럼 잘 가세요."

홍민의 작별의 손짓이 나지막이 떨리고 있었다.

"동생 잘 있게, 가화만사성(家和萬事成)이란 말 잊지 말게. 짜이 찌엔."

덕수는 또다시 연길을 떠나오고 있었다.

18
천성

중국에서 귀국한 덕수는 단편소설 원고를 평소 알고 지내던 K출판사에 넘겨주었다.

출판사를 나오는 덕수의 뇌리 속에 지난 세월의 파편들이 되살아나 마치 전쟁의 상혼(傷魂)처럼 덕수의 온몸 전체에서 꿈틀거리고 있었다.

천덕꾸러기로 태어나 중동 노무자, 뱃사람, 가족들과의 불협화음 등등 이루 형언할 수 없었던 지난날들의 뼈아픈 상처가 지진처럼 덕수의 온몸을 흔들어 놓고 있었다.

설상가상(雪上加霜)으로 덕수의 가세(家勢)가 기울어 들기 시작하더니 곧바로 가시화되기 시작했다.

그나마 고정적으로 있던 출판사의 번역 작업도 더 이상 맥을 이어가지 못한 채 덕수의 빠듯한 지방대학에서 받는 시간 강사로서의 임금으로는 덕수의 생활비조차도 감당하기가 버거운 상황이었다.

할 수 없이 덕수는 용단을 내려야만 했다.

결국 덕수는 자신의 명의로 되어 있는 인천의 아파트를 매각하기로 결정했다.

순간 많은 생각들이 덕수의 뇌리를 스치고 지나가고 있었다.

착한 성품 때문에 자신에게 도움을 청한 많은 사람에게 베풀었던 온정의 손길 그 자체를 덕수는 모두 잊어야만 했다.

덕수에게 도움을 받았던 많은 사람들은 그때뿐이었다.

감탄고토(甘呑苦吐)라고 달면 삼키고 쓰면 뱉어 버리는 문자 그대로의 일반사람들의 세상 살아가는 '사탕철학'이 엄연히 덕수 주변에 촘촘한 그물을 내리고 어수룩한 덕수가 걸려들기만을 호시탐탐 노리고 있었다.

그 힘든 와중에 그래도 나이 어린 처남 순철이가 제몫을 충실히 잘해 주고 있어 그나마 마음의 짐을 벗을 수 있었다.

덕수는 결국 자신이 학생들을 가르치고 있는 지방대학이 있는 소도시로 이사를 했다.

방 두 칸의 전셋집으로 덕수는 이사를 하고 난 후 딸아이 순미의 방을 예쁘게 꾸미기 시작했다.

'그래도 작지만 목돈이라도 남아 있으니 순미를 위해서 계속 뒷바라지를 할 수 있어서 불행 중 다행이구먼….'

덕수는 또다시 절망 대신 희망을 가져보기로 했다.

어느새 딸아이 순미가 독일, 프랑크푸르트로 바이올린 공부를 위해 떠나간지도 삼 년이란 세월이 흐르고 있었다.

보고 싶은 마음에 한번 방문할까도 생각했지만 덕수는 먼저 딸아이의 남아 있는 학비부터 생각해야만 했었다.

지난번 중국에서 써 가지고 온 단편소설과 시편들을 함께 묶은 책이 원고를 맡긴지 한달 보름여 만에 《늦게 찾아온 사랑》이라는 표제를 달고 K출판사에서 출판되어 그래도 덕수에게 커다란 힘이 되어 주고 있었다.

그 무렵 덕수는 자신의 잘 나온 사진 한 장을 골라 나만의 우표를 만들어서 책과 함께 독일에 있는 딸아이한테 부쳤다.

덕수는 뿌듯했다. 자신의 책에 자신만의 우표를 붙여서 멀리 있는 딸아이한테 보냈다는 그 사실 하나만으로도 힘든 나날을 이겨나 갈 수가 있었다.

그러던 어느 날, 평소 알고 지내던 미국 뉴욕에 있는 한국계 신문 사로부터 초청을 받고 덕수는 일본을 경유하여 뉴욕으로 향하고 있 었다.

뉴욕에 도착한 덕수는 감회가 새로웠다.

자신의 저서에 대한 설명을 곁들인 한시간 남짓의 인터뷰를 끝내 고 덕수는 체재비를 아끼려고 예전에 막노동을 하면서 머물렀던 뉴 욕 퀸스 지역에 있는 다락방을 빌려 잠시 사용하기로 하고, 바쁜 일 정의 나날을 열심히 소화해 내고 있었다.

그날도 바쁜 일정을 끝내고 덕수는 예전에 자주 들르던 '버링톤' 이라는 옷가게에 들러 딸아이 옷 몇 벌과 자신의 옷을 사 가지고 다 락방으로 돌아왔다.

시차(時差) 때문인지, 바쁜 일정 때문인지 몰라도 그날 덕수는 세상 모르고 깊은 잠에 빠져 들고 말았다.

그날 밤 꿈에 한동안 안 보였던 순옥이 나타나 하염없이 울고 있는 조금은 편치 않은 꿈을 꾸고 난 후 덕수는 일찍 잠에서 깨어났다.

그리고 잠시 후 어떤 벌레에게 물렸는지 뒷목이 약간 부어있었다.

괜찮으리라 믿었던 부어있던 뒷목은 서서히 기세를 더해 커지고 있었다.

덕수는 교포들이 운영하는 약국에 들러 소염제와 마이신(mycin)을 달라고 여러 번 요청해 보았다. 그러나 의사 처방전이 없으면 어떤 약도 줄 수 없다며 불친절하게 구는 그들의 태도에 실망감을 느낀 덕수는 할 수 없이 소염제와 마이신 구입을 포기하고 말았다.

대수롭지 않게 여겼던 뒷목의 커다랗게 부풀어오른 염증은 결국 심한 열기(熱氣)까지 동반하고야 말았다.

어설픈 것이 사람 잡는다고 덕수는 그 옛날 270원짜리 연탄에 의해 하마터면 목숨을 잃을 뻔한 기억을 상기하고 귀국을 서두르기로 마음먹고 신문사가 제공한 비행기표 판매회사에 전화를 걸었다. 하지만 엎친 데 덮친다고 그 비행기표는 출발 날짜와 도착 날짜가 이미 고정되어 있어 변경이 불가능하다는 판매회사의 통보를 받았다.

문자 그대로 싸구려 비행기표였던 것이다.

덕수는 어쩔 수 없이 자신의 비용으로 편도 비행기표를 구입해서 서둘러 귀국해야만 했다.

뉴욕에서 한국으로 돌아오는 14시간 남짓 덕수는 심한 열기(熱氣)로 인하여 쉴새 없이 승무원에게 음료수를 주문해서 마시고 있었다.

어느새 덕수의 뒷목 염증은 부풀어오를 대로 부풀어올라 커다랗고 단단한 혹으로 변해 있었다.

미국 뉴욕 한국계 신문사에 혹 떼러 갔다가 결국 혹을 붙여 오는 꼴이 되고 말았다.

덕수는 구관이 명관이라고 옛날 중동 노무과장시절 알고 지내던 서울 시내의 B병원으로 달려갔다.

"박선생님, 한번 째봅시다."

일반외과 수련의(修鍊醫)들의 권유에 따라 덕수의 혹처럼 부풀어오른 뒷목에 살짝 메스가 가해졌다.

"박선생님, 안 되겠네요. 서둘러 입원 하셔야겠어요."

아닌 밤에 홍두깨라고 하더니 덕수는 하는 수없이 7인용 병실에 입원하고야 말았다.

"호미로 막을 것을 가래로 막는다고 하더니만, 못된 놈들이 나한테 소염제하고 마이신만 줬더라면…."

덕수는 또다시 못돼 먹은 교포들 탓만 하고 있었다.

"여기가 뭐 한국인줄 아세요?"

어느 약사의 비아냥거리는 소리가 들려왔다.

"아, 같은 동포 좋다는 게 뭐야. 자리 잡고 산다고 거들먹거리는 본새하고는 나 참 더러워서…."

입원 복으로 갈아입은 덕수에게 담당 간호사가 찾아와 이것저것 캐묻고 있었다.

"뭐 지병 갖고 계신 거 있으세요. 이를테면 고혈압, 당뇨…."

"아마 당뇨가 있나 혹시 모르겠네요."

잠시 후 덕수의 팔목에서 혈당 체크를 위해 피가 채혈(採血)되고 있었다.

오후 늦게 담당 주치의(主治醫)들의 회진 시간.

"선생님, 피는 설탕물이예요. 왜 그렇게 혈당관리를 안 하셨어요?"

인상 좋게 보이는 주치의 허박사가 안타까운 듯이 물어오고 있었다.

"다음주 월요일에 수술할 겁니다. 그렇게 알고 계세요."

덕수가 입원하고 있는 7인용 병실은 모두가 암환자들이었다.

처음 만나보는 그들의 모습은 무척이나 담담한 표정들이었으며 모두 무척 착해 보였다.

한사람씩 수술실로 향할 때마다 마치 친 가족들처럼 서로를 위로해 주며 "수술 잘 끝내고 오세요"라는 따뜻한 당부를 잊지 않고 있었다.

마침내 덕수의 수술 전날 중년의 남자가 찾아와서 덕수의 수술할 부위의 머리를 깨끗이 깎았다.

"이 못된 운명아, 덤빌 테면 한번 덤벼봐라. 내가 그리 쉽게 생명의 끈을 놓을성싶으냐. 절대로 그렇게는 안 되지…."

덕수는 시원찮게 남아 있는 어금니를 힘주어 깨물고 있었다.

순간 독일에 있는 딸아이 순미의 얼굴이 또렷이 떠오르고 있었다.

다음날 이른 아침 덕수는 깨끗한 환자복으로 갈아입고 수술실로 향했다.

"박선생님은 전신 마취가 안 되겠네요. 치아(齒牙) 상태가 너무나 안 좋아서…."

"의사선생님, 그러면 핀셋으로 뽑아내시고 마취해 주세요."

“제가 뭐 치과 의사인줄 아세요.”

마취 담당 의사가 핀잔을 주면서 수술실을 나가 버렸다.

의외였다. 모든 환자들이 수술실로 들어오면 전신 마취가 되는 줄 알고 있었던 덕수로서는. 잠시 후 옆에서 가만히 지켜보고 있던 외과 의사 주치의(主治醫) 허박사가 넌지시 덕수에게 의사(意思)를 타진해 오고 있었다.

“박선생, 그러면 이제 방법은 하나밖에 없어요.”

“박사님, 그게 뭐예요?”

“예, 로칼(local)수술 이라고 마취 안하고 하는 수술입니다. 어디 참을 수 있으시겠어요?”

“예, 참아볼게요.”

잠시 후 허박사의 집도로 수술이 시작되고 있었다.

“메스…. 박선생 무슨 말이라도 괜찮으니 서슴없이 해보세요.”

주치의 허박사가 덕수의 고통을 덜어 주려고 말을 시키고 있었다.

“예 박사님, 나중에 수술 마치고 저하고 나가서 소주 한잔하시죠.”

“수술실에 들어와서 그런 말한 환자는 박선생이 처음입니다.”

덕수는 너무나 고통스러운 나머지 몸을 뒤틀고 있었다.

콩 비지 같은 피고름들이 덕수의 얼굴을 타고 흘러내리고 있었다.

“나는 참 무역업을 했던 터라 로칼 신용장(Local L/C)이라는 말은 많이 들어 보고 접해 보았어도, 로칼 수술이라는 마취 없이 하는 수술은 오늘 처음 접해 본다…. 아이쿠 아파 죽겠네.”

덕수는 고통을 잊으려고 자꾸만 엉뚱한 곳에 온 신경을 집중시키고 있었다.

“박선생님, 다 되어 갑니다. 조금만 더 참으세요.”

덕수는 마취를 안한 탓에 자신의 병든 환부가 도려져 나가는 소리를 들을 수 있었다.

"삭삭, 쓰삭삭…."

마치 과일을 깎을 때 나는 소리처럼 덕수의 뒷목에 있는 병든 환부는 무참히 도륙(屠戮)되고 있었다.

근 한시간 남짓 걸린 덕수의 수술은 마취를 안한 탓에 회복실을 거치지 않고 곧바로 입원실로 돌아올 수 있었다.

그때 갑자기 오한(惡寒)이 밀려들고 있었다.

같은 병실에 입원한 동료 환자들은 덕수의 또렷한 의식을 보고 모두 의아한 표정을 짓고 있었다.

덕수는 수술이 끝나자 서둘러 자신이 몸담고 있는 지방대학으로 전화를 걸어 상황을 설명해 주고 있었다.

그러나 덕수와 병마(病魔)의 싸움은 거기서 끝난 것이 아니었다.

하루 두 차례씩 덕수는 드레싱(dressing)시간에 수술한 곳 깊이 박아놓은 심을 갈아 끼우느라 처절한 고통과 싸움을 해야만 했었다.

연락을 받고 병문안을 하기 위해 들른 지방대학의 몇몇 교수들은 덕수가 안쓰러웠는지 조심스럽게 이구동성으로 말문을 열고 있었다.

"박교수, 지난번 사고 때도 그랬듯이 어서 곧 쾌차해야지. 유학간 딸아이를 생각해서라도…. 그 어린것이 박교수의 이런 모습을 보면 또 얼마나 슬퍼할까…"

마음씨 좋은 신교수가 어느새 눈시울을 적시고 있었다.

"신교수, 고마워. 이렇게 병문안 와줘서…. 지난번 딸아이 유학 갈 때도 많은 도움을 주더니. 언제나 신교수한테 신세만 지는구면…"

"이 사람, 별소릴 다하고 있구먼. 어서 훌훌 털고 일어나야지."

수술만 끝나면 바로 퇴원할 줄 알았던 덕수의 입원 기간이 어느새 한달이 가까워지고 있었다.

벌써 몇몇의 암환자들은 무사히 수술을 마치고 퇴원을 했고 그 공백을 새로운 환자들이 속속 메워가고 있었다.

가끔씩 보호자가 없는 관계로 인하여 식사를 마친 후 덕수는 한 손엔 식판을 들고 다른 한 손엔 링거(Ringer)를 낮게 들고 나가다가 종종 자신의 피가 링거 병 속으로 역류하는 것을 보았다. 그럴 때마다 덕수의 가슴속엔 한 맺힌 절규가 터져 나오고 있었다.

"허박사님, 저 언제쯤이나 퇴원 가능하나요?"

"글쎄요. 실은 암환자보다도 박선생이 더 문제에요. 매일 매일 패혈증(敗血症)을 막기 위해 항생제 수액(水液)이 네 병씩 주입되는 것을 알고 계시죠? 하여튼 경과를 지켜봅시다."

덕수는 자신과 병마(病魔)의 싸움은 아랑곳없이 하루 빨리 퇴원을 하고 싶었다.

마치 군복무시절 제대하는 선임병들을 볼 때마다 마음속으로 무척 부러워했던 것처럼 덕수는 같은 병실에 있었던 환자들이 퇴원할 때마다 그렇게 부러울 수가 없었다.

마침내 입원한지 두 달 보름 만에야 비로소 덕수는 블루 나일론(blue nylon)이라 불리는 실로 수술 부위를 말끔히 봉합하고서야 B병원 입원실을 빠져나갈 수 있었다.

"박선생님, 생명 건진 줄만 아세요."

수술한 부위의 흉터가 많이 남지 않도록 손수 장갑도 안 낀 채 상처 부위를 블루 나일론으로 깔끔히 마무리해 준 허박사의 따뜻한 인사말이 건네지고 있었다.

"허박사님, 그동안 너무 고마웠습니다."

덕수는 고마움의 표시로 자신의 저서에 사인을 해서 허박사에게 전해 주고 난 후 비로소 가벼운 마음으로 자신의 셋집이 있는 지방 소도시로 향했다.

덕수는 집으로 돌아와 자신의 방에 걸려 있는 순옥, 순미의 사진을 보고 나서야 안도감(安堵感)을 느낀 나머지 눈물을 펑펑 쏟아내고 있었다.

덕수는 딸아이 순미를 위하여 무엇인가 결단을 내려야 했다.

마침내 덕수는 동료 교수들의 만류에도 불구하고 학교에 사표를 제출하고 꿈에 그리던 딸아이 순미를 만나기 위해 독일 프랑크푸르트로 향했다.

실로 오래간만에 부녀(父女)지간의 행복한 해후(邂逅)가 따스한 가을 햇살 속에서 이루어지고 있었다.

덕수는 딸아이 순미의 집요한 질문 끝에 더 이상 감추지 못하고 그동안 병원에 입원했던 사실을 털어놓고야 말았다.

"아빠, 그럼 이 상처(傷處)가 바로 그…."

"흉하지?"

"괜찮아요. 아빠, 사랑해요."

어느 틈에 순미는 아빠 덕수의 상처 부위를 어루만지면서 해맑은 눈동자엔 이슬이 고요하게 스며들고 있었다.

"순미야, 그만 울어라. 아빠 이제 다 나았으니까… 바이올린 공부 잘되어 가고 있니?"

순미는 그제야 눈물을 다소곳이 훔치고 있었다.

"영락없이 지 엄마를 빼 닮았구먼. 우는 모습까지…."

덕수는 애달픈 가슴을 쓸어 내리고 있었다.

"예, 아빠 가르침 그대로 바이올린 활과 줄에 제 영혼을 불어넣어 켜고 있어요."

"순미야, 이제 졸업할 날도 얼마 안 남았구나."

"아빠, 이곳 지도교수님이 이곳에서 공부 끝내고 미국 뉴욕에 있는 줄리아드 음악학교에서 공부 더 해보라며 추천서를 써주신대요."

"그것참, 고무(鼓舞)적인 일이구나. 참 잘되었다. 고진감래(苦盡甘來)라고 하더니…. 마침내 순미가 열심히 음악 공부한 보람이 서서히 나타나는 구나."

"아빠, 그리구요. 아빠가 직접 쓰신 엄마와의 사랑이야기《늦게 찾아온 사랑》이라는 책 너무 아름다웠어요…. 감동적으로 참 잘 쓰셨어요."

"살아생전의 네 엄마처럼 그래도 아빠에게 칭찬을 해 주는 사람은 우리 딸 순미밖에 없구나."

덕수는 이틀 후 오랜만에 친구들과 맛있는 것 많이 사먹으라며 순미에게 넉넉히 용돈을 쥐어 주고, 뉴욕에서 사온 예쁜 순미 옷을 전해주면서 독일 프랑크푸르트를 떠나오고 있었다.

한국으로 돌아온 덕수는 깊은 생각에 잠겨 있었다.

며칠을 심사숙고(深思熟考)한 나머지 덕수는 나중에 순미를 뉴욕 줄리아드 음대에서 공부시키기 위하여 자신이 무엇인가 전문적인 직업을 가져야 한다는 필요성을 느꼈다. 그런 나머지 자신이 평소에 좋아하는 요리에 깊은 관심을 갖고 요리사 자격증을 취득하기 위해 요리학원에 열심히 다니기 시작했다.

덕수의 평소 좌우명 그대로 '뜻이 있는 곳에 반드시 길은 있다'라는 신념 그대로 덕수는 6개월 후에 한식 요리사 자격증을 손에 넣을 수가 있었다.

'나의 딸 순미를 위해서라면 무엇이든지 최선을 다할 각오는 이미 오래 전부터 되어 있었지. 하, 하, 하, 하, 하…'

덕수는 회심(會心)의 미소를 짓고 있었다.

덕수는 요리학원의 소개로 제법 규모 있는 한식당의 부주방장으로 취직을 하고 하루하루 맛있는 한식(韓食)을 만들기 위해 진땀을 흘리고 있었다.

다행스럽게도 덕수가 재직하던 대학교에서 교직원들과 학생들이 자주 단골 손님으로 찾아 주어서 가히 덕수의 인기는 폭발적이었다.

"교수가 만들어 주는 음식은 뭐가 달라도 다르겠지…"

동료 교수들이 은근슬쩍 덕수한테 농을 걸어오고 있었다.

"박형, 이제 얼마 안 있으면 독일에서 공부하던 따님이 돌아온다면서? 좋겠네."

"돌아오면 앞으로 삼사 년 더 뉴욕 줄리아드 음대에서 공부시킬 계획이라네만…"

"그것참 좋은 생각이구먼. 나도 힘닿는 데까지 도와줌세."

평소 덕수에게 심적으로 많은 도움을 주었던 음대에 재직하고 있는 신교수가 맞장구를 치고 있었다.

그리고 삼 개월 후 딸아이 순미는 독일 프랑크푸르트에서의 바이올린 공부를 훌륭히 마치고 덕수가 마련 해놓은 가정이라는 둥지 속으로 5년 만에 무사히 귀환했다.

"순미야, 무척 애썼구나. 아무 걱정말고 며칠 푹 쉬거라."

덕수가 그 순간에 느끼는 행복감은 이 세상 누구와도 바꿀 수가 없었다.

"참 순미야, 뉴욕에 있는 줄리아드 음대 오디션이 언제 있지?"

"예, 아빠. 내년 2월 15일에 있어요."

"그래, 그럼 약간의 시간이 남아 있구나."

그때 문득 덕수의 뇌리 속으로 섬광처럼 스쳐 지나가는 생각이 하나 있었다.

바로 그것은 더 늦기 전에 아들 준영과 딸 순미를 만나게 해 주는 일이 무엇보다도 급선무였다.

일요일 아침 충분한 휴식을 취한 순미를 데리고 덕수는 아들 준영이와 약속한 장소로 가기 위해 서둘러 차를 몰았다.

두시간 후 덕수는 지하철역 입구에 서 있는 아들 준영이를 멀리서 일찍이 발견하고 서서히 차 속도를 줄이고 있었다.

"순미야, 인사해라. 네 오빠 박준영이란다."

"오빠, 안녕하세요."

"준영아, 네 동생 박순미란다."

준영은 아무런 대꾸가 없었다.

"준영아, 차에 타거라. 오늘 친할아버지 산소에 함께 가자꾸나."

덕수는 또다시 차를 몰고 아버지 동혁의 묘소가 있는 경기도 Y
읍으로 내달리기 시작했다.

"아버지, 손자 준영이와 손녀 순미랑 오늘 같이 왔어요. 절 받으
세요."

순미와 준영은 따로 따로 할아버지 동혁의 묘소에 술잔을 올렸다.

"아버지, 준영이와 순미 잘 좀 돌봐 주세요."

덕수는 살아생전 철저히 자신에게 등을 돌렸던 아버지 동혁의 묘
소에 내심 두 아이들을 데려 오고 싶지 않았지만, 그래도 혈연의 뿌
리는 알아야 한다는 신념으로 준영이와 순미를 데리고 처음으로 아
버지 동혁의 묘소에 들렀던 것이다.

덕수는 아버지 동혁의 산소를 내려오면서 두 아이들한테 서로 형
제임을 누누이 강조하고 있었다.

"비록 너희들 둘이 따로 따로 떨어져 살아가더라도 두 사람이 형
제임을 항시 가슴에 깊이 깊이 새기거라."

순미는 아버지 덕수의 말뜻을 귀담아 듣는 듯 보였지만, 너무 어
려서 헤어진 준영이는 대학생임에도 불구하고 별다른 반응을 보이
지 않고 있었다.

'이 모두가 다 슬픈 우리 집안의 운명이구나…'

덕수는 혼자서 속으로 애가 탄 듯이 탄식(歎息)을 늘어놓고 있
었다.

아들 준영은 Y읍에서 혼자 가겠다면서 순미와의 동승(同乘)을
극구 사양하고 저만큼 멀리 달아나 버렸다.

"멋대가리 없는 놈 같으니라구…."

덕수의 입에서 어느 샌가 불쑥 욕이 튀어나오고 있었다.

“다 내 업보(業報)인걸 이제 와서 탓하면 뭣하리….”

순미는 말없이 달리는 차창 밖으로 시선을 옮겨 놓고 있었다.

덕수는 그래도 서먹서먹했더라도 두 아이들을 아버지 동혁의 산소에 데리고 가서 서로 대면시켜 준 것에 대하여 자신을 자위(自慰)하고 있었다.

집으로 돌아오는 길목에 어느새 덕수가 좋아하는 노을이, 암탉처럼 덕수가 살고 있는 소도시를 정겹게 포란(抱卵)하고 있었다.

19

만가(輓歌)

덕수는 딸아이 순미가 독일에서 바이올린 공부를 마치고 돌아온 후부터 무척이나 자신의 행보(行步)가 바빠지고 있음을 본인도 실감할 수 있었다.

덕수는 그 옛날 전라선을 타고 도망치듯 달아났던 기억들을 상기시키며 딸아이 순미를 데리고 순천으로 향하고 있었다.

어머니 순덕의 묘는 아직 일년이 채 안 돼서 그런지 무덤에 입혀 놓았었던 뗏장이 마르지 않은 채 그대로 있었다.

"순미야, 친할머니 묘소야. 어서 인사 드려야지."

누가 가르쳐 준 것도 아닌데 순미는 정성을 다해 예를 올리고 있었다.

"순미야, 애비가 부탁이 하나 있는데 들어주겠니?"

"말씀하세요."

　“할머니가 생전에 네가 켜는 바이올린 소리를 무척이나 듣고 싶
어 하셨거든, 좋은 곳으로 가시라고 바이올린 한 곡 켜드리렴.”

　“예, 그렇게 할게요.”

　순미는 우리 가곡 ‘비가(悲歌)’를 바이올린 선율에 실어 할머니
를 위하여 열심히 연주하고 있었다.

　“순미야, 네가 할머니에게 들려 드린 그 음악이 바로 진혼곡(鎭
魂曲)이 되어 비로소 좋은 곳으로 가셨을 거다…”

　어느새 덕수의 양 볼에 눈물이 흘러내리고 있었다.

　“순미야, 내가 너한테 못할 짓 많이 시키는 구나…”

　“아빠, 무슨 말씀이세요? 응당 제가 해야 될 일이었는데요.”

　“그렇게 생각해 주니 아빠 마음이 무척이나 홀가분하구나.”

　“아빠, 그런데 할머니 묘를 왜 지난번에 들렀던 할아버지 묘소 옆
에 안 모시고 여기에 이렇게…”

　“이곳 순천이 너희 할머니 고향이시거든… 그리고 바로 곁에 계
시는 분이 아마도 할머니를 무척이나 사랑해 주셨던 분인 가봐. 할
머니가 돌아가시기 전에 그분 말씀을 하시더라. 그래서 아빠가 할
머니를 이곳에 모셨어… 두 분이 하늘 나라에서 해후하시라고…”

　“아빠, 저기 노을 좀 봐요. 너무 아름다워요… 분홍빛하고 노란
빛이 서로 곱게 어울렸네요.”

　“우리 딸 표현도 참 예쁘게 하는 구나. 나도 이 다음에 노을 속으
로 아름답게 사라지고 싶구나.”

　“아빠, 그런 말씀하시지 마세요.”

　덕수는 순미와 함께 집으로 돌아오는 기차 안에서 삶은 계란과
사이다를 먹으면서 담소하고 있었다.

아주 먼 옛날 어머니 순덕과 그랬던 것처럼….

"참 아빠, 한가지 궁금한 게 있어요. 엄마하고 첫 키스 언제 하셨어요?"

"아빠는 모른다. 다음 주에 중국에 갈 거니까 그때 엄마 산소에 들려서 물어보렴."

"말해 주세요. 네?"

"그게 언제 였더라…. 아마 세 번째 만났을 때 귀빈식당을 나와 밖에서 택시를 기다리면서…."

"어떠셨는데요?"

"애가, 오늘 별걸 다 묻는 구나. 그야 꿀처럼 달콤했었지."

"그것 말구요. 다른 느낌은요?"

"이 말을 해야 되나 말아야 되나…. 글쎄, 식당에서 김치만 먹었는지 김치 냄새만 잔뜩 나더라. 하, 하, 하, 하."

"아빠, 중국에 가서 엄마한테 일러줄 거예요. 나중에 나도 첫 키스할 때 김치 많이 먹고 해야지…."

"애가, 그러면 남자들이 다 도망간다니까."

덕수와 순미는 오랜만에 박장대소(拍掌大笑)하고 있었다.

"순미야, 세상 살아갈 때는 항상 네 자신이 중심이 되어야 한다. 좋은 친구도 많이 사귀고, 아빠는 독불장군(獨不將軍)이라서 늘 외로 웠거든…. 무슨 일에 임할 때는 항상 긍정적으로 생각하고 최선을 다 해라. 그리고 아빠의 좌우명(座右銘)인 '뜻이 있는 곳에 반드시 길은 있다'는 말 꼭 명심하고. 이제부터 순미 마음속에 아빠의 뜻 깊은 충고 영원히 간직한다, 실시!"

"실시!"

예전처럼 순미가 웃으면서 복창하고 있었다.

그리고 일주일 후 덕수는 순미를 데리고 중국 연길로 향하고 있었다.

"순미는 15년 만에 중국에 다시 와보는구나."

"아빠, 벌써 그렇게나 오래 되었어요?"

"세월은 흘러가는 물과 같다고 했다. 저기 외할머니 나와 계신다."

"할머니, 안녕하셨어요?"

"아이구 내 강아지, 곱기도 해라."

어느 틈에 순옥의 어머님은 순미를 와락 끌어안고 있었다.

"순미야, 어서 가자. 이 할미가 네가 좋아하는 찹쌀 순대 많이 해 놓았다."

"이거, 할머니 선물이예요."

순미는 독일에서 샀다면서 예쁘게 포장된 스카프를 외할머니께 전해 주고 있었다.

"뭘, 이런 걸 사 가지고 오누."

"할머니, 참 외삼촌은 어디 있어요?"

"순미야, 내가 깜박 했구나. 한국에 있는 큰 회사에 취직을 해서 잘 다니고 있단다."

덕수는 그제야 경황이 없었던 자신과 순미의 바쁜 일정을 직접 피부로 느끼고 있었다.

"참! 장모님, 삽 있으세요?"

"암, 있고 말고 농촌에 삽이 없을 라고. 그나저나 어디에 쓸려구…."

“지난 겨울에 여기에서 집필한 책 집사람 묘에 한 권 넣어 주려구요.”

덕수는 삽과 자신의 책을 들고 순미는 바이올린을 들고 순옥의 묘가 있는 뒷산으로 향했다.

“임자, 나 좀 보구료. 여기 우리 딸 순미가 독일에서 바이올린 공부 마치고 무사히 왔어. 칭찬 좀 해 주구료. 그리고 앞으로 또 뉴욕에 가서 삼사 년 바이올린 공부를 더 해야 하니까 계속 돌봐 주구료.”

“엄마, 잘 다녀왔습니다. 너무 보고 싶어요.”

순미가 갑작스레 눈물을 쏟아 내고 있었다.

“순미야, 그만 울고 어서 엄마한테 예를 올려야지. 그리고 네가 잘하는 바이올린 한 곡 켜 드리렴. 아마 무척이나 좋아할 거다.”

“아빠, 엄마한테 가곡 ‘떠나가는 배’ 연주해 드릴래요.”

순미는 바이올린을 연주하면서도 눈시울을 적시고 있었다.

“이 사람아! 그렇게 빨리 가는 사람이 어디 있어. 임자…, 순옥아!”

덕수의 통곡소리가 온 마을을 휘감고 있었다.

어디선가 덕수의 통곡 소리에 놀란 수꿩 장끼 한 마리가 노을진 뒷산 저 너머로 날아가고 있었다.

마음씨 착한 덕수는 마치 종교에 귀의(歸依)한 성직자처럼 순미를 데리고 차례 차례로 성지순례(聖地巡禮)를 하는 것 같았다.

“이제야 내 마음이 몹시 편하구나. 하지만 아직 뉴욕의 일이 남아 있으니 조금이라도 긴장을 늦출 수는 없지. 암, 없고 말고….”

“아빠, 오늘 엄마 산소에 들렀다 가니 기분이 너무 좋아요. 앞으로 무슨 일이든지 다 할 수 있을 것 같아요.”

어느새 순미의 양 볼에 흐르던 눈물도 멈추고 순미의 얼굴엔 자신감이 짙게 배어 있었다.

"암, 그렇고 말고. 하늘에선 엄마가 지켜 주고 땅에서는 아빠가 지켜 주는데 무슨 걱정이야. 자신감을 듬뿍 갖는다, 실시!"

"실시!"

순미의 씩씩한 몸 동작에서 덕수는 비로소 마음의 평온을 찾아가고 있었다.

"아빠, 엄마 이야기 하나만 더 해주세요."

"그럴까…. 예전에 아빠가 엄마보고 '여보'라고 불러 보랬더니 글쎄, 엄마가 몹시 수줍었던지 '여기보세요' 하더라. 그때 그 모습이 너무 아름다워 지금도 잊지 못하고 있단다."

"아빠, 저기 보세요. 분홍빛 노을이예요."

"그러고 보니 너희 엄마는 분홍색 한복이 유난히도 잘 어울렸지…. 그래서 그런지 몰라도 너희 엄마 산소에 들렀다가 내려갈 때면 항상 분홍빛 노을이 친구 되어 뒤따라오곤 한단다."

덕수와 순미는 장모님이 차려주신 찹쌀 순대를 맛있게 먹고 있었다.

"순미야, 외할머니한테도 바이올린 한 곡 연주해 드려야지."

"할머니 무슨 곡 좋아하세요."

"나야 뭐 아무거나 다 좋지…."

"그래도 한가지만 고르세요. 제일 좋아하시는 곡으로."

"아, 그게 좋겠다. 가곡 '선구자.' 그 노래에 나오는 해란강과 일송정이 바로 이곳 용정에 있거든. 너희 엄마 고향이기도 하고, 연주할 수 있겠니?"

"할머니, 문제없어요."

순미는 바이올린을 전공하는 아이답게 능숙한 솜씨로 자신의 감정까지 듬뿍 담아서 바이올린을 켜고 있었다.

그렇게 사흘이 지나고 덕수는 순미를 데리고 예전에 순옥이 살았던 집으로 향했다.
"순미야, 그래도 중국에 왔으니 예전에 엄마가 살았던 집에서 하룻밤 묵어 가야지?"
덕수는 다음날 아침 예전에 순옥이 그랬던 것처럼 딸아이 순미에게 아침상을 차려 주었다.
그리고 난 후 덕수는 자신이 출판한 책들을 순옥의 일기장 옆에 가지런히 놓아 둔 후 순미를 데리고 연길공항으로 향하고 있었다.
"이제 가면 또 언제 오누."
"장모님, 걱정 마세요. 그리구요, 나중에 제가 세상 떠날 때 꼭 그 사람하고 합장(合葬)시켜 주세요."
덕수는 꼭 마치 자신의 미래를 아는 사람처럼 말하고 있었다.
"원, 애 보는데서 별소릴 다하는군. 오래 오래 살아서 자네 딸 순미 지켜 줘야지."
"그럼, 안녕히 계세요."
"몸 건강히 잘 가게."
"할머니, 안녕히 계세요."
"미국에 가서도 바이올린 공부 열심히 하고…."

집으로 돌아온 덕수는 마지막 한판 승부가 남아 있는 뉴욕으로 가기 위해 또다시 자신과 순미의 여행가방을 챙기고 있었다.

덕수는 장롱 깊은 곳에서 하얀 보따리를 하나 꺼냈다.

"순미야, 이제부턴 네가 고이 간직하거라."

"아빠, 이게 뭐예요?"

"음, 엄마 아빠의 사랑의 유품이야. 그리고 이건 네 배냇저고리. 잃어버리지 말고 잘 간직하거라. 그리고 살다가 힘들 때면 꺼내 보고."

덕수는 순간 암울하기만 했었던 혼자서 핏덩이 순미를 키우던 시절이 생각났는지 눈시울을 적시고 있었다.

"우리 아빠는 울보야 울보…."

"참! 순미야, 미국으로 아빠하고 떠나기 전에 외삼촌 순철이하고 저녁 식사 한번 같이 하자."

"아빠, 꼭 그렇게 해요. 저도 외삼촌 무척이나 보고 싶어요."

실로 오랜만에 세 사람이 저녁 식사를 위해 마주 앉았다.

"처남, 오래간만일세. 그래 직장 일은 힘들지 않고?"

"괜찮아요. 제가 원래 자동차 정비하는 것 무척 좋아하잖아요."

"무슨 일을 하든지 항상 자신감을 갖고 그 분야에 최선을 다 하게나."

"명심하겠습니다, 매형."

"참! 순미 데리고 장모님한테 갔다가 왔네. 나중에 자리잡히면 어머님 한국으로 모셔와서 같이 살게나."

"순미야, 참 많이 컸구나. 이제 숙녀 티가 조금씩 나네…."

"원, 외삼촌도…."

"하여튼 뉴욕에 가서도 기죽지 말고 바이올린 공부 열심히 해라. 그리고 외삼촌도 기술 열심히 배워서 순미 뒷바라지 해 줄게…."

"외삼촌, 고마워요."

"이제 보니 우리 순미가 이제 4개 국어를 하는구나. 어디에 내놔도 이젠 괜찮겠다. 한국어, 중국어, 영어, 독일어. 우리 딸 순미 최고다. 나중에 바이올린으로 성공해서 세계 이곳 저곳으로 순회공연 다녀도 조금도 손색이 없겠는걸. 하, 하, 하, 하, 하."

"매형, 말씀이 맞습니다."

그리고 일주일 후 덕수는 순미의 줄리아드 음대의 오디션에 맞추어 순미를 데리고 뉴욕으로 떠나고 있었다.

그리고 그것이 딸아이와의 마지막 동행이 될 줄은 덕수 자신도 예견할 수가 없었다.

언제나 혼자서 타고 다니던 뉴욕행 비행기에 딸아이와 같이 동승(同乘)하여 타고 간다는 것 자체가 덕수에게는 커다란 행복이었다.

뉴욕에 도착한 덕수는 풍부한 경험을 되살려 딸아이 순미와 같이 지낼 작은 스튜디오(studio) 하나를 서둘러 구해서 짐을 풀었다.

덕수는 우선 순미에게 지하철 타는 요령을 세세히 가르쳐 주었다.

그런 후에 덕수 자신이 알고 있는 뉴욕 명소를 하나, 둘 순미에게 구경시켜 주었다.

덕수는 다행스럽게도 맨해튼 34번가에 있는 한국 식당에 부주방장으로 취업이 되어 순미의 바이올린 공부를 위한 뒷바라지에 만반(萬般)의 태세를 갖추어 놓고 있었다.

"순미야, 아빠랑 맨해튼으로 커피 한잔하러 나갈까?"

"그래요, 아빠."

커피를 마신 후 덕수는 순미를 42번가에 있는 공공 도서관으로 데리고 갔다.

"순미야, 우리 책 좀 대출해서 볼까?"

덕수는 당당히 자신의 영문 시집《가난한 어부(A POOR FISHER-MAN)》을 대출 신청하고 있었다.

"아니, 이거 아빠 시집이잖아요?"

순미는 두 눈이 커지면서 깜짝 놀라고 있었다.

"아빠, 대단하시네요."

"대단하기로 치자면 우리 딸 순미가 더 대단하지. 암, 그렇고 말고."

"번역은 또 언제 하셨어요?"

"순미 네가 태어나기 전이니까. 한 23년쯤 되었나 보다."

"그렇다면, 아빠 책이 저보다 세상을 오래 살았네요."

"그렇게 되나…."

부녀(父女)는 흐뭇하게 웃고 있었다.

덕수는 순미의 오디션(audition) 바로 전날에 순미에게 '하면 된다'라는 강한 자신감을 심어 주고 있었다.

순미의 오디션이 있던 2월 15일 아침 덕수는 순미를 지하철 1호선을 태워서 줄리아드 음대가 위치한 업타운(uptown) 66번가 링컨센터에 내려 주고 난 후 자신의 일터가 있는 다운타운(downtown) 34번가에 있는 한식당으로 발걸음을 옮겨 놓고 있었다.

'오디션을 잘 치러야 할 터인데….'

밤늦은 시간 집에서 만난 순미의 얼굴엔 환한 미소와 함께 자신감이 넘쳐 있었다.

“순미야, 오디션 잘 치렀니?”

“아빠, 걱정 마세요…. 참! 오늘 저녁은 제가 준비해 놓았어요.”

순미는 걱정도 안 되는지 콧노래까지 부르고 있었다.

“됐다. 그런 자신감이면.”

그리고 일주일 후 순미는 줄리아드 음대로부터 입학 허가서를 받았다.

그것도 수석 합격으로 4년간 학비 면제라는 커다란 선물도 함께 받았다.

그리고 그날 저녁 덕수는 순미를 위해 아주 성대하게 집에서 잔치를 벌여 주었다.

“순미야, 아빠는 네 엄마 처음 만났을 때 빼고 이렇게 기쁠 때가 없었다. 고진감래(苦盡甘來)라고 하더니 네가 드디어 해냈구나. 장하다, 장해 내 딸 순미야. 아빤 이제 죽어도 여한이 없구나. 순미야, 오늘 네 반주에 맞춰 노래 한 곡 불러 보고 싶구나.”

“아빠, 그런 말씀은 제발 하지 마세요. 아빠, 또 슬픈 노래 부르시려고….”

“아니야, 오늘은 팝송 ‘마이 웨이(my way)’ 한 곡하련다. and now the end is near and so I face the final curtain …… and did it my way.”

덕수의 노래가 끝나자 순미가 손뼉을 치며 “브라보! 브라보!”를 연신 외쳐대고 있었다.

“아빠, 성악가(聲樂家)하셔도 될 뻔했어요.”

“암, 되고 말고. 지금도 성악가 친구들을 만나면 아빠는 절대 지지 않는다. 돌아가신 너희 할아버지가 내가 재능이 참 많다는 것을 불행히도 캐치(catch)하지 못하시고 윽박지르기만 하셨지.”

순간 만감이 교차하고 있었다.

“아빠, 또 울려고 그러죠?”

“그래, 오늘밤엔 왠지 모르게 그냥 실컷 울고 싶구나….”

“그럼, 실컷 우세요.”

그렇게 덕수와 순미의 뉴욕 생활은 순풍에 돛을 단 듯이 평화로이 흘러가고 있었다.

순미는 가끔씩 링컨센터에서 공연이 있을 때마다 아버지 덕수에게 티켓을 가져다 주어서 덕수한테 홀로 온갖 역경 다 물리치고 딸 키운 보람을 한아름 안겨 주곤 하였다.

어느덧 덕수의 환갑, 순미는 정성스럽게 음식을 장만하여 아버지 덕수를 즐겁게 해 주었다.

어느새 흘러간 3년이라는 세월이 덕수의 머리카락을 은발(銀髮)로 점잖게 장식해 주고 있었다.

‘이제 죽어도 여한이 없구나, 여한(餘恨)이 없어.’

그러던 어느 날, 링컨센터에서 열렸던 순미의 바이올린 독주를 들으러 갔다가 덕수는 심하게 가슴에 통증을 느꼈다.

덕수는 자신의 삶이 얼마 안 남아 있음을 직감할 수 있었다.

덕수는 전부터 가슴에 심한 심근경색증(心筋梗塞症) 병을 앓고 있었다.

어느새 순미의 바이올린 연주 실력은 내놓고 인정을 받아 세계 곳곳의 유명한 오케스트라 관현악단으로부터 ‘러브 콜’을 받고 있었다.

그리고 비 오는 저녁나절 덕수는 조용히 말문을 열었다.

"순미야, 이제 졸업도 얼마 안 남았구나. 졸업은 끝이 아니라 새로운 시작이라는 걸 명심 하거라. 아빠는 이제 너 하는 걸 보니 안심이 되는 구나. 이제 고국으로 돌아가 옛 친구들과 벗하며 조용히 살고 싶구나."

순미는 아버지 덕수의 힘들었던 인생 행로를 익히 알고 있는지라 더 이상 아버지 덕수를 만류(挽留)하지 않았다.

"아빠, 그렇게 하세요. 저도 다음달에 뉴욕 필하모니와의 협연 끝내고 아빠 뵈러 한번 나갈게요."

순미는 그것이 아버지 덕수와의 마지막 대면이 되리라고는 상상(想像)조차 못하고 있었다.

덕수는 다음날 아침 밤새워 눈물로 쓴 편지 한 통과 한평생 모은 예금통장을 순미의 책상 서랍에 넣어 놓고, 순미의 환송(歡送)을 받으며 그 옛날 혼자서 12번씩이나 왔다갔다했었던 뉴욕 존 F. 케네디 공항을 떠나오고 있었다.

한국에 도착한 덕수는 무슨 연유(緣由)인지 한국에 머물지 않고 서둘러 중국으로 향하는 비행기로 갈아탔다.

예전에 순옥이 살았던 집에 도착한 덕수는 마음속에 남아 있던 모든 짐을 훌훌 벗어 버렸다.

그리고 아무것도 먹지 않았다.

사흘 후 덕수는 첫눈이 내리던 날 용정에 있는 아내 순옥의 묘소 옆으로 가서 따뜻한 눈시울을 흘리면서 조용히 눈을 감았다.

"임자, 나 이제 가네. 사랑하는 당신 곁으로… 내 한평생 상사일념(相思一念)으로 임자를 무진장 사랑했었건만… 사랑하는 당신의 목숨은 어느덧 부추 위에 서린 이슬처럼 덧없이 사라져 인생사 모든 것이 일장춘몽(一場春夢), 우리 이제 사랑의 장막(帳幕)을 치고 삼현(三絃) 육각(六角) 울리면서 영원토록 해로(偕老)하세나…”

그것이 결국 덕수가 살아생전 멀리 있는 아내 순옥에게 남긴 마지막 말이 되고 말았다.

어느새 뚝뚝 떨어진 덕수의 따뜻한 눈시울이 순옥의 묘 속으로 스며들고 있었다.

삼일 후 순옥의 어머니는 예(禮)를 갖추고 착한 사위였던 덕수의 장례를 치러 주기 위해 살아생전 사위와 무척이나 절친하게 지냈던 동생 홍민과 마을 사람들과 함께 만장의 깃발을 앞세운 채로 서글픈 만가(輓歌)를 부르면서 뒷산으로 향하고 있었다. 평소 덕수의 소원대로 순옥과 덕수를 합장(合葬)시켜 주기 위해서….